新潮文庫

サイレント・マイノリティ

塩野七生著

新潮社版

5083

目次

サイレント・マイノリティ

マイノリティ〝宣言〟

雑誌「新潮45＋」の創刊準備が進んでいた昨年（昭和五十六年）、それに連載を頼まれた時のことである。私は言下に断わった。

「いやよ、45プラスなんて。プラスマイナスならいざ知らず。だって私は、まだ四十五にもなっていないんですよ」

しかし、編集氏は、泰然自若として答えた。

「大丈夫です。そのうちになります」

くやしいことに、本章掲載号が出て一週間経《た》つと、私も四十五歳になる。男にとっては働らき盛りだからよいけれど、四捨五入すると五十かと思うのは、女にはあまり嬉《うれ》しくない体験だ。

だが、この頃《ごろ》の私は、四十五という歳《とし》を正面から見つめはじめている。四十五というよりも、昭和十二年生れと言い換えたほうが適当かもしれないが、それを、自己認識のためのベースのような感じで、見つめはじめている。

ここで、私と同年のある学者の考えを紹介したい。専門的な学術書の「はしがき」に書かれたものである。

――本書の執筆依頼をうけたとき、率直にいって、引き受けるべきか否《いな》かについてある種の迷いのようなものを覚えた。○○学の対象領域が拡大し、理論的深化をみせつつ、流動的様相を呈するなかで、それを正確にくみとりつつ○○国○○全体についての体系的な解釈論を展開することは、相当な困難と苦痛を伴うであろうことが予想されたからである。また、これまで公《おおやけ》にされている体系書ないし概説書の類《たぐい》に果してどれほどのものをつけ加えうるかの覚束無《おぼつかな》さもあった。けれども、結局執筆を引き受けるに至ったのは、一種の世代論的認識のようなものによるものであったように思われる。筆者がその作品を愛読するある同世代の作家と、昭和二桁《ふたけた》初期の世代の特徴とは何かを論じ合ったことがある。そのときの結論は、〝心ときめくような夢も抱かず、されど絶望も怖《おそ》れもない世代〟ではないかということに落着いた。このような世代認識が正しいかどうかはわからない。けれども、かかる結論に至る道程には、批判的な時代認識に基づく相当量の議論があったことは事実である。「学」であらんとすれば、時代や世代を越えて妥当するあるものを目指さなければならないが、それぞれの世代にはそれぞれの表現形式のようなものがあるのではないか。わが国における○○学の現状をどのように評価するにせよ、また、その現状を正確にくみとりうるかどうかは別にして、少なくともそれとの格闘のあとには自らそこに一つの世代的表現——成功しているか否かは別として——のようなものが現出しないであろうか。そのような思いが、執筆を引き受けた動機ではなかったかと今にして考える。——

「学者」たらんとする人は、同じ歳でもこれほどもむずかしい言葉を使うのかと、私は微笑せずにはいられなかったが、大学の同僚から、同世代の作家とは誰のことかとたずねられたのに、彼はノー・コメントで通したのだそうで、私も彼のつつしみを見習い、彼の名は明かさないことにする。専門がわかりそうな箇所を○○としたのも、それへの配慮のためである。ちなみに、〝夢もなく、怖れもなく〟とは、拙著『ルネサンスの女たち』（中央公論社）の第一部、イザベッラ・デステの副題に使ったもので、彼女はそれを、生涯《しょうがい》のモットーにしていた。だが、もともとは古代ローマの格言であったものが、千五百年後のルネサンス人を共鳴させ、それからさらに五百年経った昭和十二年生れの旗印になるというのは、独自性を追求するはずの世代認識のベースとしては不適当と思われるだろうが、ゲーテをして、人類の歴史はすべてここに濃縮されている、と言わせた古代ローマである。科学技術文明は別として、あとはみな経験してしまったらしい彼らの偉大さに、あらためて脱帽するしかない。

〝夢もなく、怖れもなく〟といっても、夢とも怖れとも完全に無関係な生き方を言っているのではない。もしもそれをできる人がいるとすれば、まずもってその人は、感受性に完全に欠けている非人間であろう。だから、音楽の練習に使うメトロノームに譬《たと》えれば、左右に振幅をくり返す針がだんだんと振幅の度を少なくしていき、最後にピタリと中央で止まるのに似ている。振幅は夢と怖れであり、中央で止まった時にはじめて、夢もなく怖れもなくの心境に達するのだ。私の場合だと、それは原稿用紙に対した時の状態だが、もちろん人によって、それぞれの対象があるにちがいない。この種の心境を、醒《さ》めていると言ってもよいし、すべてを相対的に見ると言い換えてもよいし、いっそのこと、行動的ペシミストと名づけてもかまわない。

だが、処女作のしかもその第一編から、なぜ〝夢もなく、怖れもなく〟という格言を、迷いもせずにサブ・タイトルに使ったのであろう。それは決して、主人公がモットーにしていたからだけではない。副題というものはしばしば、全編を流れる基調音を暗示したい時に使う手である。そして、〝夢もなく、怖れもなく〟は、第一編のイザベッラ・デステにかぎらず、萩原延寿《はぎはらのぶとし》が、ルネサンスの女たちでなくあれを表題にしてもいいね、と言ったように、あの作品の全体を貫く基調音にもなったのであった。それどころか、第一作にかぎらず、結局その後もずっと、これで書き続けているのである。

私の書くものには、正義や理想や使命感に類する言葉が極端に少ない。使ってあったとしても、反語的に使われているにすぎない。それも、私が、絶対的な何ものかを持っていない証拠である。だが、なぜ、意識したわけでもないのに、こういう結果になったのであろう。なにしろ意識しはじめたのは、ついこの頃のことなのだから。

一時期、「焼跡派」と名づけられた世代の主張が、盛んであった時期があった。終戦を境にして、一夜のうちに権威は崩壊し、昨日まで威張りくさっていた人々はオロオロすることしか知らず、教科書は墨で塗りつぶされ、そして、何にも増して苦しまされたあの飢餓感。他のことは忘れてしまったが、まあこのような事柄《ことがら》が並んでいたことだけは覚えている。だが、その時、この「焼跡派」のすぐ次の世代、私は新潮社ほどは厳格でないから、昭和十二年生れプラス・マイナス・アルファとするが、その世代は、奇妙にもサイレントであったのである。なぜ、沈黙していたのか。自己主張するものがなかったのだろうか。

今では日中戦争と言うらしい支那《しな》事変の起った年に、私は生れた。太平洋戦争が起った年には、四歳になっている。終戦の年には、八歳であった。国民学校が小学校と呼ばれるように変ったのにも特別な意識も持てない、小学校の二年生であったのだ。群馬県に住む父方の祖母の許《もと》に「疎開《そかい》」した時、お腹《なか》の部分が空になっている犬のぬいぐるみを持たされて行った。子供用のハンド・バッグつくりの犬のお腹には、物資のとぼしい折りから母が苦労して集めたにちがいない飴《あめ》と、きれいにアイロンのきいたハンカチーフが入っていた。だが、二年後に東京に帰ってきた時には、祖母の用意した葱《ねぎ》とさつまいもを持たされていたけれど。

飢えは感じていたであろうか。疎開中も東京にもどった後も特別に恵まれた環境ではなかったから、飢餓感はあったと思う。ただ、ものごころついた年から常に幾分か飢えた状態の中で育った者にとって、それは、常態になっていたのではないだろうか。庄司薫、彼も昭和十二年生れだが、彼の作品のどこかに、こんなことが書いてあったのを思い出す。われわれは、シュークリームの味を知らないで育った。シュークリームを知ったのはずっと後で、それまでの甘味といえば、カルメラ焼、今では夜店で若い人たちの好奇心の的になっている、あのカルメラ焼であったのだ、と。シュークリームの味を知らなくて誰が、シュークリームが存在しないことに不満をいだくであろう。つまり、われわれは子供の頃から、お腹いっぱいに食べたことがないのである。

墨で塗りつぶされた教科書の経験も、われわれにはない。サイタ・サイタ・サクラガサイタにちょっと毛が生えた程度のことを学ぶ段階では、塗りつぶさなければならないほどの内容でもなかったのだろう。私は、教育勅語も知らないし、もちろん、軍事教練などは、見たこともない。天皇の写真におじぎすることはやらされたが、あれはゴシンエイと言うのだとは覚えていても、漢字ではどう書くのかも知らない。終戦の放送も、祖母の家に村の人々がみな集まって聴いている深刻な様子から、戦争が終るということは大変なことなのだとはわかったが、あの時の私の心配は、栗鼠《りす》のまねをして土の中に埋めた胡桃《くるみ》が、どこに埋めたのかわからなくなってしまったことだった。

闇市《やみいち》は知っている。ピアノのレッスンを受けに行く途中、池袋の東口にあった闇市のそばを通らなければ行けなかったからである。いもと雑炊の生活の中でピアノを習わせた両親の気持はわからないが、その頃の私は、闇市に悲惨と活気の入りまじった人間模様を見る歳ではなかった。それよりも、同じ頃、そろそろ大人の映画を見たほうがよいという父母の意見で見た『酔いどれ天使』にショックを受け、闇市のそばを通るたびに、そこから、白い背広の三船敏郎がよろめき出て、黒い血（映画は白黒だった）を吐くのが見えるような気がしてならなかったものである。

戦後、それでなければ夜も日も明けない感じだった民主主義も、全体主義の波にさらされた経験のない私には、これもまた、絶対的なものでは少しもなく、人類が今までに考えだした思想の一つにすぎなかった。ファシストで後にコミュニストになったイタリアの作家の、自伝的な作品を読んだことがある。読後の私の感想は、絶対主義的思考法をたたきこまれた者は、それがなくなって自由になっても、その自由を生かすことができなく、結局もう一つの絶対的なものにすがりつくしかない、ということだった。マルクスは死んだ、と言えるのは、マルクスは生きていた、と思っていた人だけである。私のように、マルクスは善良な人々の夢としてだけ生きていたと思う者には、死んだという言葉の裏に、生きていると言っていた時と同じエモーショナルなものを感じて、あの人たちは所詮《しょせん》変ってはいないのだ、と思うだけである。

エモーショナルといえば、焼跡派だけがエモーショナルなのではない。われわれに続く世代も、そしてもっと後の世代も、われわれよりははるかにエモーショナルな点では、同じではないだろうか。三島由紀夫の事件の時、私はある席でこう言った。

「あれは切腹ではなくて、HARAKIRIです。切腹ならば、自宅の奥の間で畳でも裏返しにして、天皇陛下にラヴ・レターを書いてもいいから、その後で一人だけで静かに死ぬものです」

その時の私を猛然と非難したのは、自殺をこのような形でした作家と同世代に属す人たちのほかは、私よりはずっと若い人たちであった。三島由紀夫は、私にとって公人である。公人と見てこそ感じた違和感を、正直に述べたまでである。しかし、われわれは、サイレントであるだけでなく、マイノリティでもあるのだろうか。

ある脱獄記

十七世紀も末近いローマに、ジュセッペ・ピニャータという名の男が住んでいた。職業は、枢機卿の秘書である。法王庁のあるローマではそこに住む枢機卿の数も多く、この人々を補佐する秘書は、恒産に恵まれない知識人にとって、貴族の家の家庭教師とともに、当時ではごく一般的な職業でもあった。ただ、ピニャータは、もう秘書ではない。二十代のはじめから仕えた枢機卿が死ぬ時に、質素に暮らせば一生困らない程度の年金を遺《のこ》してくれたので、新たに主人を求める必要もなかった。裕福で、また知的な雰囲気《ふんいき》を愛することでも有名であったガブリエレ伯に乞《こ》われるままに、その家の夕食の席に連らなるのが、今の彼にとっては唯一《ゆいいつ》の仕事になっていたのである。結婚はしていない。ドイツに、以前の彼と同じような仕事をしている、弟が一人いるだけだった。

伯の夕食会での話題は、哲学や歴史や科学が主で、宗教に関しては、伯夫人専用の感じだったこの家の懺悔《ざんげ》聴問僧オリーバが言い出しでもしないかぎり、話題にさえのぼらなかった。反動宗教改革の嵐《あらし》は、一世紀前には自由なルネサンスを謳歌《おうか》していたローマさえも、息の詰まるような世界に変えていたからである。

ピニャータが逮捕されたのは、平穏でも知的刺激に満ちたこの生活が、二年余りも続いた年であった。いつものように伯の家を辞した後、夏の夜の涼気を心地良く感じながら、暗い小路《こうじ》を行く怖《おそろ》しさも忘れて、急ぐでもなく家に向っていた時である。背後から襲ってきた数人の男たちの手でマントを頭からかぶせられ、身動きもできないままに馬車に連れこまれたのだ。マントが取られたのは、どこかの建物の中に乗り入れた馬車から降ろされた時だった。その時眼《め》に入ってきた、月光に照らされた内庭を見たピニャータの胸は、凍りついたようになった。秘書をしていた頃《ころ》、仕事とはいえ訪れるたびに嫌《いや》な気分になった、異端裁判所だとわかったからである。そのまま地下の牢《ろう》に放《ほう》りこまれた。取り調べもなく、顔を見る人間といえば、彼を家畜でもあるかのように粗暴にあつかう牢番しかいない。ピニャータは、牢番の振舞いを気にしないように努め、わずかに入ってくる光を頼りに、牢の壁に、一日が終るたびにしっくいのかけらで印をつけた。

呼び出されたのは、ちょうど一カ月が過ぎた日である。広い部屋の壁にそってイエズス会の修道士たちが黒衣で居並んだ前に立たされ、取り調べがはじまった。尋問は巧緻《こうち》をきわめたものだった。それでも、彼は、言葉尻《じり》をとらえられないように注意しながら、ついに最後まで、言い逃れに成功した。

次の日からは、拷問《ごうもん》もはじまった。取り調べの時は一人だが、拷問は、他の囚人たちも同席する。一人が拷問されるのを、他の者は見させられるのだ。この時はじめて、ガブリエレ伯の夕食会の常連が、僧オリーバを除いて全員捕えられていたのを知った。ピニャータは、つい一カ月前までは知的な会話に生き生きと興じていたこの人々が、今では、肉体よりも精神的な打撃に打ちのめされて、拷問など不要と思われるほどに憔悴《しょうすい》しきっているのを、暗い気持で眺《なが》めるしかなかった。そして、今はじめて、異端裁判所から生きて出られた者はいない、という噂《うわさ》を、心底からの恐怖をもって思い出していた。ここでは、罪は裁かれるのではない。作られるのだった。

尋問と拷問のくり返しがようやく終り、判決がくだるのはいつかと待ったが、その日はなかなかやってこない。ただ、牢換えが行われ、ピニャータは、地下の牢から同じ建物の三階に移された。内庭に向って鉄柵《てっさく》をはめた小さな窓があるので、外気だけは充分に吸える。一日に一度、夕暮時にミサに参列することもできるようになった。この時に、他の囚人たちと会うこともできる。独房生活では、これは恵みの雨のようなものだった。

異端裁判所の修道士たちは、ある意味では親切だった。週に一度の囚人との対話の折りには、いつも囚人に希望を持たせることを言うからである。しかし、時には、絶望させるようなことも言い残して帰る。囚人の中には、これに振りまわされ、毎日を希望と絶望の間を大きくゆれ動いて過ごす者が多かった。

ピニャータだけが、超然としていたと言えば嘘《うそ》になる。ただ彼は、希望は希望で残しながら、もしそれが実現しなかった場合にそなえて、脱獄の意志を固めていたのだ。拷問の痛手が癒《い》えるや、狭い独房の中でも足腰の鍛練を忘れなかったし、ミサへも駆け足で行った。無為に日を過ごして頭のほうが衰えるのを防ぐために、食事用の小机の上に、しっくいのかけらでチェンバロの鍵盤《けんばん》を描き、その上で知っているかぎりの曲を奏《かな》でもした。読書も書きものも、許されていなかったからである。それでいて、ミサの参列中にふと見つけた、修理中の大工が忘れでもしたらしい一本の釘《くぎ》を、拾って隠すことも忘れなかった。

ミサの席で、彼は、判決のくだった囚人たちが、時間つぶしにわらを使って細工物を作るということを知った。早速、巡回の僧に自分にもさせてくれるよう願ったが、未決囚には許されていないと拒否されてしまう。では、せめて、スミのかけらと紙をくれと願った。巡回僧は、泣き崩れたりおどしをかけたりする他の囚人に比べて、いつも平静なピニャータに好感をいだいていたのか、これも規則違反だがと言いながら、次の週に彼の願いをかなえてくれた。ピニャータは、それを使って、ミサのたびに見る礼拝堂のヴァザーリ描く聖母子像を、思い出しながら描いたのである。線と濃淡しか使えなかったこのデッサンは、それでも、巡回僧を讃嘆《さんたん》させるに充分で、僧は、わら細工でこれを再現し尼僧院《にそういん》に寄贈したいというピニャータの意向を、助けると約束してくれた。

望みの量のわらと糸と針、それに鋏《はさみ》と糊《のり》が与えられたのは、それから二カ月が過ぎてからである。わら細工に、彼は自信があったのではない。ただ、子供の頃に乳母がやっていたのをいつも見ていたので、その作り方を思い出すのはそれほどむずかしいことではなかった。デッサンを見ながらの作業がはじまった。

形が九分どおりできあがったところで、ピニャータは、白色も加えた種々の絵具を所望した。巡回のたびに柄《がら》が精巧さを増していくのを見て感心していた僧は、嫌がりもせずに希望をかなえてくれた。僧は、囚人が望んだ物の中で白色の絵具と糸が必要以上に多量なのに、不審の念もいだかないようだった。それどころか、デッサン用のスミを削るのに小刀が要ると言ったピニャータの願いも、聴き容《い》れてくれさえした。小刀も鋏も、牢番に斬《き》りつけることもできないほど小型なので、心配する必要もないと思ったからであろう。

色附けも終り、原画よりは小ぶりでも感じの良さではそれ以上の、いかにも尼僧の喜びそうなわら絵が完成したのは、はじめてから十八カ月が過ぎた頃だった。その頃には、食事のたびに供される小さなテラコッタの壺《つぼ》に入ったサラダ用の酢を、不審に思われない程度に少しずつ貯《た》めたのも、水入れ用の大きい壺を満たしはじめていた。牢内の掃除は囚人自身でする規則が、幸いしたのである。絵の完成後も、彼は、小箱や煙草《たばこ》入れをわらで作るのをやめなかった。小刀や鋏を、取りあげられないためだった。

待ち望んだ判決がくだったのは、逮捕の日から三年が過ぎた年である。その直前に法王が死に、新法王インノチェンツオ十二世の即位という慶事があって、誰もが恩赦を期待していたのだが、無駄《むだ》だった。ガブリエレ一味とされた人々の全員に、終身刑が言いわたされたのである。ただ、伯一人は出所を許され、ある貴族の家に預けられたが、その状態でも安心できなかったのかそこを逃げ出し、ヴェネツィアに亡命したということを、ピニャータはしばらくして知った。

判決に打ちひしがれてしまった同僚たちと絶望をともにしたのは、二日の間だけだった。三日目にピニャータは、巡回してきた僧に、腰の骨の持病が拷問と牢生活のためか悪化したようなので、医者を呼んで欲しいと頼んだ。医者の前で痛みを装うのは簡単だった。医者は、町中ならばどこでも手に入る、鉄輪の縫いこまれたコルセットを持ってきてくれた。

ピニャータは、ミサへ行く途中で偶然に目にした修復中の場所で、この建物の外壁が優に二メートルの厚さであることを見ていた。しかし、部屋の天井の穹窿《きゅうりゅう》の弓形の最上部を突けば、八十センチ足らずでその上の部屋の床に達せることも見抜いていた。そして、自分の牢のある階に並ぶ部屋には内庭に向って開いた窓しかないが、その上の僧たちの住む階の部屋には鉄柵なしの窓が外に向って開いていることを、わら細工のおかげで少しは親しみを増した巡回僧から、聴き出してもいたのである。

しかし、すぐにも作業に着手できたわけではなかった。左右の独房の住人には、ピニャータの牢が角《かど》にあるので比較的にしても距離があり、厚い壁にさえぎられて音の漏れる心配は少ない。だが、上の部屋は別だ。ピニャータは、上の部屋に住む僧がイエズス会では高位を占め、幹部会議出席のため、月曜と水曜と木曜の夜は部屋に居ないことは知っていた。だが、それだけでは充分ではない。ピニャータは、二カ月間かけて統計を取ったのである。その結果、月曜にこの建物の中で開かれる会議と、木曜に法王の前で行われる夜は夜半前に帰室するが、水曜にローマ市内のイエズス会本部で開かれる会議に出席する時は、いつも夜半を大きくまわった時刻に帰室することがわかった。昼間の作業は、不意の牢番の見廻《みまわ》りが危険で論外だった。

寝台と机と椅子《いす》を重ねた上に立つと、天井の目指す箇所は眼の前だ。鋏と小刀と釘が、しっくいをけずり取る道具に変る。最初の煉瓦《れんが》をはずすまでは大変だったが、その後は思ったよりも簡単に進んだ。とくに、煉瓦と煉瓦の間を固めているしっくいに酢を霧吹きしておくと、次の時にそれをけずり取るのが容易になるばかりでなく、けずる時の音を低目に押さえる役にも立つ。煉瓦をはがすには、コルセットから抜き取って伸ばした鉄輪を使った。予定の作業が終れば、口を開けた穴にはデッサン用の紙を張り、四辺を白色絵具でぼかせばわからなかった。取り出した煉瓦は、便所に行く時に隠し持ち、その中に捨てた。

作業開始から一年目、細身の彼がなおも身を細くしてようやく通り抜けられる穴が上の部屋に突き抜けるのに、煉瓦の一層を残すまでになった。ピニャータは、水曜の夜を待つ。その日は昼間から、敷布を裂いてのなわ作りに取りかかった。少なくとも、二十五メートルの長さは必要だった。そして、その日最後の牢番の見廻りの後ただちに、毛布をポンチョ風に仕立てる。脱獄後に、羊飼いを装うためである。また、二枚の手ぬぐいを縫い合わせ、袋も作った。その中には、小刀、鋏、鉄棒を入れた。最後の仕事は、残された一層の煉瓦をはがすことだった。

穴が突き抜けた時、ピニャータはまず、必要な品々を上にあげ、その後で身体《からだ》のあちこちが煉瓦にすれる痛さに耐えながら、上によじのぼった。そして、窓に駆け寄り、窓わくになわをしばりつけ、それを伝って地上に降り立った。予想どおり、周囲に人影はなかった。屋外で過ごすことが好きなローマっ子も、四六時中うめき声が聴こえるとかで、異端裁判所のそばを通り過ぎるのも嫌《きら》っていたからである。ピニャータは、あらかじめ見当をつけておいた、そこから最も近い城門に向って走り出した。明け方までは城壁近くの野菜畑に隠れ、城門が開けられたとたんに、近郊の百姓の群れにまぎれて逃げ出すつもりだ。ローマの城門はどれも、ペストでも発生しないかぎり監視がゆるやかなのは、ローマ生れならば誰でも知っていた。しかし、ピニャータが、はじめて枕《まくら》を高くして眠れたのは、その後四カ月して、ヴェネツィアにたどり着いた夜だったのである。

今もヴェネツィアの古文書庫に遺る、ヴェネツィア共和国がローマに放っていたスパイからの報告の中に、こんな一文がある。日附けは、一六九三年十一月十日。

「昨夜、例のガブリエレの一味とされて獄中にあったジュセッペ・ピニャータが、異端裁判所の牢獄からの脱走に成功し、今朝のローマは、この話でもちきりです。一味のうち二人は、すでに獄中で狂死。その中でも四十四歳になるこの男は、ことのほか模範囚であったとか……」

幸福な例

十五世紀はじめの、ヴェネツィア共和国に起きた事件である。ただ、それについて書く前に、この話の主人公であるカルロ・ゼンを紹介したいのだが、ここで書く目的とはちがっているにしても、彼についてはつい先頃《さきごろ》書いたばかりで、このような場合、別の筆致で改めて書くのは実にむずかしい。それで、『海の都の物語』（中央公論社）上巻から抜き書きするが許されるよう。

――この「キオッジアの戦い」という名で知られる第四次ヴェネツィア、ジェノヴァ戦役で、ヴェネツィアは二人の英雄を生む。カルロ・ゼンとベットール・ピサーニであった。

カルロ・ゼンという男は、実に愉《たの》しい男で、ヴェネツィア的な重厚さとは無縁な印象を与える。元首《ドージェ》を出したほどの家柄《いえがら》で、もちろん貴族であった。ただし、スミルナ戦で戦死した父親は、カルロも加えた十人の息子たちに、一人ずつに十分なほど分け与えるには不十分すぎる遺産しか残さなかった。こういう場合にやることは、貴族であろうと平民であろうと変らない。財産の分散を防ぐために相続は長男に限り、あとは養子に行ったり僧職についたりして、自立を計るしかない。カルロに与えられたのは、僧職のほうである。この場合は学問が必要となるので、カルロは、パドヴァの大学に留学し、そこで神学を勉強することになった。

ところが、この若い神学生は、勉強するのが大嫌《だいきら》いときている。背も高く美男であったので、女たちにもてはやされ、学生生活は、はじめから乱れっぱなしであった。しかも、女にもてはやされているだけならば金もかからないが、賭《か》け事にも熱中した。こちらのほうはいっこうに成績が芳《かんば》しくなく、たちまち学費を使い果す。教材の書物まで売り払っても、借金を返済し終ることができなかった。女も賭け事も、当時の大学生たちの二大重要事ではあったのだが、カルロ・ゼンは、少しばかりやりすぎたのである。

借金返済のためということで、彼は、当時のイタリアでは盛んであった傭兵《ようへい》の群に身を投じた。学問など好きではなかったから、意外と陽気に入隊したにちがいない。その後、誰も彼の消息を知らない日々が過ぎた。彼が五年後にヴェネツィアにもどってきた時、家族たちは、もはやカルロは死んだものと信じていたくらいである。それでも、彼のために手に入れておいたギリシアの司祭のくちは、まだそのままであった。

カルロは、パトラスのその教区に行った。ただし、そこでも、ミサをあげるよりも、近辺のトルコ人との小ぜり合いに熱中して日を過ごす。しかし、これは十字軍的な行動なので、彼の上司である司教も黙認していたのだが、司祭カルロが、その地のフランス騎士と決闘して相手を殺してしまったのには、さすがに司教も眼《め》をつぶるわけにはいかなかった。原因が女のことであったのと、キリストのしもべである司祭がキリスト教徒を殺しては、やはり具合が悪い。それで、司教はカルロを呼び、おおいに叱《しか》った。免職にするつもりはなかったのだが、カルロのほうに、もうこういうめんどうな職業を続ける気がなくなっていた。さっさと聖職を捨てた彼は、コンスタンティノープルにでも行って商人になろうと、パトラスから去る。

ほんとうにコンスタンティノープルで商人をやる気があったかはいざ知らず、少しして、テネドス島の事件が起る。城塞《じょうさい》を建築中のヴェネツィア人を、ジェノヴァ人が襲ったのである。必死の防戦中の島に、ひょっこりカルロ・ゼンが姿をあらわした。志願兵としてであった。だが、もともとリーダーの才能があったのであろう。また、戦いは慣れたものである。たちまち頭角をあらわしたカルロは、立派にジェノヴァ人撃退をやってのけた。こうして、海戦の経験もなく、まして提督など一度も勤めたことのないカルロ・ゼンは、ヴェネツィア海軍のギリシア方面担当の司令官に任命されたのである。以後、いかにも彼にふさわしい、派手で華やかな活躍ぶりを示す。――

こういう愉しい男なので、祖国の存亡を賭けた第四次で最後ともなる対ジェノヴァ戦も、彼個人に限ればけっこう楽々とこなし、ピサーニ戦死の後は、ヴェネツィア海軍の総司令官まで立派に勤めあげたのであった。その後も、陸軍は当時の慣習に従って傭兵制度を採用していたヴェネツィアでは、陸軍に属するヴェネツィア人としては最高の位である、参謀長も幾度か経験する。それどころか、イギリスやフランスにまで大使として派遣され、これまた任務を見事に果して帰ってくる。海軍でも陸軍でも、職業軍人というものが存在しなかったヴェネツィア共和国だが、カルロはその意味でも、最も時代と祖国の実情に適した人物と言えた。持ち前のおおらかで大胆で男っ気あふれる性格から、同胞である船乗りにしたわれただけでなく、金でしか動かないはずの外国人の傭兵の尊敬まで享受《きょうじゅ》していたというのだから、ヴェネツィア共和国にとっては、まことに得がたい人物であったろう。民衆の人気も絶大で、官位としては元首に次ぐ聖マルコ監督官に任命されていた。一四〇六年の当時、六十歳になっていたカルロ・ゼンがいまだ得ていない名誉となれば元首の地位しかなく、いつかそれに選出されるようなことになっても、ヴェネツィア共和国内だけでなく、他国の支配者たちの間でも、誰一人不可思議なことと受け取る者はいなかったにちがいない。その年の一月二十日、この彼が逮捕されたという知らせが広がった時のヴェネツィア人の受けたショックは、だから、言葉を絶するほどのものだった。

その前年、ヴェネツィアはパドヴァの領有に成功していた。その時、先の領主カラーラの残した書類一切が検査されたのだが、それには当然、出納簿もふくまれている。そして、その中に一行、カルロ・ゼンに四百ドゥカートを支払ったことが記されていたのである。

ヴェネツィア共和国の法では、国政を担当する貴族たちに、他国人との間に通常の商業以外の金銭関係を持つことを禁じていた。つまり、贈与関係を厳禁しているので、大使のように贈物を断われば外交関係にヒビが入りそうな立場にある者でも、勤務地の君主から贈られれば受け取るが私有化は許されず、帰任後に政府に報告し、贈られた品物は、聖マルコ寺院の宝物殿に収めなくてはならない決まりになっていた。これによれば、カルロ・ゼンは、二つの点で、祖国の法を犯したことになる。第一は、外国の君主と、商業以外の金銭関係を持ったことであり、第二は、それを政府に報告しなかった点であった。

裁判を担当したのは、「十人委員会」である。と言っても、実際の構成人員数は、十人の委員に元首、元首補佐官六人を加えた十七人で、十五世紀初頭のヴェネツィアでは、重大犯罪を裁く機関として知られていた。ただし、国家に対する反逆罪を裁く場合は、この十七人にさらに、国政経験の豊かな二十人を加えた三十七人で構成される決まりになっていたから、十七人の委員だけで担当したカルロ・ゼン裁判は、国家反逆ではなく、単なる刑事裁判としてあつかわれたのであろう。

委員たちを前にして、カルロ・ゼンは、次のように釈明した。

「ミラノに参謀長として派遣されていた当時、ミラノ公に捕われていたパドヴァの君主フランチェスコ・カラーラと知り合い、彼の窮状に同情し、頼まれるままに四百ドゥカート貸した。その後捕囚の身から自由になったカラーラが返済したのが、出納簿に記入されたのであろう」

とはいえ彼も、この件の政府への報告を怠ったことは認めた。しかし、委員たちの、四百ドゥカートを貸したという証拠を示されたし、という要求に、カルロ・ゼンは、応じることができなかったのである。しかも、これが事実であったとしてもそれを証言できる唯一《ゆいいつ》の人物カラーラは、その前年、ヴェネツィアで獄死していた。

だが、ヴェネツィア共和国では、このような場合でも、国選にしても弁護人をつけることが許されている。カルロ・ゼンの弁護を受け持った弁護人は、カルロの言い分を立証するのが不可能と思ったのか、弁護を次の二点に集中した。

第一に、二十五年前とはいえ、ヴェネツィアの存亡を決した対ジェノヴァ戦役で、ピサーニとともにゼンは、救国の英雄であったこと。それ以後のヴェネツィアにとっては実に困難な時期にも、軍隊統率者として外交担当者として、余人の追随を許さない貢献をした事実を訴えたのである。

委員たちのほぼ半数が、カルロの統率下、あの困難な戦役を闘い抜き、残りの半数も、その後のカルロと、部下として行動をともにした人々であった。しかし、法の平等な執行は、利益の公正な分配とともに、社会安定の二大要素であると、ヴェネツィア共和国の支配階級は確信し、クーデターを策したという罪で、現役の元首でも斬首《ざんしゅ》刑《けい》に処したほど、その厳正な執行を心がけてきた。この鉄則の前には、委員たちのほとんど全員がいだいていたにちがいない、カルロ個人に対する敬意の念も好意の感情も、捨て去らねばならないこととされた。

弁護の第二は、次の点に置かれた。

カルロ・ゼンのこれまでの数々の祖国への貢献は、誰一人異議をさしはさむ余地もないものだが、それにもまして訴えたいのは、彼のような人材は、これからの共和国にとってもまことに有用な存在であり続けるということである。兵士の統率力にずば抜けている事実、彼の個人的な魅力に傾倒する外国の支配者たちの多さ、共和国の将来を考えるにこれほどの器量の持主はそうは簡単に生れるとは思えない人物を、汚職の疑いだけで葬《ほうむ》り去るのは、いかにも惜しいことが、弁護人の強調した点であった。四百ドゥカートは、現代では四千万円強の額に相当する。

これには、委員たちは内心動揺したようである。公職の一時剝奪《はくだつ》に罰金を課すだけで充分ではないか、と提案した委員がいたが、その案は二票を得ただけで否決された。判決までに長時間の討議が費やされたのは、委員たちが、ゼンのような人材を葬り去れば、その後の共和国に不利になるのではないかという、怖《おそ》れをぬぐい去れなかったからである。しかし、一委員の次の発言が、結果を決めた。

「委員諸君、ゼンほどの人物を知れば、それを葬り去る決定を迫られて迷うのは当然であります。しかし、忘れないでほしい。人材というものは、これ以後生れないのではないかと怖れれば実際に生れないものであり、反対に、そのような心配にわずらわされず断固とした処置を決行する国では、生れてくるものであります」

判決は、十七票中十四票を得て、二年の実刑に永久公職剝奪と決まった。ただちにカルロ・ゼンは、元首官邸にある地下牢《ろう》の一つに入れられた。ゼンも、そして彼を愛していたヴェネツィアの民衆も、この判決に異議を唱えなかった。ヴェネツィア政府を非難したのは、外国人だけである。彼らは、ヴェネツィア人を、些細《ささい》な過失で貴重な才能を台無しにする、嫉妬《しっと》深い凡人の群れと嘲笑《ちょうしょう》した。

では、それまでの栄光と名誉に満ちた生活から一転して、二年の牢生活を送らねばならなかったカルロ・ゼンのその後はどうであったろう。出獄後、彼は、聖地巡礼行に加わってパレスティーナへ行った。そして、祖国にもどった後は、文学や哲学三昧《ざんまい》の悠々《ゆうゆう》とした余生を過ごし、いまだに彼を慕って集まるヴェネツィア人や外国からの訪問客に親しく対したが、決して、その人々を利用してヴェネツィア共和国の政治の黒幕的存在にはなろうとしなかった。なろうとすればなれた情況に恵まれていたのにである。十年後に彼が死んだ時、ヴェネツィア共和国は、ゼンを、国葬でもって遇した。死者は、もはや怖《おそろ》しくはないのだ。そして、その後のヴェネツィア共和国は、ゼンほど華やかではないにしても、彼に優《まさ》るとも劣らぬ人材に恵まれる何百年かを享受するのである。

中世では珍らしく共同体意識が強く、外国人から、まるで国全体が一つのファミリーのようだと言われたこの国では、支配階級に属す者の犯した汚職は、死刑と決まっていた。

知られざる英雄

その男の名は、F某とでもしておこうか。年の頃《ころ》は四十二、三。特別眼光が鋭いわけでもなく、話し方に威圧的なところがあるわけでもない。白いものの混じる頭髪にかこまれた広いひたいと、その下のイタリア人にしては東洋的な切れ長の眼《め》に少しばかり特徴が感じられるだけで、中肉中背の身体《からだ》つきからも、常にユーモアを幾分かふくんだおだやかな話しぶりからも、平凡という一語しか思いつかないタイプの男である。だから、この男が、一九八一年の暮から翌年にかけて、イタリアの新聞やテレビはもちろんのこと、アメリカも、また直接には関係のない日本のマスコミでさえも大きく取りあげた事件の、陰の立役者であったと知った時は、正直言って、少しばかり眼を見張る思いがしたものであった。

一九八一年の十二月十七日、イタリア人以外の人々からすれば、『ロミオとジュリエット』の舞台になった街としてしか知られていない北イタリアのヴェローナで、アメリカの陸軍大将が誘拐《ゆうかい》されるという事件が起った。誘拐したのは、日本では

「赤い旅団《ブリガーテ・ロッセ》」と訳されているテロリストの一グループである。それは、事件発生直後に彼らのほうから電話してきたからだけではなく、大胆で緻密《ちみつ》な決行過程からしても、疑いもなく、テロリスト・グループの中では最も頭脳的な作戦を得意とする、彼らのやったことにちがいなかった。

イタリア政府の驚愕《きょうがく》ぶりは見るも哀れなほどだったが、わからないでもない。誘拐されたのが日頃世話になりっ放しのアメリカ国籍を持つ者で、しかも、北大西洋条約機構の北イタリア方面責任者であったからだ。アメリカのペンタゴンも、驚きあわてた点では、イタリア政府とたいして変りはなかったようであった。ドージャー大将は、NATOの軍事機密にはあまり関係していなかったなどという、一般の庶民でさえも信じないコミュニケを、急ぎ発表したからである。また、イタリア人全体も、アルド・モーロが誘拐された時と比べて、一風変った反応を示した。自分の国の元首相の誘拐はあくまでも自国内の不祥事だが、他国の要人となると、日本人ほどには恥の観念が支配的でないイタリア人でも、申しわけないとぐらいは感じるのであろう。また、進歩的政治家という盾の陰で、共産圏の国々からの食肉輸入のメカニズムを利用して、私腹を肥やしていたともっぱらの評判であった元首相の誘拐に比べて、そのようなこととは無縁であった単なる一軍人の不幸が、より同情を呼んだのも、自国の政界の実情に絶望しているイタリア人を知る者ならば、すぐにも納得いくことなのである。ヴェローナ市の警察署に、モーロ誘拐当時をはるかに越えるという一大捜査本部が置かれたとの報に、苦情を言う者はいなかった。

F某がヴェローナ出張の命令を受けたのは、事件発生から二時間も経ていなかったという。彼の本来の所属機関は、各県の県庁所在地にある、公安問題が担当の「ディゴス」と略称される組織だが、事件が州を越えて全国的な規模の捜査を必要とする場合は、「ウチゴス」と略称される内務省直属の機関に、自動的に配置転換される仕組になっている。もちろん、フィレンツェ市警察内にある「ディゴス」所属の刑事全員が「ウチゴス」に配属になるのではなく、事件の性質によって、その方面のエキスパートが引き抜かれるのが普通だ。F某は、「赤い旅団」のことなら、シンパの一人の恋人がかかった歯医者まで知っている、と言われるほどのベテランだった。そして、ヴェローナの捜査本部に到着したF某は、各地から派遣されて本部を構成する顔ぶれを見て、それまでとはちがって政治色のまったくないのに、捜査の前途に、今までにはない明るさを感じたと後で言っている。

この事件が、翌一九八二年一月二十八日のドージャー大将救出作戦の成功によって、四十日ぶりに解決したのは、日本のマスコミでも大きく報じられたにちがいないから、ここでその詳細を改めて述べることもないであろう。また、私の関心も、なぜ今回だけ成功したのだろう、という点にあったのだから。

それは、F某の説明によれば、ただ一つの点に集約されることになる。

今回に至ってはじめて、国民各層の完全な支持を背景にしている、と確信できたことにつきるのだそうだ。とはいえ、これまでの「赤い旅団」関係の事件捜査が、国民の支持を得ていなかったというのではない。とくに、モーロ事件以後、この派のテロリストたちは作戦を変更し、それまでのようになにかと黒い噂《うわさ》のある政治家や大資本家や地方の有力者たちを誘拐したり殺害したりするのに代えて、一介の警察官とか、自分の才能だけで今日の地位を築いた経営の中堅層とか、庶民が憤慨するようなまじめな人々をテロの的にするようになっていたので、イタリア人は、「赤い旅団」を中心とするテロを憎悪《ぞうお》しはじめていた。これは、しかし、イタリアでは左でも右でもテロリストには共通する作戦で、大衆が憤慨した結果警察国家的になれば、それこそそれを打倒する理由ができるからである。

だから、国民の支持がなかったわけではない。しかし、今回はそれに加えて、友好国の中でも特別な国であるアメリカの要人が誘拐されたのだから、それまではとかく左翼テロにだけは同情的だったために捜査の手をとかくしばりがちだった社会党さえも、一言も口をはさむことができなくなったのだった。これは、捜査に実際に従事する刑事たちにとっては、はじめての白紙委任状を得たことを意味したのである。誰だって、何の障害も心配せずにやれると思えば、張り切るのは当り前だ。まず、事件の起ったヴェローナ周辺には厳重な警戒網が布《し》かれ、麻薬患者がヤクが入手できなくなって病院に駆けこんだと言われるほど、外部との孤立化に成功した。そして、テロに少しでも関係ありと疑われた者の、逮捕がはじまったのである。

Ｆ某は、当時を思いだしてか、笑いを交じえながら語る。

「イタリアの警察を信用しなかったからだろうが、ＦＢＩが、コンピューターからなにからありとあらゆる器械とともに、捜査陣の提供を申し入れてきましたよ。また西ドイツの警察も、テロに関してはプロ中のプロと自他ともに許す刑事たちを派遣しようか、と言ってきたのです。日本からは、この種の技術提供の申し入れはなかったようだけど。

でも、これにはちょっと困りましたね。だって、われわれの中でドイツ語を話せる者なんて一人もいないと言ってよかったし、英語にしても、操るよりも操られる心配のほうが強かったくらいだから。それで、このような親切な申し入れには丁重にだけれど断わることにして、結局、われわれにとっては、最もやり慣れた方法でいくことにしたのです。つまり、テキもイタリア人なのだから、こちらもイタリア式でやるということですよ。

そう、百五十人はいたかな、最初の網に引っかかった者が。それを、完全に隔離状態に置いたのです。外部と隔離するだけでなく、彼らの間でも離したんだ。もちろん、誰それを捕えたなどということは、記者たちにも発表しなかった。『知る権利』には悪いけれど、一時我慢してもらうというわけで。イタリア人は、完全な隔離状態に置かれるのに実に弱いので、それに勝負を賭《か》けたというわけですよ。

尋問も、拷問《ごうもん》を使わなかったことでは、これまでと同じだった。ただ、これまでのようにコーヒーの時間など与えなかったし、また長さも、十五時間に及ぶなど普通だったのが、以前とはちがった点でしょう。そして、どんなに鉄壁と見える者にも必らず弱味はあるもの。われわれは、それを見つけ、そこを突くことに集中したのです。自白を引き出すためにね。

例えば、頭の働らきの早い者には、理づめの説得が効果がある。あと何年すると仮釈放の可能性があるなどと言うと、向うも理性的に考えるようになるのです。一方、名誉心の強い相手には、女友達の逮捕は時間の問題だとほのめかす。そうすると、今までは口を裂かれても自白しそうになかった者が、急に、彼女は無関係だと叫び出す、というわけです。また、左翼テロには多い女のテロリストだが、彼女たちの場合には、方策は一つしかない。彼女の属すグループの首領か、それとも愛人か、たいていはこの両者は同一人なのだけど、その男が自白しはじめれば、問題は解決したも同然です。これが、尋問に対しては男の仲間たちよりも強い抵抗力を示す、女のテロリストを自白に導く唯一《ゆいいつ》の策ですよ。もちろん、彼女たちはみな、首領ないし愛人との対面を求めるから、男どもを自白させるのがまず先決でしたけれど」

四十日間は、捜査をする側にとっては、実に長い時間であったろう。FBIはイライラし、イタリア政府関係者は恐縮するばかり、世論は、今か今かと解決を待ちかまえていたのだから。尋問した人数だけでも、一千人を越えたという。しかし、雑魚《ざこ》の群れのように見えたその中から、ある日、誘拐したNATOの将官をパドヴァの隠れ家に護送した車を、運転したという男が浮びあがってきたのである。自白を引き出したのは、F某だった。

救出作戦の準備は、周到に周到を重ねる感じで練られた。捕われているアメリカ人を、殺さずに救出できるかどうかに、すべてがかかっていたからである。ここに至って仕事の中心は、F某もその一人だった刑事たちを離れ、特殊任務部隊に移ったのは当然だった。この部隊は、モーロ殺害後に創設された部隊で、二十歳そこそこの若者たちで構成されている。武器は持ってもなるべく使ってはならないというのが規則だから、全員が、彼らの言葉では、「日本式」武術に長じている。これまでに「特殊任務部隊」が出動したのは、刑務所内の暴動とかで幾度かあるが、すべてが成功だった。だが、今回は非常にデリケートな行動を必要とするので、もともと日頃からの厳しい訓練では知られているこの部隊も、実際の〝討ち入り組〟の選考には、やはり相当に慎重にならざるをえなかったという。F某のほうは、その間も時間を無駄《むだ》にしなかった。すでに全員の名が明らかになっている、隠れ家にひそんでいるテロリストたちを、逮捕後に取り調べる準備に没頭していたからである。F某にはとくに、その首領格サバスタの尋問が割り当てられていた。

「若い猛者《もさ》どもは、結局はうまくやるだろう」と、F某は思っていたそうである。

救出成功のニュースは、イタリア中を喜びと興奮の渦《うず》に巻きこんだ。人質がかすり傷ひとつなく救出されただけでなく、その場にいた六人のテロリストも、特殊部隊の隊員たちの、実際行動に要した時間わずかに二分という早さの前には、抵抗どころか武器をかまえることもできず、おかげで全員怪我《けが》もなしであったのが、結果よりも過程の技の冴《さ》えを重視する傾向の強い、イタリア人の嗜好《しこう》に合ったからであろう。イタリアにとっては、まったく久しぶりに喜ばしいニュースであった。一度だって賞《ほ》められたことのなかったイタリア警察も、レーガン大統領から公式に感謝と賞讃《しょうさん》の言葉が送られたりして、まずは立派に顔が立ったのだった。私などは、イタリアの警察もこれからは充分に仕事ができるようになるだろう、と思ったものである。

だが、それから三カ月が過ぎた今、F某は、思ったほど明るい顔をしていない。彼によると、この機にテロを壊滅せねばならず、またそれをできるのに、以前と同じ邪魔が入りはじめたというのだ。左派系の政党とマスコミが、あの当時の尋問を非人道的だと非難し、左派系の判事たちの幾人かは、捜査本部に属していた刑事全員を告訴すると発表した。F某は、苦笑しながら言う。

「また以前のように、逮捕者でも外部に自由に電話をかけられ、男女のテロリストの同房も許すという、人道的な警察にもどりますかね」

いつか、女のテロリストの妊娠が話題になったことがある。逮捕時から数えてもどうしても月が合わないのに、イタリア人はこう言って笑った。

「刑務所の管理に落ち度がなかったというのだから、これはもう、精霊の仕わざと考えるしかない」

イェルサレム問題

今からおよそ八百年の昔、地方はちがうが同じイタリアで、これもほとんど同じ年に二人の男が生れた。一人はヴェネツィアに、商人の息子として。もう一人はシチリアに、神聖ローマ帝国皇帝の嫡男《ちゃくなん》として。

幼時の環境を比べれば、二人の間にはやはり、相当なちがいがあったであろう。神聖ローマ帝国皇帝となると、全キリスト教世界では俗界の最高位者なのである。だが、このような立場のちがいを除けば、この二人の男は、意外と似た環境で育ったのだった。

当時のヴェネツィアは、地中海交易の女王としての地位を、いかにも彼ららしく、大胆にしかし着実に築きあげつつあった時代である。アルヴィーゼの父も、他の同胞《どうほう》となんら変りなく、ヴェネツィアとオリエントの間の往復に忙しく、父親の帰国の折りなど、食卓の話題にギリシア語、アラビア語がごく自然に混じり合うのを、娘までが不思議に感じない雰囲気《ふんいき》の中で育ったのだった。聖職の道に進もうと決めたのは、アルヴィーゼ自らの意志による。だが、これも、東西交流の要《かなめ》であった当時のヴェネツィアを支配していた雰囲気に反撥《はんぱつ》して、異物排除の傾向ではその中心を自負していたカトリック教会の十字軍精神に共鳴したからではない。ごく平凡に、自分の一生をイエスの教えに捧《ささ》げようと思っただけである。また、兄や弟たちが父の道を継いだ中で、アルヴィーゼの選択は、たいした驚きで迎えられたわけでもなかった。僧院生活の合い間に時折もどる生家でも、聖職者と商人という別々の道を進む兄弟たちは、遠慮などしないおおらかな会話を楽しんだし、信教の相違よりも商いが大切と言いながらも、兄たちは、学問に要する費用を、アルヴィーゼに惜しみなく与え続けたのである。

もう一人の、シチリアで生れ育ったフリードリッヒのほうはどうであったろう。「赤ひげ《バルバロッサ》」と仇名《あだな》された祖父はもちろん知らず、その子で並々でない能力の持主でもあった父も、彼がものごころつく頃《ころ》にはすでに亡《な》かった。母も、三歳の時に失っている。だが、父からはゲルマンの血を、そして母からはノルマンの血を受け、しかし地中海世界の真中で生れ育ったこの高貴な生れの孤児は、キリスト教世界最高位に就くことが約束され、それがために成年に達するまでの後見人も、時の法王が直々に引き受けるほどでありながら、異物排除の精神にまったく無縁に育った点では、ヴェネツィアの交易商人の息子と、まったくちがわなかったのであった。

母方の血筋につながる、シチリアを征服したノルマン王朝の歴代の王たちが、共存共栄では、見事な御手本を示してくれたからでもある。シチリアのノルマン王朝は、ほんのひとにぎりの王家の人々のほかは、それをささえていたのはギリシア人であり、イタリア人であり、またアラビア人でもあるという具合だった。ギリシア人の職人が飾ったモザイクとアラビアの職人のデザインする大理石模様で、華麗に異教的に造られたキリスト教の教会が、フリードリッヒの洗礼の場であり、神に近づく場であった。遊び仲間も、ドイツの貴族の子弟よりも、アラビアやギリシアやイタリアの子のほうが多かった。教師も、ローマにいる法王はそこまでは親切でなかったのが幸いして、回教徒でも学識の高い者は、宮廷ではいつも歓迎された。いや、十三世紀初頭の当時、学問の水準では圧倒的にオリエントが優れていたから、学識の高い者ということになると、ごく自然に回教徒に落ちつくのが普通だったのである。おかげで、フリードリッヒ二世は、ドイツ語、イタリア語、ラテン語、ギリシア語と並んで、ヘブライ語もアラビア語も、特別な想《おも》いなど持たなくても、我がものにできたのであった。

しかし、ヴェネツィアやシチリアでは普通であっても、このような風潮が全西欧をを支配していたのではない。それどころか、当時のヨーロッパをおおっていたのは、百年前の第一次十字軍の成功以後は、軍事的には不成功続きのこの運動が、内部に向けられたり無謀な道に進んだりしたあげく生れた、持って行き場のない狂信が、無気味によどんでいるのが大勢であったのだ。同じ西欧のキリスト教徒に向けられた、アルビジョアの十字軍が起されたのは、一二〇九年。その三年後に起った、俗に言う「子供十字軍」は、目的地のイェルサレムに行きつくどころか、ある者は奴隷《どれい》に売られ、ある者は船の遭難と運命を共にしただけで終る。異教徒相手に交易するヴェネツィア人などは、なん度破門でおどかされたかわからない。イェルサレムがキリスト教徒だけでなく、回教徒にとっても聖地であるという意見は、彼らとの交易で生きているヴェネツィアかジェノヴァの商人の家か、シチリアのパレルモにある、ホーエンシュタウヘン王朝の宮廷でぐらいしか、口にのぼりえない言葉であった。

アルヴィーゼとフリードリッヒがはじめて出会ったのは、パレスティーナの港町アッコンである。それも、奇妙な出会いだった。ローマ法王からパレスティーナに派遣されていたアルヴィーゼは、第五次十字軍の総大将として到着した神聖ローマ帝国皇帝フリードリッヒ二世を迎え、全パレスティーナのキリスト教徒の、この十字軍への非協力を伝えるのが、彼の任務であったからだ。時には言を左右にし、時には公然と十字軍を逃げていた皇帝は、法王から破門されていたからである。

しかし、三十を過ぎたばかりの若い皇帝に、たちまち、同じ年配であった聖職者は魅了されてしまう。残してきた領土は法王の対フリードリッヒ十字軍提唱で犯され、パレスティーナではキリスト教軍から非協力を宣言されるという苦境を、この若い皇帝は、まったく独自のやり方で切り抜けようとしているのを知ったからだった。アルヴィーゼはここで、聖職界に入ると決めた時よりもはるかに困難な選択を迫られることになった。もし他の同僚たちとともに皇帝を見捨てるとすれば、自らの考えも捨てることになる。かといって、聖職界に身を置く彼が破門された皇帝の許《もと》に留《とど》まるとすれば、それは、法王に背くことであり、なによりも、聖職者の徳の第一とされる服従の精神を、真向《まっこう》から犯すことになる。だが、彼は決断をくだした。皇帝の考えに賛成だから皇帝の許に留まり、その実現に努めたいと言ったアルヴィーゼを、大司教は怒声を浴びせた後で破門に処したのである。

イェルサレムを手中にしている回教徒と、交渉の経験がまったくなかったわけではないアルヴィーゼも、今度だけは、驚きが日々変る想いだった。皇帝の語るままに、カイロのスルタンに親書を書くのが、アルヴィーゼの役目だった。しかも、皇帝は、当面の敵法王のスパイと見られてもいたしかたのないアルヴィーゼを、彼の本心を鋭く見通したのか、親書を書くだけでなく、それを持たせてスルタンの許に派遣し、実際の交渉までさせたのである。

皇帝は、イェルサレム問題が、キリスト教、回教双方が領土を争う形では、絶対に解決不可能であるのを見通していた。彼はそれを、問題の原点に立ち帰り、両宗教の、いやユダヤ教までふくめた地中海世界のすべての宗教の、信教の自由を認め合う形でしか、解決できないと信じたのである。そして、その彼の考えに、回教世界の内紛に悩んでもいたカイロのスルタンが同意した。しかし、スルタン・アル・カーミルも、政治的な判断だけで、キリスト教世界の皇帝に同意したのではない。実際にスルタンと会ったアルヴィーゼには、この回教徒の王が、考え方では、回教徒とキリスト教徒のちがいを越えて、フリードリッヒと実に良く似ているのに驚かされたものだった。

交渉がはじめられてから半年も経ない一二二九年の冬、条約は調印を終った。条約の主なものは、次の三点である。

第一に、回教側はキリスト教側に、キリスト教徒の聖地であるナザレ、ベツレヘムと、イェルサレムのキリスト教聖地区を譲渡する。

第二は、両教の聖所の統治はそれぞれの側にまかされるが、祈りのためならば双方とも、他方の聖所に礼拝することは許される。

そして、最後は、パレスティーナ地方での、両教徒の共存を、皇帝、スルタンともに保証することだった。この条約は、調印の日から数えて、まず十年と五カ月と四十日の間、有効と認めることも確認された。これでヨーロッパのキリスト教徒も、軍事力を使って聖地を手中にする必要もなくなり、巡礼者たちも、回教徒に金を払って聖所参りすることもなくなった。春のはじめ、フリードリッヒ二世自らも、はじめてのイェルサレム入りを果したのである。

この時のことは、十字軍の狂騒の中で半生を過ごしたアルヴィーゼには、終生忘れることのできない光景になった。

キリスト教世界俗界の最高位者フリードリッヒ二世は、回教世界の第一人者であるカイロのスルタンに、あらかじめ訪問の許可を乞《こ》うてイェルサレム入りしたのである。もちろんスルタンは快諾し、キリスト教徒であるイェルサレムの代官に、万事支障のないよう命じたのであった。だから、キリスト教徒である皇帝を城門前で迎えたのは、回教徒の代官である。丁重に先導する代官とともに、フリードリッヒはキリスト教の聖所を次々と礼拝してまわった。皇帝とその一行を暖かく歓迎したのは、イェルサレムの住民である回教徒と、はるばるヨーロッパから来ていた巡礼たちだった。回教側から許されて聖所の管理に当っていたキリスト教の僧たちは、破門の身の皇帝を迎えるのは法王の命に反することから、姿も見せなかったのである。皇帝に従う一行の中では、アルヴィーゼがただ一人の聖職者だった。

だが、アルヴィーゼは、後悔していなかった。皇帝フリードリッヒ二世は、リチャード獅子心王《しし》が望んで果さなかったことを、血を一滴も流さずにやりとげたのである。これこそイエスの意にふさわしいやり方だと、アルヴィーゼの胸は感動でいっぱいだった。

その夜、西欧では「アンティ・クリスト」と弾劾《だんがい》されているフリードリッヒは、イエルサレムに泊った。そして、その翌朝、代官が呼びつけられたのである。皇帝は、なにか不都合があったのかと蒼《あお》くなっている代官に言った。

「なぜ昨夕《ゆうべ》は、祈りを告げるモアヅィンを鳴らさなかったのか？」

キリスト教世界第一の王に礼を失するかと思ってやめさせたと答えた代官に、皇帝は笑いながら言った。

「それではあなた方がわたしたちの国を訪問する時には、教会の鐘が鳴らせなくなってしまうではないか」

その日の正午、モスクの尖塔《ミナレット》の上からは、例の長々とした祈りを告げる声がひびき渡った。皇帝の側近の何人かは、その合図にいっせいに祈りをはじめた。イェルサレムの代官は、キリスト教徒の皇帝の臣下にこれほど多くの回教徒がいるとは知らなかったので、あまりの驚きで祈りを忘れてしまったほどだった。

これが第五次十字軍である。しかし、成果は長続きしなかった。皇帝もスルタンも、裏切者と糾弾され軍を向けられたあげく、それへの対応でイェルサレムどころではなくなってしまったのである。結局、イェルサレムとパレスティーナは、非寛容の精神の象徴であり続ける運命を変えることができなかった。

軍事力でなく平和的な手段で聖地を手にしようという動きは、フリードリッヒ二世を最後に消えてしまったわけではない。イタリアやイギリスの聖職者の中にそれを唱える者が、軍事力ではもはや不可能とわかった十三世紀後半に多く出た。アラビア語やヘブライ語を学ぶ学部が、西欧の主要大学に新設されたのもこの時期である。だが、それも、回教に対するキリスト教の精神的優位を確信し、それを回教徒に納得させ改宗させることを目的とした点では、軍事力によった十字軍となんら変るものではなかった。アルヴィーゼは、こういうことを皇帝と話したと書き残している。自分たちは早く生れすぎたのかと聞いた彼に、フリードリッヒ二世は、こう答えたというのだ。

「早く生れすぎたというだけなら、まだ望みはあるがね」

五十代で死んだ皇帝よりは三十年は長生きしたアルヴィーゼの余生は、危険もいとわずにイェルサレムを訪れる巡礼たちの保護に捧げられた。だが、この彼のことは、法王庁の記録にはまったく残っていない。ヴェネツィア共和国の古文書庫で見つけたのである。イェルサレムで死んだアルヴィーゼを葬《ほうむ》ったのも、仲間の聖職者ではなく、ヴェネツィアの商人だった。

第二の人生

十五世紀の昔、東地中海に浮ぶ島クレタに、ジョヴァンニ・ダーリオという名の男が住んでいた。当時のクレタは、すでに三百年もの間ヴェネツィア共和国の植民地であったから、ダーリオのような、何代も根をおろしたクレタ生れのヴェネツィア人は、珍らしくもなかったのである。

ダーリオは、クレタを本拠にした交易を業としていた。当時のヴェネツィア商人の例にもれず、彼もまた主要な商業基地には軒並みに代理人を置く商法をとっていたが、彼自身も、必要とあればトルコにもシリアにもエジプトにも、気軽に出ていくことが多かった。とくに新興国トルコとは、この民族がビザンチン帝国を滅ぼすよりずっと前から接触があったのである。それだけに、トルコ語を母国語同様に話せるのはもちろん、同僚の間では、隠れた「トルコ通」として知られてもいた。

しかし、ジョヴァンニ・ダーリオは、六十を越えるその歳《とし》まで、ついぞ一度も政治とかかわりあいを持ったことはなかった。貿易立国を自他ともに任じていたヴェネツィア共和国は、東地中海の中央にまるで空母のように横たわる島クレタを、自国の存亡の鍵《かぎ》と思っていたから、他の植民地のように大はばな自治を認めず、直轄領《ちょっかつりょう》とし、本国と同じ統治体系を課していたからである。それは、政治を専門とする階級を作り、その階級に属す人々を「貴族《ノーヴィレ》」と呼んだ本国と同じく、クレタも、貴族たちに統治され、総督も、本国政府によって選出された人があたるということだった。ダーリオは、貴族ではなかった。

そのダーリオが突然総督から呼びだされたのは、一四七八年と年が代わってまもない頃《ころ》である。そして、クレタの首都カンディア（現イラクリオン）の港をはるか下に眺《なが》める総督官邸で彼を待っていたのは、思ってもみなかった本国政府からの命令であった。

——可能なかぎり早く、コンスタンティノープルへ向い、トマソ・マリピエロ特命全権大使と合流するよう。——

思ってもみなかった、とは書いたが、これは、現代の常識から推して意外であった、というのとは意味がちがう。ヴェネツィア共和国は、外交を軍事と同じほどに重視し、その点では同時代の他国に比べてはるかに近代的であったが、職業外交官制度を持たなかったということでは変りはなかった。これは、民間人登用にはまったく障壁がなかったということであり、また、持てる力の最も効率良い運用を自明の理《ことわり》として、また彼らの考えからすれば、使える人材を活用しない手はないということになる。ジョヴァンニ・ダーリオも、待っていたわけではなかったが、来るべきと思ってもよいものがきた、ぐらいの気持で、総督官邸を辞したのであった。そして、その日はまだ、特命全権大使に選出された貴族トマソ・マリピエロの通訳が自分に課せられた仕事だと、彼も、彼に本国政府の命令を伝えたクレタ総督も信じていたのである。

家にもどったダーリオには、やはり、発《た》つ前に片づけておかねばならないことが山ほどあった。妻は、ずいぶん前に亡《な》くしている。子はなかった。いや、あるギリシア人の女から得た娘がいたが、六歳の娘とその母の生活を保証してやるのは、それほどむずかしいことではなかった。仕事のほうも、数年前から、後継者として仕込んだ甥《おい》が今では立派に成長している。この甥の力にあまるようなことがあれば、同僚の商人たちが助けてくれるはずだった。六十四歳という年齢で敵国に発つダーリオだったが、もともと、自らの直面する現実を、必要以上にドラマティックに考える性質《たち》でもなかったのである。

十六年という長い歳月、ヴェネツィアとトルコは交戦状態を続けていた。その間に六回も講和が試みられたが、いずれも失敗に終っている。そして今度で七回目。だがいずれも、他のキリスト教諸国の反応への警戒から、交渉の当事者たちには極秘にことを運ぶよう指令が与えられていた。ダーリオも、だから、商用を装って何気なくクレタを発ったのである。娘の母親にも甥にも、当然のことながら仲間の商人たちにも、なにひとつ確かなことは言えず、なにひとつ具体的なことを頼めない出発だった。

クレタからコンスタンティノープルへ向うには、エーゲ海をまっすぐに北上すればよい。多島海と呼ばれるだけに、この辺りの海には島が多く、それらのほとんどはまだヴェネツィア領だったが、アテネの近くにある半島ネグロポンテは、このたびの戦いのはじめの頃にトルコによって征服されていた。トルコの勢威の前に守勢にまわらざるをえなくなったヴェネツィアを象徴するように、ヴェネツィア勢の最前線も、ネグロポンテからクレタへと、南にさがっていたのである。ダーリオの乗ったヴェネツィア船も、ネグロポンテの手前にあるヴェネツィア領の島で彼を降ろし、ダーリオ一人はそこからネグロポンテまで行き、クレタ同様三百年もの間ヴェネツィアの直轄地でありながら今では敵方のものとなったその地で、トルコのスルタンが発行した通行許可証を受け取ることになっていた。これなしには、トルコ領内の旅の安全は保証されなかったのである。そして、交戦中の国民に対して通行許可証を与えるということは、スルタンが講和の交渉に応じたということでもあった。

特命全権大使のマリピエロと会えたのは、コンスタンティノープルに到着してからである。首席の彼もまた、商人に化けてコンスタンティノープル入りしたのだった。外交官特権を完璧《かんぺき》に守るヴェネツィア共和国とちがって、そのようなことにはまったく無関心なトルコは、交戦中の国の在外公館の保護などには気を遣ってくれない。十六年間も放《ほう》っておかれた大使館は、それをよいことに勝手に占拠したトルコの貧民によって、人間と家畜双方の住居と化してしまっていた。ヴェネツィア共和国を公式に代表する外交官たちは、こういうわけで、金角湾を渡った対岸にある、キリスト教の僧院に宿を乞《こ》わねばならなかったのである。とはいえ、特命全権大使のマリピエロに次席兼通訳であるダーリオしかいない全権団であったから、宿舎を求めるのもさして困難ではなかった。

ダーリオには上司に当るトマソ・マリピエロは、彼よりはずっと若く、ヴェネツィアでは誰知らぬ者のない名門の出身だった。もちろん、貴族である。しかし、貴族でも交易に従事する者の多かったのが当時のヴェネツィアだ。トマソ・マリピエロも例外ではなく、若い時代には海外を渡り歩いた経験を持ち、四十を越してからはこれまたヴェネツィア貴族の慣習に忠実に、政治と軍事を通して祖国に奉仕する日々が四年目を迎えていた。

適材適所を重視するヴェネツィア政府によって、この重要な時期に特命全権大使に選ばれたほどだから馬鹿《ばか》ではない。それどころか、情況の分析と総合と予測の確かさは、説明を受けるダーリオが眼《め》を見張るほどだった。ただ、マリピエロは健康がすぐれなかった。コンスタンティノープルに来るために乗った船が海賊の襲撃を受け、その時に負った傷がなかなか治らないのである。宿泊先の僧院の修道士たちも同情し、種々の薬を与えてくれるのだが、経過は思ったようにはいかなかった。

特命全権大使の信任状を持って、トルコのスルタン・マホメッド二世にはじめて会った時も、全権大使は杖《つえ》をついた姿だった。マホメッド二世も気の毒に思ったのか、わざわざ椅子《いす》を持ってこさせたほどである。しかし、次の日からはじまった宰相との会談には、全権大使は七回しか出席することができなかった。そして、それから二日後、僧院の一室で死んだ。

本国政府に指令をあおぐ時間的余裕などなかった。コンスタンティノープルからヴェネツィアまでは、快速船を駆ったにしても二十日間はかかるのである。しかも講和交渉に入っていることは極秘にしなければならない今、そんな人眼に立つことができるわけがなかった。次席の資格を持つダーリオが、この大任を受け継ぐしかなかったのである。だが、六十五歳を迎えようとしていたこのヴェネツィア商人は、年の功とでもいうのか、案外と平然とかまえていた。

ダーリオは、祖国の置かれている困難な情況を冷静に把握《はあく》していた。アドリア海沿岸の町スクータリが、再三のトルコの大軍の攻勢に、英雄的と言ってよいほどの健闘で持ちこたえていても、北からヴェネツィアに迫るトルコの騎馬隊の猛威はすさまじく、また、十六年間にも及んだ大陸軍国トルコとの戦争は、海ではまだ充分に対抗できる力を持ちながら、人口でははるかに劣るヴェネツィアを、もはや余裕のないところまで追いつめていたのである。そのうえ、これまでは同盟関係にあって共同してトルコに向っていたハンガリーとナポリの両王国が、戦線を抜け、トルコと講和するらしいとの情報も入っていた。経済力では群を抜く力を持ちながら、人口の少なさから軍事的には大国でなかったヴェネツィア共和国としては、単独で戦いを続けられる事態ではない。本国政府は、貿易立国であるヴェネツィアにとって絶対に必要な海外基地の確保と商業活動の自由の保証さえ得られれば、後はなにを譲歩してもかまわぬという悲痛な指令を与えて、マリピエロ特命全権大使を送り出したのである。マリピエロの後を継いだダーリオにとっても、背水の陣を布《し》く想《おも》いの毎日だったろう。

それにしてもトルコ側は、攻勢にあるのをよいことに、無理難題を押しつけていた。もうすでに手中にしているネグロポンテはもちろんのこと、クレタをふくむエーゲ海のすべてのヴェネツィア領の島に加えて、アドリア海の出口にひかえるコルフ島の譲渡まで条件にしただけではすまず、他に毎年十五万ドゥカートもの年貢《ねんぐ》金を要求したのである。これはもう、属国あつかいと同じことであった。十五万ドゥカートとは、ヴェネツィア共和国の歳入の一割強の額になる。いかに商業活動の自由を保証してくれたとて、あまりにも高い代償だ。ダーリオには、ねばるしか策がなかった。オリエント交易がヴェネツィア経済の背骨であることを、生れた時から骨身にしみて知っているこの植民地出身のヴェネツィア人は、実に執拗《しつよう》にねばりぬいたのである。一年後に妥結し、調印にまでこぎつけた時、六十五歳の彼の髪の毛は真白になっていた。ヴェネツィア共和国は、すでにトルコの手に落ちていた地方とスクータリはあきらめざるをえなかったにしても、クレタをはじめとする全海外基地の確保と、商業活動の自由の保証を確認させることには成功したのである。年貢金も、通商料という名目にして、一万ドゥカートを払うということで納得させたのだった。

しかし、ダーリオを迎えたヴェネツィア本国の人々は、これを屈辱的講和と評した。

それでも貴族たちはわかっていたらしく、彼はその後四回にわたって、オリエントに特使として派遣されている。そして、八十歳になって死んだ時、ヴェネツィア共和国政府は、彼の庶出の娘の持参金として、一千ドゥカートの国庫からの支出を決め、実行したのだった。その娘マリエッタは、ヴェネツィア貴族バルバロ家の者と結婚した。

ジョヴァンニ・ダーリオは、外交官生活の間に職務として送った数々の報告書の一つに、次のような一文を記している。

「良識とは、受け身に立たされた側の云々《うんぬん》することであります。反対に、行動の主導権をにぎった側は、常に非良識的に行動するものです」

十六年に及んだ「第二の人生」は、一介の交易商人であったジョヴァンニ・ダーリオに、政治哲学の基本を学ばせたようである。それが、個人としての彼にとって、幸わせであったか、それとも不幸であったかは別にしても。

生きのびる男

日本でも、戦前を知っている人ならば、ムッソリーニの腹心の一人に、ディーノ・グランディという名の男がいたことを思い出すかもしれない。若い頃《ころ》からファシスト党に入り、数々の要職を占めたが、一九二九年から三二年にかけて勤めた外務大臣は、名大臣と英米人の間でも評判であった。三二年から三九年にかけては、英国駐在大使を勤めている。左遷《させん》ではない。イタリアの外交にはイギリスとの関係が重要と見たグランディの考えを、ムッソリーニも聴き容《い》れたからであった。

ここに紹介するのは、ロンドンからの二通の手紙である。最初の手紙はムッソリーニにあてられている。会議で一度滞英の経験があっても、そして英国の重要さは理解できても、当時のムッソリーニにとっての英国人は、一日に五度食事をし、午後のティー・タイムにはスモーキングを着用する、奇妙な人間としか映らなかったのであった。貴族で学歴も高いグランディは、この無学な、しかしイタリア国民を統合するに不可思議な才能を持つ十二歳年上のムッソリーニに、英国人なるものを教えこもうとしたようである。大使グランディは、その年三十八歳。

ロンドン、一九三三年八月一八日

親愛なる総理大臣殿

新聞雑誌の切り抜きを送るいつもの習慣に従って、今日も、『モーニング・ポスト』紙に載った「フランスとファシズム」と題した論文を送ります。この論文は、つい先頃のあなたの論文「民主主義の暮れ方と残映」にインスピレーションを受けて書かれたものでしょう。もう一つのあなたの最近の論文「ロンドンの後に」も、こちらでは非常な反響を呼びました。すでにお送りした『デイリー・メイル』と『サンデー・タイムズ』掲載の記事に加え、『イブニング・ニューズ』紙上の「時代の定義としてのファシズム」と『モーニング・ポスト』紙上の「ファシズムの意味するところ」を読まれればおわかりと思います。すでに公信で報告済みですが、ここ最近のイギリスの論調を見ると、世界のいたるところで起きつつあり定着しつつある、ファシズム理論への関心は日を経るにつれて強くなっており、それは、各新聞の記事のタイトルだけ見ても、一目瞭然《りょうぜん》です。

同封の記事の中に、イタリアのパドヴァ近郊のヴィラに作られた「小鳥たちの聖堂」についての短いながら好意的な記事があるのに、御注意ください。これを強調するのは、ほかでもありません、この国の国民の不可思議な心理を理解するのに役立つからなのです。ある国家が、自分たちに利ある方向で、他国の国民に〝好感の組織〟を創《つく》りあげるにつき、このような事柄《ことがら》ほど参考になるものはありません。

ちなみに、現首相チェンバレンは、予算案を議会に提出する前日、『ザ・タイムズ』に投書したのです。それは、大蔵省の窓の下の聖ジェームズ公園にたむろする哀れな小鳥たち(wagtail)を保護するための予算処置を、ロンドン市庁に提案したものです。

私は、その時期、英国の民衆の最大の関心は、予算案審議ではなくて小鳥たちの運命にあったことを、確信をもって証言することができます。

ポール・モーランの書いた、ロンドンについての書物も紹介しておきましょう。このフランスの外交官は、おそらく、英国を理解した唯一《ゆいいつ》のフランス人と思いますが、その中で、次のように書いています。

――この奇妙で不可解な民族は、われわれヨーロッパ人から見ると、説明不可能ないくつかの特色を持っている。昨夜、わたしは、イギリス制作の大歴史映画のプレミアに招待された。題名は、『ヘンリー八世の私生活』という。ところが、検閲官は、二羽のにわとりの争いの場面はカットしたが、アン・ボレーンとキャサリン・ハワード処刑の世にも残酷な二つのシーンは、斧《おの》を研《と》ぐ不気味な音から女たちの悲鳴、首斬《くびき》り人の残忍な叫び声から斬られた首の落ちるところまで、ノー・カットの上映を許したのである。まったく、イギリス人という人種は、動物たちに与える愛によって、彼らの、人間に対する先天的な残虐性《ざんぎゃく》とのつり合いを保とうとでもしているかのようである。——

最後に、同封したもう一つの『ザ・タイムズ』の記事、ローマの交通事情の悪さを嘆いた記事も読んでください。イギリス人は、まったく一人の例外もなく、ローマを語る時はまるで天国を語る時のように話します。しかし、しばしばその後に、こう続けるのです。「残念ながら、あの騒音だけは……」私は、いつもこう答えることにしています。「もう少し、待ってください。ムッソリーニは、これもまた近いうちに解決するでしょうから」

心からの敬愛とともに、グランディ

次の手紙は、外務大臣ガレアッツォ・チアーノにあてられたものである。英国駐在大使グランディは、任期五年目で四十一歳。ちなみにチアーノ伯爵《はくしゃく》は、ムッソリーニの娘婿《むすめむこ》で当時三十三歳であった。性格はまったく違ったが、仲は良かったらしい。

ロンドン、一九三六年一一月六日

親愛なるガレアッツォ

一昨日キミが大使館に電話をくれた時は、ちょうどここに、フォン・リッベントロップが来ていたのだ。彼は数日前にロンドンに着任したばかりで、すぐボクに連絡してきた。今のところ、外観的には親しく同志的態度を示している。イタリア大使館には、二度訪問してきた。フォン・リッベントロップのこの態度に、もちろんボクのほうも、同様な親しさで対している。ドイツとイタリアという二つのファシズムの国が、互いに親しく緊密な関係にあるということをイギリス人に示すのも、けっこうなことだろう。リッベントロップには、ここでのボクの、外交官としてまたロンドン生活者としての経験が役に立つならば、いつでもなんでも話しましょうと言ってやった。彼は、心からの感謝とでもいうように、礼を言ったが。

キミからのこれとは反対の指示はもちろんのことだが、ボクもまた、フォン・

リッベントロップには注意を怠らないつもりだ。注意深く見張り、弱点をつかむことこそ、必要不可欠と信じている。

リッベントロップのロンドン着任は、ドイツ大使館が六カ月も主《あるじ》不在であったことと、着任が大使任命から三カ月も経《た》ってからであることで、どちらかといえば騒々しい到着だった。リッベントロップは、あきれるほどの数の報道官や広報係や各省からの出向や自動車を先行させ、もちろん彼らは、新任大使殿について大げさに宣伝したというわけだ。その中に、リッベントロップが、十四歳になる息子をウエストミンスターの寄宿学校に入れた、というのまであった。当然ながらすべてのイギリスの新聞雑誌は、イギリス風の馬鹿《ばか》げたイートンの制服を着けたこの少年の写真を載せたものだ。この写真に附けられてあったコメントは、ボクの見るにはどれも、ナチの国の代表に対するにしては、親切以外のすべてだったね。例をあげると、次のようになる。

「ナチの大使は、自分の息子をイギリス風に教育させる！」

「若いリッベントロップは、ドイツに帰っても、もうナチ式のあいさつが出来なくなるだろう」等々。

これは、ボクの考えでは、リッベントロップの犯した最初のミスであった。彼は、着任早々、いかにイギリス人を知らないかを示したのだ。

イギリス人というのは、彼らが、自分たちは信じていないが他のすべての民族は信ずるべきと思う英国文明の優越性を、おだやかなアイロニーとともに信じない者、つまり、トランプ遊びで、自分ではたいして良いカードを持っていないのに持っていると他には信じさせたのに、時に一人だけ真実を見抜く者がいるが、そういう者しか彼らは尊敬しないのだ。

リッベントロップの第二のミスは、ヴィクトリア・ステーションに着いてすぐやった、インタビューだった。彼は、イギリス人記者たちの質問に答えて、こう言ったのだよ。ロンドンでの自分の任務は、ドイツとイギリス二国間の友好関係をより緊密にすることである。ただし、これには長い年月を要するであろう。しかし、終局的にはドイツもイギリスも、共通の敵である共産主義に対するに際し、互いに理解し協力する方策を見つけるであろう……。

もちろん、このインタビューは、相当な物議をかもした。二日間というもの、新聞は、これ以外のことにふれなかったほどだ。それにしても、左翼系でなくてもこちらの新聞雑誌に載ったコメントを列記すると、その中でも親切なものをあげただけでも次のようになる。

「無遠慮な！」「失言作者！」「誤りの一歩」「間違った出発」「黙することを知らない大使は、大使ではない」……等々。

外交官の第一歩としては、なんともはやリッベントロップは、皿の上でも歩くチュートンの象の持つ能力を、欠けることなく有しているということを示すにはいたらなかったように思う。ドイツの外務大臣の言は、まったくの真実なのだ。イギリス人にシャンペンを売りつけるほうが、彼らと外交するよりはずっとやさしい、という一句だがね。

心からのキミの友、グランディ

この手紙を書いた年からさらに三年、ディーノ・グランディは英国駐在大使の職にあった。イタリアへもどったのは、その年、第二次世界大戦が勃発《ぼっぱつ》したからである。そして、その翌年、日・独・伊の三国同盟が成立し、イタリアは、イギリスに宣戦した。エチオピアやスペイン戦役の時でさえも、英国との関係改善に努めた彼の努力も、無駄《むだ》に終ったわけである。帰国後は、法務大臣や下院の議長などを勤めた。

この彼が、再び主役として登場するのは、大戦勃発から四年の後である。一九四三年七月に起った、ムッソリーニ解任劇の、脚本、演出、主演としてであった。戦況が悪くなる一方のイタリアを、ムッソリーニをしりぞけることで連合国側に乗り換え、それによって救おうとしたグランディが、六カ月かけて練りあげたクーデターだったのだ。外務大臣チアーノも、同調者の一人である。
しかし、クーデターは成功したが、ドイツ軍によるムッソリーニ救出作戦のほうも成功して、イタリアはドイツ軍の支配下に入った。グランディはリスボンに逃れたが、チアーノをはじめとして、ムッソリーニの解任に賛成票を投じた者の多くは逮捕される。ヴェローナで行われた裁判で死刑を宣告された中に、グランディも入っていた。チアーノ以下の銃殺刑が執行されたのは、一九四四年の一月九日である。グランディは、その後四八年までリスボンに留《とど》まり、後にブラジルに渡った。

最初の作品を書く準備をしていた当時だから、少なくても十五年は前の話になる。エステ家の古文書庫に通っていた私は、そのたびにモデナの街の中央広場を横切らねばならなかった。ただ、月曜の朝だけは、近郊から来た農民の群れを押しわけて行かねばならない。月曜の朝の広場は、彼らの商談の場になるからだった。モデナは、フェラーリやマセラーティだけの街ではない。この辺りの養豚業は有名で、その方面でも活気のある街だった。

いつ頃からだったろうか。いずれも同じような暗色のマントをはおった男たちの中に、一人だけ、マントは同じでも帽子がイギリス風の狩用のをかぶった、七十年配の男が眼《め》にとまるようになったのは。背が高くがっしりした体格のその男は、商談をしながらも、背筋はきちんと伸び、視線を相手の眼から動かさず、そしてなによりも、まわりの農民たちとはそのおだやかな口調とともに、かもし出す雰囲気《ふんいき》がちがっていた。

「イイ男ね！」

連れの友人は、当然だとでもいうふうに答えた。

「伯爵ディーノ・グランディだ。外務省の年金をもらいながら、この近くで豚を飼っている」

ブラジルでの〝亡命〟生活は、ほんの数年で終ったらしい。イタリアにもどっても、なんの罪にも問われなかった。法学部卒業なのだから弁護士でもやれたのに、グランディは、祖先伝来の土地にもどって、養豚業をはじめたのである。これは成功して、この辺りでも有数の業者になった。回想録は、一度だけ堅実な出版社から出しただけで、後はなにも書いていない。外国からの、とくに英国からの訪問客が多いそうだ。英国文明の優越性を、おだやかなアイロニーとともに信じなかったこの男を、イギリス人は、かえって愛したのかもしれない。ドイツ占領下のイタリアを脱出し、リスボンへ逃げた当時の彼を、なにくれとなく保護したのも、リスボンにある英国の機関であったという。

アテナイの少数派

ここに紹介するのは、民主主義の元祖ということになっている古代ギリシアのアテナイに生きたらしい（なにしろ作者不明なので）、ある反民主主義者が書き遺《のこ》したものである。形式も、あの時代におおいに好まれた、対話形式になっている。

しかし、『海の都の物語』で、善政必らずしも民主政体の独占物ではないことを実証した塩野七生が、いよいよ保守反動の傾向を強めたか、などと早合点しないでいただきたい。言論の自由は、個人の権利の尊重とともに、民主主義の二大支柱である。ならば、少数意見も簡単に一刀両断しないで聴くのも、民主主義の精神にかなうことであるはずだ。

A「わたしは、思慮深き人々よりも思慮浅き人々を優遇する政体を選んだ、アテナイ人が嫌《きら》いだ。しかし、選んでしまったのだから、それがいかに優れているかを実証してみたいと思う。

まず、貧民や一般大衆が金持やエリートより優遇されるのは、国家を強くする原動力を有するのが前者なのだから、まったく当然のことである。そして、選挙であろうとくじ引きであろうと、この人々が国政に参加するのも、国会では望む者は誰でも発言できる決まりとともに、当然の権利である。

と言っても、大衆は、次の一事ぐらいは承知している。つまり、それに就く人の才能が自分たちの運命を左右しかねない軍隊の長などの職は、その道のプロにまかせるほうを選ぶが、反対にそういう危険がなく、安定した給料とか余得の見こまれる職を得るためには、努力を惜しまないということである。

他国の人々は、アテナイ人がこのような思慮浅き人々に大きな活動分野を与えている現状に驚きあきれるが、これこそ、民主主義を守り強化する最良の道なのであるということを、これから説明しよう。

世界中の思慮深き人はみな、民主主義の敵である。なぜなら、思慮深き人々の特質が、首尾一貫した思想にあり、不正を憎むことにあり、改善へのたゆまない努力にあるとすれば、大衆の特質は、無知にあり無秩序にあり優れた者への嫉妬《しっと》にあるからである。貧困は不名誉な行いに走らせ、教育の欠陥は、俗悪と無作法をはびこらせる。そして、大衆は常に多数なのである」

B「しかし、民主主義者たちはこうも言っています。集会では、誰もに好き勝手に話させないで、能力があり思慮も深い人々にまず、発言させるべきだと」

A「とんでもない。集会は、より低い知的水準にある者たちに自由に発言を許してこそ、理想的なものになるのだ。なぜなら、思慮浅き人々は、自分たちの利益になることしか提案しないからである」

B「とはいえ、思慮浅き人々なのに、どうしてどれが自分の利益になり、どれが自分の利益にならないかを判断できるのですか」

A「彼らも、才能は持っている。無知であろうと無能であろうと団結してさえいれば、賢くて才能の豊かな者たちの間に起りがちなライヴァル意識から生じる分裂よりも、ずっと強力であることぐらいは知っている。

もちろん、このような人々が構成分子の大半を占める国家は、理想的な国家とは言えないであろう。ところが理想的な国家でないからこそ、民主主義を守るには最適なのだ」

B「確かに大衆は、善政下での奴隷《どれい》よりも、悪政下の自由民であるほうを選ぶものです。ということは、大衆にとって、善政とか悪政とかは、へのかっぱということなのでしょうか」

Ａ「いや、関心はおおいにある。なぜかというと、思慮浅き人々は、キミの言う悪政下において、彼らの持つ力をよりふるうことができ、彼らの自由をより謳歌《おうか》することができるからなのだ。

それで、キミの求める善政だが、善政が実施されるようになると、情況はまったく変ってくる。まず第一に、才能のある者が法をつくるようになり、それによって地位を得た思慮深き人々は、思慮浅き人々のしてきた勝手な振舞いなどは許さないようになるだろう。政治も、思慮深き人々が行うようになり、国会でも、無責任で扇動的な発言は姿を消すようになるだろう。

こうして遠からずして、善政の実施によって、大衆の奴隷化はついに実現することになるのだ。とはいえアテナイでは、幸か不幸か、そのような事態にはなりそうもないがね。

話をアテナイの民主主義にもどすと、善政とはお世辞にも言えないアテナイの現状は、以後も変ることはないと確信している。最大限に楽観的に考えるとしても、小さな改善が限度というところだろう。民主主義政体下で起る不能率、無能なる者どもの専横、一貫した政策の欠如は、この政体に体質的に附随した欠陥であって、根本的な改革は、民主主義を守り続けるかぎり不可能なのだ。

もちろん、政体の持つ欠陥を改善するのには、いくつかのやり方がないわけではない。しかし、民主主義は守りたいし、かといって善政も欲しいというのは、完全にないものねだりというものである。重ねて言うが、小さな改善はもちろん可能だ」

B「わたしの思うには、アテナイの人々はもう一つの面でも、つまり外交の面でも、思慮が浅いのではないでしょうか。他国と共同戦線を張る必要に迫られた際、アテナイ人は常に、選択の範囲内にあったうちで、最も無能なパートナーを選びました」

A「そうかもしれない。しかし、彼らからすればこれにもちゃんとした理由がある。もしも、同盟者に有能な人々を選ぶならば、結果としては意に反して、彼らと同じ考えを持つ人々を不利な状態におとす危険があるからだ。なぜなら、すべての都市国家では、その構成分子の中の有能な人々が、大衆に好意を持っている例はないからである。要するにこれも、似た者同士は助け合う、という格言の正しさを実証する以外のなにものでもない。このためにアテナイ人は、常に無能が支配する国々との間にだけ、同盟を結んできたのだ。

また、有能なる者と同盟を結んだ場合は、すべて失敗に終った事実も否定できない。ポエティウスの例が好例だ。まもなくして、あの国の大衆は奴隷の状態になってしまったではないか。ミレトスの場合も同じだった。有能なる者がアテナイと結んで力を強めるや必らず、その国の民主主義者たちは、徹底的に打倒されている。スパルタとの同盟も思い出してもらいたい。スパルタ人はアテナイとの同盟によって、スパルタ、アテナイ双方にとっての敵を倒した直後に、アテナイに宣戦を布告したではないか」

B「話題を変えましょう。個人の権利について話しませんか。よく言われることですが、アテナイでは誰一人、不当に個人の権利を侵された者はいない、とされています。しかし、わたしには、そう理想的な状態でもないと思うのですが」

A「民主主義を擁護する立場なのだからその線で言わせてもらうが、不当に個人の権利を侵された者があるとしても、それはあくまでも反動派に属す少数で、問題にするほどの数でもないということだ。これほど完璧《かんぺき》に民主主義体制が確立している国で、そのような恥ずかしいことは、あってはならないからである」

B「わたしは、不当に侵された者のことを言っているので、正当になにかの罪を犯して罰せられた者のことを言っているのではありません」

A「しかし、大衆が主導権をにぎっている今のアテナイで、どうして、罰せられた者の大部分が不当に罰せられたと言えるのかね？　アテナイで罰せられる者は、つまり個人の自由を剝奪《はくだつ》される者は、公金横領か公《おおやけ》の利益に反した考えを述べた者か、でなければ、国家の方針に反した行動をした者ということになっている。公の利益とは、もちろん、国の多数を制している人々の利益ということだが、結果としては不利益につながっても、そんなことは、民主主義を守る者にしてみれば、問題にもしてはならないことなのである。

要するに、このような考えの上に立っているアテナイの現民主主義の真の敵は、衆愚政治でも反体制派の巻き返しでもない。善政であり、善政を志すあまり民主主義への絶対の信仰を持っていない人々なのである」

B「しかし、ここで攻防ところを変えた感じで、わたしのほうが民主主義を擁護することになりますが、自由を守り確立するには民主主義が最良である、と多くの人は言います。それに、反民主主義陣営に属す人々は、あまり自由自由と言わないではありませんか」

A「それは、民主主義者たちが、味方を欺《あざむ》くだけでなく、自らも欺いているからだ。

彼らは、民主主義が、自由よりは暴力と近い真実に気づいていない。民主主義の誕生は暴力と結びついている事実は、プラトンも言っている。

——貧しき大衆が勝利を収めるや、豊かな者たちの何人かは殺され、殺されなかった者は追放される。——

ただし、民主主義者たちがこの事実に気づいているのならば、わたしには言うことはない。なぜなら、民主主義の根本原理である多数決は、五十パーセントプラス一票を獲得した側が、思い信ずることを強行するものだからだ。少数派の意見も尊重せよ、などということは、だから、民主主義の根本原理に反することなのである。要は、昨日の少数派が明日の多数派に変れる環境が存在するかどうかで、もしも満足できる状態でそれが存在する国があってはじめて、民主主義と自由とはつながることになるのである。

しかし、このような理想的な状態は、今日のアテナイでは絶対に起り得ない。なぜなら、デモクラティアのデモは、多数を意味するだけでなく、市民の中の貧しき者、も意味するからだ。それに、貧しき人という概念は相対的であるのもまぬがれないから、結果としては彼らは、常に多数派なのである。民主主義では〝質〟は、まったく問題にされない。〝量〟だけが支配する世界なのだから」

B「なんだか、絶望するしかないみたいですね。しかし、民主主義には、自由の守護役としてでなく、平等の概念を現実化する役割という、名誉も与えられています」

A「完全な自由を得た人のみが完璧な平等を享受《きょうじゅ》できる、とよく言われるが、わたしの考えでは、自由と平等は絶対に両立し得ない。

まず、民主主義者たちは、自由よりも平等のほうを好むものだからだ。なぜなら、自由は、純粋に精神的な満足しか与えないが、平等は、日々新たに、小さな物質的な満足を与えてくれるからである。平等の概念を急進化した、プロレタリア独裁を思い出すだけで充分だ。これが、個々人の自由の破壊にどれだけ貢献したかを考えるだけで、それ以上の説明の要もないだろう。

真に自由を尊重する人々は、法を尊重するものである。これら思慮深い人々には、法の確立こそが、国民の活力の無用な消費を防ぐ唯一《ゆいいつ》の道と考えるからである。一方、思慮浅き人々は、人民自体が法である、という彼らの宣言に見られるように、法を尊重しない。とはいえ、思慮深い人々の頭にある善政とは、ただ一つの主義で解決できるような簡単なものではない。民心安定の二大要素である、法の平等な実施と利益の公正な分配は、特定のイデオロギーの成果ではないのだから。

人類は、いつか、なにかの魔法でも用いて、利益の平等な分配には成功するかもしれない。しかし、個々人の頭の中身の平等な分配までは、コンピューターが活躍する時代になっても、絶対に不可能であろう。この真実から眼《め》をそらしているかぎり、われわれのイデオロギー遊びは続くわけだ。互いに仇敵《きゆうてき》呼ばわりしながら、暴力的に続くわけだ。墓碑銘にさえ、こう刻まれていたではないか。

——短期間であったにせよ、無知なる民の暴走を制止し得た、価値ある男たちに捧《ささ》げる——と」

＊著者注、コンピューターが活躍する時代、という箇所だけは、著者の創作であります。

故郷のない男の話

名は、ディーノ・ヘフェレという。だが、日本人にはヘフェレという姓は呼びにくいらしく、「ディーノさん」で通っているとのことだ。五十余年前に、アドリア海沿岸のイストリア半島にある海岸の町、パレンツォで生れた。

「パレンツォでお生れですか」

と、なにやら旧知の町ででもあるかのようになつかしそうな声を出したのには、理由がある。一七九七年まではヴェネツィア共和国領で、ヴェネツィアからは船で一日行程の距離にあるこの港町は、オリエント航路であろうと大西洋航路であろうと、すべてのヴェネツィア船が行き帰りとも必らず寄港する町で、とくに行きの場合は、水や生鮮食料を積みこむ基地と決められていただけに、大変に重要な港町であったからだ。帰りは、パレンツォまでくればもうヴェネツィアに帰ったと同じと、船乗りも交易商人も聖地帰りの巡礼者も、ほっと一安心したものなのである。

一七九七年のヴェネツィア共和国滅亡後、パレンツォは、イストリアやダルマツィアの旧ヴェネツィア領の町々とともに、オーストリア・ハンガリー帝国領に編入され、第一次大戦を迎える。この時代、パレンツォからほど近いトリエステは、それまでは海への出口を持たなかったオーストリア帝国の主要港になり発展した。今でもトリエステは、イタリアの町という感じがまったくしない。ウィーンを思い出させる、中央ヨーロッパ風の重厚な雰囲気《ふんいき》が漂う町である。だが、オーストリア・ハンガリー帝国の崩壊以後、パレンツォもトリエステとともにイタリア領になった。そして、第二次大戦後、この地はまたも、近接する二国の争点にされたのである。

第二次大戦直後の一九四七年、敗戦国イタリアの混乱に乗じたユーゴスラヴィアは、イストリア半島の大部分を奪っただけでなく、トリエステもふくめたイタリア寄りの一部にも侵入した。その年、合衆国の調停によって、ユーゴ管理地域とイギリス・アメリカ管理地域に二分される。トリエステは英米管理地域に入ったが、パレンツォは、チトーの支配下に組み入れられた。この時期から、イタリア人追い出しがはじまったのだ。そして、スラブ人やクロアツィア人が住民の大半を占めるようになった一九五四年、民族自決の大原則をふりかざすチトーとそれに妥協したイタリア政府との間で、国境が決められた。イタリアとユーゴスラヴィアの国境は、一九四七年当時のイギリス・アメリカ管理地域に引かれた線で、恒久化したのである。パレンツォは、共産圏に属すことになったのだ。この年、わずかな望みにすがって残っていた人々も、難民になって祖国を離れるしかなかった。パレンツォという地名も、地図上から姿を消す。多民族国家であったオーストリア・ハンガリー帝国とちがって、スラブ・クロアツィア人だけの国家を建設しようとしたチトー大統領は、これまで長年使われていたイタリアふうの地名をすべて、スラブ・クロアツィア式に変名するよう命じたからであった。パレンツォも、ポレクという名に変えられた。

われらが「ディーノさん」は、その頃《ころ》どこにいて、なにをしていたのであろうか。フランス、イタリアにオーストリアの血の混じった彼は、スラブ人でもクロアツィア人でもない。一九二七年生れだから、彼が生れた年、パレンツォはイタリア領であったはずだ。自然の美しいイストリアで、富裕な家に生れた彼の少年時代は、平安で実り豊かな日々であったろう。今の「ディーノさん」は完璧《かんぺき》な紳士だが、このようなことは、幼時の教育が充分になされてこそ実を結ぶものだからである。

パレンツォがユーゴスラヴィア管理地域に組み入れられた一九四七年は、ディーノ青年が二十歳を迎えた年にあたる。大学はトリエステではじめたというから、チトー下の軍隊に召集されるのを嫌《きら》い、小舟でトリエステに脱出したのは、その直前の事件であったろう。おそらく、このような〝冒険〟をやむなくさせられた難民は、彼一人ではなかったはずである。

しかし、すべてを失った若者は、トリエステへの脱出には成功したものの、そこでは学業をまっとうすることができなかった。ドイツ語が達者であったのを利用して、南イタリアのブリンディシにある海軍予備校の語学教師の口を見つける。そこで教えながら、大学の学位は、近くのバーリ大学で修得した。学部は、法学部。教授の一人に、後の首相で「赤い旅団」に殺された、モーロがいた。

学士様にはなったものの、戦争の痛手からまだ完全に立ち直っていないイタリアでは、大学卒なら引く手あまた、などという状態からはほど遠かったのは、同じ時期の日本を思い浮べるだけで想像できる。ディーノ青年は、その分野の人でなければ名も知らない、ある経済誌の記者になった。だが、この仕事は楽しかったと言う。母国語であるイタリア語に加え、複雑な国情下に育ったからやむをえなかったとはいえ、ドイツ語にセルボ・クロアツィア語、英語にフランス語にスペイン語と、六カ国語を自由にあやつれる彼のことだ。そのままこの職に留《とど》まっていれば、マスコミ各機関の間の転職が普通なイタリアだから、ミラノやトリノで発行されている有力紙や、日本のNHKにあたるRAIの、海外特派員などには簡単になれたであろう。ところが、四年後に訪れた転機は、実に愉快なエピソードからはじまった。

今でもイタリア企業の中で最も知名度の高い企業の一つであるにちがいないオリベッティ社は、その当時、アドリアーノ・オリベッティの許《もと》で、まもなく訪れるイタリア経済大発展の尖兵《せんぺい》として、飛躍の準備完了という状態にあった。そのためか、アドリアーノ・オリベッティは、一見大企業にはふさわしくないと思える人物をスカウトするのでも、有名な経営者であったようだ。ディーノ・ヘフェレがスカウトされたのは、彼がこの高名な実業家にインタビューに行った時である。インタビューには親切に答えた後で、

「キミ、オリベッティに来る気はありませんか」

と言ったのだそうだ。われらが「ディーノさん」は、これであっさりと、思ってもみなかった職場に変ることにした。

当時のオリベッティ社は、社長の性格の反映もあってか、いわゆる経営学の専門コースにも似た雰囲気が、支配的な組織であったらしい。もともと個人主義的傾向の強いイタリア人の中でも、大企業の一員になるなどとは夢にも見なかった〝札つき〟の個人主義者たちが、アドリアーノ・オリベッティにスカウトされて、ウヨウヨいたのであろう。大企業経営の概念からは完全にはずれるはずのこれらの人たちは、愉快なことに自分がまず一番に納得するような職場を与えられて、〝札つき〟の良い点は残

しながら、一級のホモ・エコノミクス（経済人）に育って行ったのであろう。これらの人の多くは、後には「ディーノさん」と同じように退社し、他社に移ったり独立したりするが、オリベッティ時代を、なつかしさと感謝の想《おも》いで話すのが普通だ。それどころか、「オリベッティ・マフィア」と呼ぶ人もいる。

「ディーノさん」がどのような理由でオリベッティを退職したのか、私はくわしい事情を知らない。大企業には避けられない動脈硬化現象にさすがのオリベッティも冒されたのか、それがわずらわしく感じられるようになったからか、それとも、外国語に堪能《たんのう》な彼なのに、イタリア国内の勤務ばかり続いたためか、でなければ、故郷を失った「ディーノさん」には、一企業だけと生涯《しょうがい》をともにする気になれなかったのか、ほんとうのところは私にはわからない。二度目の転職は、ある繊維事業の共同経営者に誘われたからだった。「ディーノさん」と日本とのつながりは、だからオリベッティを通してではなく、布地を売りこむ先としてである。一九五九年のことだった。

なぜ二十年以上も昔、日本の市場に眼《め》をつけたのか、といつか彼に、たずねたことがある。答えは、繊維では当時はイギリスが一番で、日本はそれに次いでいた、この二国の市場をモノにしないかぎり、ほんとうの意味での成功はできない、と思ったからだそうである。三十歳を越えたばかりだったのだから、これぐらいの意気軒昂《けんこう》も、ごく自然な気持であったろう。ディーノ青年は、勝負の場を大阪に選ぶ。あの辺りでは実績の知られた、Y通商との仕事が端緒となった。

多民族国家であったオーストリア・ハンガリー帝国の文明の影響を強く受け、複雑な国情下で育たねばならなかった彼は、六カ国語を自由にあやつるということから必然的に生れる精神の柔軟さと同じく、異なる文明、異なる環境にも、その長所短所を見きわめながら順応できる、精神の柔軟さにも恵まれていたのであろう。彼は大阪に、「ディーノさん」と呼ばれながら浸透していく。

しかし、もしも「ディーノさん」の商売相手たちがみな、もうかりまっか、だけにしか関心のない商売人だけであったならば、いかに精神の柔軟さに恵まれた「ディーノさん」とて、二十五年間に及ぶ日本との関係も、そうそう心地良く続けられはしなかったであろう。日本に来るようになってからは、良書と評判の高い日本に関する書物はすべて買い、すべて読破したという彼のことだ。日本文化についても、生半可な昨今のジャパノロジストたちよりは、ずっと深くてくわしい。そういう「ディーノさん」に、まったくおあつらえ向きと思われる男が現れたのは、彼の事業にとっても幸運であった。

伊藤忠のI氏と知り合ったのは、日本に行きはじめてからほどなくのことであったという。東京の大学を卒業し、伊藤忠に入社したばかりのI氏は、「ディーノさん」よりは十も若かったが、ホモ・エコノミクスである前にまず、ホモ・ドクトゥス（教養人）であるという点で共通していた。この、事業では格好のパートナーであるともに人間的にも親友になるI氏とのめぐり合いは、イタリアの友人との共同事業をやめて独立した彼にとっては、力強い想いにさせてくれるに充分であったろう。三度目の転職をした「ディーノさん」は、スカバルという商標を持つニット製品をつくる会社の社長さんだ。最高級の男性用ニットであるということは、東京で商う店の名を聴いただけで、私にも納得がいった。

私が「ディーノさん」と知り合ったのは、ローマにある日本大使館でもなく、ミラノの東京銀行支店の主催するパーティでもない。そのような機関では、息子の卒業論文のテーマに商社論を勧めたほど親日的な彼のような存在を、どういうわけか重要視していないようである。私たちは、スキーの宿で知り合ったのだった。

幼い息子をスキーに馴染《なじ》ませるために適当な宿を探していた私は、トリノの北にある、フランスとの国境に近い小さなホテルに、格好な環境を見つけたのだった。全館黒光りする木材でつくられたこのホテルは、それだけでもう、木製品にかこまれれば気の安まる私にはうれしい。それに、部屋数も八つしかなく、主人がマネージャー役をし奥さんが台所を取りしきる小世帯だけに、サービスも行きとどいている。なによりも、料理が美味《うま》い。一日に二食フル・コースを食べると参ってしまう私が、ちゃんと二食食べるのだ。しかも、スキー・リフトの中間にあるので、スキーをつけたままで宿を出て行ける。さらに、昼食は他のスキー客で一杯になるが、夕食時には、一時間もかけて雪の中を登ってくる物好きもいないところから、まったく泊り客だけの世界で静かになる。そしてなによりも、食事つき宿泊料が高くない。雪質? オリンピックができるほどだ。

こうなると客筋が安定するのは当り前で、クリスマスから新年を過ぎる時期は、例年同じ顔ぶれがそろう。イギリスからわざわざ来て、いつもここで誕生日を祝う夫婦もいる。「ディーノさん」の一家はここに、十四年も昔から、毎年滞在しているのだそうだ。「ディーノさん」にとっては、この「山羊屋旅館《カプリコルノ》」も、ミラノに見出《みいだ》し大阪に見つけた、失った故郷に代わるなにかであるのかもしれない。

間奏曲《インテルメッツォ》

西欧の出版界では、アイデアに困ると格言集を出して、一息つく習慣がある。格言集と題すれば、長大な歴史や伝記を読むのはおっくうだけれど、講演であろうと訓話であろうと、また私的な集まりでのおしゃべりの時でも、ちょっと気のきいたことを言って、話の〝格〟を高める役には立つだろうと考える読者が少なくないという実情を映しているのであろう。つまり、常にニーズがあるというわけだ。この手のもので歴史的に有名なのは、十六世紀に出たエラスムスの『ラテン格言集』だが、これは、当時でも空前のベスト・セラーになった。もちろん、ちょっとした〝学〟を高めるのに役立つだけではなく、エラスムスでなければできない料理の仕方がされていたからでもある。

と言っても、今回取りあげるのは、この種の格言ではない。訓戒になりそうもなく、まして金言を提供できるなどという自信はまったく無い。だが、古今有名な言葉を私なりに料理するから、私的な集まりでのおしゃべりのテーマを、少しは広げるぐらいの役に立てば、著者としてはそれ以上の満足はないのである。

さて、日本では、シェークスピアのおかげで、ジュリアス・シーザーという英語風呼び名のほうが有名なユリウス・カエサルだが、この古代ローマの武将兼政治家兼歴史家は、コピー・ライターとしても立派にやっていけそうだった男で、自分の凱旋式《がいせんしき》に、

「来た、見た、勝った」

と書いたプラカードを先行させたほど、この面でのセンスにも長じていた。だから当然にしても、歴史上に遺《のこ》る名文句を多くものしたのだが、その中でも最も有名な一つは、やはり、

「賽《さい》は、投げられた」

であろう。おそらく、小学生でも知っているにちがいない。しかし、これだけならば、なにやら人智《じんち》をつくしもしないでただ天命を待ったという感じで、モムゼンの評によれば、ローマ世界の唯一《ゆいいつ》の天才となるカエサルの言行としては、少々投げやりな印象を与えかねない。ところが実際はどうであったかというと、やはり、いかにも彼ふうに人智をつくしたうえで、賽を投げたのである。

西暦前一世紀、領土拡大の一途にあったローマ共和国も、現代でも中部イタリアに入るリミニ近くのルビコン川が、当時の本国と属州を画す境になっていた。今見るとほんのひとまたぎという感じの小川だが、それでもここからは、元老院の許可なしには軍団を率いて入ってはいけないということになっていたのである。キケロによれば、エウリピデスの悲劇中の一句、

「法を破るのは王国創立のため、その他はなにであれ、法と正義は守るものだ」

という一句を好んで口にしていたというカエサルだけに、むやみやたらと法を破って面白がる、ロマンティックな反体制主義者ではない。チョロチョロ流れるルビコン川でも、それを越えるかどうかには、よほどの熟慮を要したはずである。しかも、その時のカエサルは、大軍を率いていたわけではない。後から来ることにはなっていたが、まだ本隊は着いていない。そのうえ、手許《ても と》にある軍団も、子飼いの第十軍団でさえなかった。しかし、首都ローマでは、ライヴァルのポンペイウスを中心に、反カエサル体制が完成しつつある。過ぎていく一とき一ときが、自分の立場を不利に導く道標に見えたことであろう。彼は、ルビコンを渡ることに決めた。

ところが、ここがまた彼らしいところだが、決行にあたり、事前の根まわしなどいっさいしない。部下の将兵にはいつもと同じように昼を過ごさせた後、彼らを川岸に

連れて行き、こう言ったのである。

「ここを越えれば、世界の破滅。しかし、越えなければわたしの破滅だ。賽は、投げられた！」

世界の破滅とは、ローマ国家の混乱を意味している。実際、この後のローマは内乱期に入る。しかし、カエサルにこう言われて、子飼いでもない第十三軍団の将兵たちは、大将、こういう大事は事前に相談して欲しかった、などとは誰も言わず、まるで魔法にでもかけられたかのように、歓声とともに大挙してルビコンを渡ったのだ。カエサルの立場は、これで一変した。

だが、読者には、もう一度カエサルの言葉を読み返していただきたい。そして、普通ならば、つまりわれわれの慣れ親しんでいるいわゆる民主主義的なリーダーならば、賽は投げられた、という箇所は同じでも、その前の言葉は、こうは言わない。それよりも、

「諸君、ここを越えてこそ、ローマを救うことになるのであります。賽は投げられた」

とでも言い、越えなければ自分の破滅だなどとは、死んでも口にしないはずである。

しかし、ここに民主主義体制の盲点があるように、私には思われる。有権者は、政

治家や学者や評論家が考えるよりは、よほど賢いものだ。彼らは、麗々しい言葉の裏に隠された、嘘《うそ》を見抜いてしまう。そして、かえって正直に打ち明けられた場合に、敏感に反応する。それを見て、私利私欲をあからさまに示した者に従うとはなにごとかと憤慨する人のほうが、人間の心理に盲であるというしかない。ユリウス・カエサルという男は、反対にそれを、熟知していたというだけである。

ところで、この人間心理の達意者が、なぜクーデターで殺されたかの謎《なぞ》解きにも通ずるのだが、カエサルの遺した言葉で有名なもう一つは、やはりなんと言っても、

「ブルータス、おまえもか！」

であろう。一般にこの言葉は、飼い犬にかまれた時と同じ意味で伝わっている。信長の、

「ぜひに及ばず」

よりも、美意識を重視すれば、一段と落ちる印象さえ与えかねない。

しかし、ほんとうにカエサルは、裏切られた、と絶望して殺されたのであろうか。私にはどうも、百パーセントこの説に賛同することができないのである。そこで、まず両者の年齢を見てみたいが、カエサルのほうは、五十六歳になっていた。そして、十五歳若かったブルータスは、四十一歳の時に、自分を救ってくれたこともあるカエ

サル暗殺を、決行したことになる。

ここで、ブルータスの性格だが、一言で言うとまあよくいる理想主義者で、カエサル暗殺はカエサル個人に対する憎悪《ぞうお》からではなく、カエサルの為《な》そうとすることを憎悪するからだ、というようなことも言っている。おかげで、カエサル暗殺には首尾良く成功したのに、独裁憎んで人は憎まず、なんてきれい事を言ったあげく、アントニウス殺しには絶対に反対してそれをやらせなかったために、後にくる自らの破滅の種をまいてしまうことになった。ここまでですでに、政治的センス・ゼロの男であったと、私ならば判断をくだす。

さて、暗殺成功からわずか二年後にくる破滅だが、アントニウスと、これまた殺そうと思えば殺せたにちがいないカエサルの甥《おい》オクタヴィアヌスの連合軍に攻められ、敗戦を喫した末自殺するのである。しかし、その時でもまだ、こんなことを言っている。

「わたしは、わたしに勝った人々よりも、徳性の聞こえを遺しているだけで幸福者だ。これは、正しくない勝者には、できないことなのだから」

四十三歳に達していたブルータスの、これが最後の言葉であった。これにはあの江《こう》青《せい》あたりから、

「なにを今さらブツブツ言ってんのよ。負けたんですよ、負けたの、所詮《しょせん》、それだけの話！」

ぐらいは言われそうな気がする。

こうなると、共和主義のチャンピオンにふさわしい立派な建前論ばかり口にしていたブルータスも、実は本音を探ると、カエサル殺すべしの真の理由は、ママを盗《と》られた子の恨みにあったのではないかという一説も、そうそう簡単に無視することもできないのではないかという気分になってくる。実際、ブルータスの母は、クレオパトラをはじめとして艶聞《えんぶん》の絶えなかったカエサルにとっては珍らしく、二十年以上も愛し続けた唯《ただ》一人の女であった。ただ、ブルータスがカエサルの実子であったとする説は、十五歳という年齢の差と、十五歳当時のカエサルの状態からして、どうも説得力に欠けるように思われる。

しかし、カエサルのこの愛は有名だったから、思春期のブルータスに影響を与えなかったとは言いきれない。とはいえ、ある説によると、ブルータス、おまえもか、でなく、息子よ、おまえもか、であったというが、息子という言葉はヨーロッパでは、実の息子に対する時にばかり使うのではなく、年下の者を親しく呼ぶ際にも使われることが多い。だから、ブルータスがカエサルの実子であったという説は、この点でも説得力を充分に持つことにはならないのである。

ところが、カエサルがブルータスをどう思っていたかを示す史料が、一つあるのだ。もちろん、最愛の人の息子だから良く思っていたにちがいないし、その証拠に、敵のポンペイウス側について戦ったブルータスを、罰しもしないで許している。だが、これらとは別に、カエサルは十五歳年下のブルータスを、こんな言葉で評したことがあった。ブルータスの演説を聴いた後で、言った言葉である。

「わたしには、あの若者がなにを欲しているのかはわからなかったが、なにかを欲することを強烈に欲していることだけは、よくわかった」

なにやら、かつての全共闘の〝勇姿〟を思い出すではないか。全共闘の槍玉《やりだま》にされた教師たちの一人でも、これと同じ名句を吐いたかどうかそれは知らないが。

ところで、カエサルにこういう印象を与えた時期のブルータスは、ポンペイウス敗北の後だから、どう見たって三十七歳前後であったとするしかない。全共闘は、二十代の若者だから可愛気《かわいげ》があるので、四十近い〝熟年〟では、困惑するしかないと思うのは、この私一人であろうか。そして、若者という言葉は、これまた実際に若い者を指すだけではなく、いろいろと複雑な意味をふくんで使われる場合が多いものである。

ここまで来たところで、もう一度、

「ブルータス、おまえもか」

を口にしていただきたい。従来聴き慣れてきたトーンとアクセントが、ちがってきはしないであろうか。ブルータス、おまえまだそんな尻《しり》の青いことを言っているのか、その年で、とまあこんなトーンに変ってきはしないであろうか。仮説とは、それで現象が説明いくかぎり、有効なのである。

とはいえ、これはあくまでも、私の勝手な推論でしかない。このような不まじめなことを書いた書物は、歴史を面白がる趣味では第一の、英国でさえも見たことはない。だいたい、そういうトーンでカエサルが言ったとしたら、これはもう悲劇ではなくなり、笑劇になってしまう。一代の英雄の死がこのトーンで支配されては、劇作家や歴史家でなくても困惑しないではすまないであろう。私には不満が残るが、ブルータス、おまえもか、は、やはり絶望的に口にされる必要があるらしい。

しかし、尻の青い全共闘になぜやられたのかということだけは、弁護可能だ。全共闘でもテロリストでも職業キラーでも、彼らの成功の原因は、彼らが、われわれ常識人の思考方法の死角を突くからである。彼らの強さははじめのうちは強烈だが、時が経《た》つにつれて弱くなるのもそのためだ。暗殺も、初回に成功率が集中しているはずである。カエサルも、暗殺の剣を突きつけられたのは、あれが最初で最後であった。

所詮、運が見離したのであろう。運命の女神は、大ローマの基盤づくりはカエサルにまかせたが、その完成は、若いオクタヴィアヌスにさせたかったのかもしれない。それとも、これと思った女はすべてモノにしたと言われるカエサルに、運命の女神も女だから、最後にちょっと罰を与える必要を感じたのかもしれない。

凡なる二将

日本滞在中に、NHKテレビの「歴史への招待」という番組で話したことがある。その日のテーマは比叡山《ひえいざん》焼打ちで、もちろん、信長を論ずるのが中心だった。私の出たのは一日だが、その前後にも桶狭間《おけはざま》の戦いとかいろいろ、信長のやったことをいくつか取りあげるという話だったから、つまり、「歴史への招待」は信長特集を組んだということだろう。あいかわらず、日本人の間での織田信長の人気は絶大であるらしい。ある男性誌の編集者が言っていたが、信長で特集号を出すと、必らず売れるのだそうである。

信長にかぎらず、秀吉や家康の人気も上々のようである。彼らが大河ドラマの常連であることから見ても、日本人は、この三人が好きなのだと思うしかない。

しかし、現代日本は民主主義の国なのである。民主制に疑問を呈するようなことを言ったり書いたりすると、とたんに反動の刻印を押されて、マスコミの世界ではかかってくるお座敷がたちまち減るほど、民主主義が好きな国なのである。ところが、そういう国の民衆に最も人気のあるのが、この三人なのだ。私の思うには、信長も秀吉も家康も、民主主義とか合議制とか言われたら、せせら笑うにちがいない。また、あの三人は、性格からなにからちがうが、英雄であったという点では完全に一致している。そして、英雄とは、民主主義的な世界とは相容《あいい》れない存在である。

いや、相容れる型の英雄もいる。だが、この種の英雄は、絶対にサイレントでなければならない。あの三人は、サイレントでもなかった。こうなると、民主主義的な現代日本人がこの三人の英雄を好むのは、現代日本にああいう人物が出てきては困るけれども、それはそれとして、彼らのやり方から学ぶものがあれば、どしどし取り入れるべきである、と思ってのことにちがいない。日本人は、民主主義が好きなのと同じくらい、学ぶことが好きな民族なのだから。要するに、これも、建設的なる和魂洋才的生き方の一種であろう。

それで、前章でカエサルを取りあげ、本章でも話が英雄に傾いたついでに、もう一人の英雄の遺《のこ》した、歴史上有名な言葉を紹介することにする。ナポレオンだ。彼は、こう言っている。

「凡なる一将は、非凡なる二将に優《まさ》る」

またまた非民主主義的な言辞で恐縮だが、戦場という経験を土台にすると、このような結論に達するのであろうとでも思って、眼《め》に角立てないでいただきたい。非凡でも二人がワイワイ口論した末にようやく出る結論と、凡でも一人が即決するのとでは、ときとして正反対の結果を産むことになるのだから。ナポレオンほど天才的な英雄ではない現代欧米の政治、経済界の指導者たちも、

「非凡なる一将は、凡なる二将に優る」

ぐらいのことは、口にはしなくても思ってはいるのである。なにしろ、西欧は今に至るまで、議会制民主主義を旗印にしようと、個人主義が伝統であったのだから。

ところが、この西欧に、

「凡なる二将は、非凡なる一将に優る」

ということを実証した国があったのである。中世からはじまって近世、近代と、ナポレオンに滅ぼされた一七九七年までの一千年以上もの間、立派にこの主義で生きのびた国家が存在した。ヴェネツィア共和国である。英雄を絶対に待望しなかったこの民族は、商業、航海術では他の追随を許さなかったジェノヴァや、金融と織物工業、それに政治や文化の面でも、天才がひしめき合っていたフィレンツェの両共和国が、

「非凡なる一将は、凡なる二将に優る」

の線で進むのを横目で眺《なが》めながら、断じて、凡なる人々の組織化で対抗しつづけ、それがために、両ライヴァルの滅亡後も、三百年も独立を保ちつづけることができたのであった。

だが、このヴェネツィア式やり方は、西洋史では特異な例である。特異な例であるだけに、ヴェネツィア共和国史を書いた西欧人の著作、それも非常に調べの行きとどいた立派な著作は数多いが、ヴェネツィア人のやり方への共鳴という点では、なんとなく冷たい、冷たいとは言わなくても距離を置いた、対応の仕方で共通している。それが、同じことを書いている私の『海の都の物語』になると、他の点での批判は甘受するが、ヴェネツィア式やり方への共鳴というならば、私のものが西欧人の著作に比べて、断然強いという自信だけはある。それは、私が、

「凡なる二将は、非凡なる一将に優る」

ということを実証したもう一つの民族、日本人であるからだと思っている。なに、われわれ日本人にとっては、毛利公の三本の矢のたとえ話の昔から、馴染《なじ》み深い考え方なのだ。もちろん、西欧にも、この種のことわざはあった。しかし、それが頭で理解された場合と、肌《はだ》で感じ取るのとでは大変なちがいである。個人主義の伝統が支配的な文明圏では、そうあるべきとは頭でわかっても、肌にしっくりするまでには、ど

うしてもなれなかったのであろう。

貿易摩擦問題が西欧と日本の間をまずくしていると、多くの人が言う。だが、私の考えでは、これは表面にあらわれた一問題にしかすぎない。もしもこの問題が解決しても、必らず別の問題が、西欧と日本の間に立ちふさがってくるにちがいない。なぜなら、西欧の心ある人はみな、西欧が日本から挑戦《ちょうせん》されているのは、単なる経済上のことではなく、西欧の伝統自らであることを知っているからである。彼らの伝統に反するものを突きつけられ、しかもそれの優位を実証されつつあるのを感じ取っているからである。かつてのヴェネツィア人も憎まれたが、日本人も憎まれるであろう。今の程度でオドオドしていては追いつかないほど、憎まれるであろう。別の価値観の優位を示した者の、それが宿命である。

しかし、それでは実害もあるし、まずもって精神的に耐えつづけられない、と言うのであれば、国際会議の席上などで、次のようにでも言って、釈明これつとめるべきであろう。

「われわれ日本人は、ほんとうのところは偉人、天才、英雄が大好きなのであります。その証拠に、日本民衆の好みを最も正直に反映する大河ドラマでは、こういう人々が常に主人公で、高視聴率を誇っているのです。

ところが、われわれにとって不幸なことに、偉人、天才、英雄たちはあの時代で底をついてしまったらしく、現政府の顔ぶれを見ていただけばすぐにも御理解いただけると思いますが、このところまったくのどんぐりの背くらべであります。それでやむをえず、どんぐりの組織化しか道はないということで、まあ、現状のようになった次第。凡なる民族の苦肉の策とお考えいただき、御寛容な処遇をお願いするしかないのです」

こう言うと、欧米の伝統に挑戦状を突きつけたことにはならない。そうしておいて、国内では、偉人、天才、英雄ではあってもサイレントな人々を、彼らの業績にふさわしい待遇を与えて育てるのである。なに、凡人の組織化の巧みさでは天性の素質を持つわれわれだから、そちらのほうの心配はまったくない。

「凡なる二将は、非凡なる一将に優る」

の生き方も、民主主義と同じで、並大抵の覚悟ではつとまらない、非凡なる生き方なのである。自分たちが凡であることを冷徹に認識したヴェネツィア人は、それをつづけることで、非凡に達したのであった。

次に、ぐっと時代は変って、一現代人の言った言葉を紹介しよう。イタリアの元首相、アンドレオッティの言である。

「権力は、それをもたない者を消耗させる」

権力という言葉は、日本では、うさん臭い響きをともなわずには口にされない言葉の一つであるらしい。しかし、それは、権力を持ちながらそれを実際に有効に使った人間が、少ないからであろう。権力とは、私の思うには、ただ単に、自分のやりたいことをなるべく効率良くやりとげるための、環境を所有するということにすぎない。ただし、自分のやりたいことがはっきりしている者が、必らずしもそれを効率良くやりとげる環境を、自分自身に与えられる権力を持っているとはかぎらない。それで、このような場合、それを彼に代わって与えられる、権力者に近づくという現象が起るのである。つまり、権力も権力欲も、非難すべきはそれらを、有効に使う能力も使わせる度量もない人物が所有している場合だけ、なされるべきものと考える。

レオナルド・ダ・ヴィンチも、絵を描いているだけで満足していたならば、平穏な一生を送れたにちがいないのに、死体解剖はしたい、国土計画もやってみたい、などと思ったがために、権力者探しで苦労したのであった。この孤高の天才は、そのためだけに、当時では悪魔のように恐れられていたチェーザレ・ボルジアの臣下になり、西欧キリスト教世界の敵、トルコのスルタンと近づこうとまでしたのである。

マキアヴェッリも、フィレンツェ共和国の外務省にあたる役所のノン・キャリアの役人として、地位があがるのだけが楽しみであったのならば、問題はなかったのであった。それが、自らの政治についての考えを、実際に生かしてみたいと思ったのが運のつきである。公式の地位はなかったが、十年余りもの間、実際の国務長官のような仕事を担当させられていた間の〝面白さ〟を、彼は、失脚した後も忘れることができなかったのである。「大学卒」でなかった彼は、失脚後に、教壇に立つこともならず法律事務所を開くこともならず、まして現代アメリカとはちがって、講演やインタビュー、綜合《そうごう》雑誌への執筆も不可能だった。それでやむをえず、にわとりを飼いながら、『君主論』『政略論』を書いたのである。しかも、『君主論』を、もう一度政治の中心に復帰したいという期待をかけて、権力者に捧《ささ》げることまでしたのだった。彼だったら、キッシンジャーその他のアメリカの政治学者を、絶対に悪く思わないと私は確信している。

そのキッシンジャーだが、どの論文でだか忘れたが、こんなことを言っていた。

「歴史はくり返すと言うが、それは、歴史上の諸事実がそのままくり返すのではなく、それらへの人間の対応の仕方がくり返すのである」

「陽《ひ》の下に新らしきものなし」

とは、古代ローマ人の創作かと思っていたが、旧約聖書にすでにちゃんと書かれているから、西欧人は、もう三千年もの間、口にしてきたということになる。となれば、たかだか四百年しか昔でない時代に生きた信長、秀吉、家康の〝御三家〟を、現代の日本人が好むのも、キッシンジャーの考え方が正しければ、立派に存在価値を持つ、健全なる趣向と言うしかない。彼らの生涯《しょうがい》をそのまますべて参考にすることは、民主主義の現代では無理でも、部分部分ならば、立派に参考になるし、少なくとも、刺激を与えてくれる役には立つだろう。

私も、西洋史上の人物などは放《ほう》っておいて、日本史にきり換えようかしらん。そうすれば私の作品も、ついにテレビ化される幸運に浴するかもしれない。ただ私なら、この御三家に、北条時宗《ほうじょうときむね》も加えるであろう。ヨーロッパが手も足も出なかったモンゴルに、カミカゼを活用したにしても勝ったのだから、あの若者はイカしている。

歴史そのままと歴史ばなれ

学問としての研究著作ではない、歴史上の人物や事件や国家をあつかった私の作品は、なにかと、「歴史そのままと歴史ばなれ」という一句で裁かれることが多い。そういう場合に口にされる鷗外《おうがい》のこの言葉は、水戸黄門がいざとなると持ち出してはたちまち一件落着にしてしまった将軍家のなにやらに似て、示されたほうは一人残らず恐縮し、よく確かめもしないでハハアと平伏するふうだから面白い。いやこの私だって、長年その中の一人だったのだから笑う権利もないのである。

ところが、ある時、この高名な一句を表題にした本文のほうはどうなっているのかということに興味を持った。それで、親しい編集者に、コピーでよいから送ってくれるよう頼んだのである。送られてきたものを見た私は、その短いのに啞然《あぜん》とした。「筑摩現代文学大系」からコピーしたそれは、二段組にしても三頁《ページ》しかない。それなのに、これが書かれた大正四年から数えて六十年以上もの間、威力を持ち続けてきたことになる。これにはおおいに感心した。

ここに、全文を紹介したい。おそらく、多くの人はこの高名な一文をすでに読んでいるにちがいない。だが、中には、私のようなオッチョコチョイの早合点がいるかもしれない。また、この程度には私だって、「そのまま」であることはできるのである。

歴史其儘と歴史離れ

わたくしの近頃書いた、歴史上の人物を取り扱つた作品は、小説だとか、小説でないとか云つて、友人間にも議論がある。しかし所謂《いはゆる》 normativ な美学を奉じて、小説はかうなくてはならぬと云ふ学者の少くなつた時代には、この判断はなか〳〵むづかしい。わたくし自身も、これまで書いた中で、材料を観照的に看《み》た程度に、大分の相違のあるのを知つてゐる。中にも「栗山大膳《くりやまだいぜん》」は、わたくしのすぐれなかつた健康と忙《せは》しかつた境界《きやうがい》とのために、殆《ほとん》ど単に筋書をしたのみの物になつてゐる。そこでそれを太陽の某記者にわたす時、小説欄に入れずに、雑録様のものに交ぜて出して貰ひたいと云つた。某はそれを承諾した。さてそれが例になくわたくしの校正を経ずに、太陽に出たのを見れば、総ルビを振つて、小説欄に入れてある。殊に其ルビは数人で手分をして振つたものと見えて、二三ペエジ毎に変つてゐる。鉄砲頭《がしら》が鉄砲のかみになつたり、左右良《までら》の城がさうらの城になつたりした処のあるのも、是非がない。

さうした行違《ゆきちがひ》のある栗山大膳は除くとしても、わたくしの前に言つた類の作品は、誰の小説とも違ふ。これは小説には、事実を自由に取捨して、纏《まと》まりを附けた迹《あと》がある習《ならひ》であるに、あの類の作品にはそれがないからである。わたくしだつて、これは脚本ではあるが「日蓮上人辻説法」を書く時なぞは、ずつと後の立正安国論を、前の鎌倉の辻説法に畳み込んだ。かう云ふ手段を、わたくしは近頃小説を書く時全く斥《しりぞ》けてゐるのである。

なぜさうしたかと云ふと、其動機は簡単である。わたくしは史料を調べて見て、其中に窺《うかゞ》はれる「自然」を尊重する念を発した。そしてそれを猥《みだり》に変更するのが厭《いや》になつた。これが一つである。わたくしは又現存の人が自家の生活をありの儘《まゝ》に書くのを見て、現在がありの儘に書いて好いなら、過去も書いて好い筈《はず》だと思つた。これが二つである。

わたくしのあの類の作品が、他の物と違ふ点は、巧拙は別として種々あらうが、其中核は右に陳《の》べた点にあると、わたくしは思ふ。

友人中には、他人は「情」を以て物を取り扱ふのに、わたくしは「智」を以て扱ふと云つた人もある。しかしこれはわたくしの作品全体に渡つた事で、歴史上の人物を取り扱つた作品に限つてはゐない。わたくしの作品は概して dionysisch でなくつて、apollonisch なのだ。わたくしはまだ作品を dionysisch にしようとして努力したことはない。わたくしが多少努力した事があるとすれば、それは只《たゞ》観照的ならしめようとする努力のみである。

わたくしは歴史の「自然」を変更することを嫌《きら》つて、知らず識らず歴史に縛られた。わたくしは此縛《いましめ》の下に喘《あへ》ぎ苦んだ。そしてこれを脱せようと思つた。

まだ弟篤次郎の生きてゐた頃、わたくしは種々の流派の短い語物《かたりもの》を集めて見たことがある。其中に粟《あは》の鳥を逐《お》ふ女の事があつた。わたくしはそれを一幕物に書きたいと弟に言つた。弟は出来たら成田屋にさせると云つた。まだ団十郎も生きてゐたのである。

粟の鳥を逐《お》ふ女の事は、山椒大夫《さんせうだいふ》伝説の一節である。わたくしは昔手に取つた儘で棄てた一幕物の企《くはだて》を、今単篇小説に蘇《よみがへ》らせようと思ひ立つた。山椒大夫のやうな伝説は、書いて行く途中で、想像が道草を食つて迷子にならぬ位の程度に筋が立つてゐると云ふだけで、わたくしの辿《たど》つて行く糸には人を縛《しば》る強さはない。わたくしは伝説其物をも、余り精《くは》しく探らずに、夢のやうな物語を夢のやうに思ひ浮べて見た。

昔陸奥《むつ》に磐城判官正氏《いはきのはんぐわんまさうぢ》と云ふ人があつた。永保元年の冬罪があつて筑紫《つくし》安楽寺へ流された。妻は二人の子を連れて、岩代《いはしろ》の信夫郡《しのぶごほり》にゐた。二人の子は姉をあんじゆと云ひ、弟をつし王と云ふ。母は二人の育つのを待つて、父を尋ねに旅立つた。越後の直江の浦に来て、応化《おうげ》の橋の下に寝てゐると、そこへ山岡大夫と云ふ人買が来て、だまして舟に載せた。母子三人に、うば竹と云ふ老女が附いてゐたのである。さて沖に漕《こ》ぎ出して、山岡大夫は母子主従を二人の船頭に分けて売つた。一人は佐渡の二郎で、母とうば竹とを買つて佐渡へ往く。一人は宮崎の三郎で、あんじゆとつし王とを買つて丹後の由良《ゆら》へ往く。佐渡へ渡つた母は、舟で入水したうば竹に離れて、粟の鳥を逐《お》はせられる。由良に着いたあんじゆ、つし王は山椒大夫と云ふものに買はれて、姉は汐《しほ》を汲ませられ、弟は柴を苅《か》らせられる。子供等は親を慕つて逃げようとして、額に烙印《らくいん》をせられる。姉が弟を逃がして、跡に残つて責め殺される。弟は中山国分寺の僧に救はれて、京都に往く。清水寺で、つし王は梅津院と云ふ貴人に逢《あ》ふ。梅津院は七十を越して子がないので、子を授けて貰ひたさに参籠《さんろう》したのである。

つし王は梅津院の養子にせられて、陸奥守《むつのかみ》兼丹後守になる。つし王は佐渡へ渡つて母を連れ戻し、丹後に入つて山椒大夫を竹の鋸《のこぎり》で挽《ひ》き殺させる。山椒大夫には太郎、二郎、三郎の三人の子があつた。兄二人はつし王をいたはつたので助命せられ、末の三郎は父と共に虐《しひた》げたので殺される。これがわたくしの知つてゐる伝説の筋である。

わたくしはおほよそ此筋を辿つて、勝手に想像して書いた。地の文はこれまで書き慣《な》れた口語体、対話は現代の東京語で、只山岡大夫や山椒大夫の口吻《こうふん》に、少し古びを附けただけである。しかし歴史上の人物を扱ふ癖の附いたわたくしは、まるで時代と云ふものを顧みずに書くことが出来ない。そこで調度やなんぞは手近にある和名抄《わみやうせう》にある名を使つた。官名なんぞも古いのを使つた。現代の口語体文に所々古代の名詞が挿《はさ》まることになるのである。同じく時代を蔑《ないがしろ》にしたくない所から、わたくしは物語の年立《としだて》をした。即ち、永保元年に謫《たく》せられた正氏が、三歳のあんじゆ、当歳のつし王を残して置いたとして、全篇の出来事を、あんじゆが十四、十五になり、つし王が十二、十三になる寛治六七年の間に経過させた。

さてつし王を拾ひ上げる梅津院と云ふ人の身分が、わたくしには想像が附かない、藤原基実《もとざね》が梅津大臣と云はれた外には、似寄の称のある人を知らない。基実は永万二年に二十四で薨《こう》じたのだから、時代も後になつてをり、年齢もふさはしくない。そこで、わたくしは寛治六七年の頃、二度目に関白になつてゐた藤原師《もろ》実《ざね》を出した。

　其外、つし王の父正氏と云ふ人の家世は、伝説に平将門《たひらのまさかど》の裔《えい》だと云つてあるのを見た。わたくしはそれを面白くなく思つたので、只《たゞ》高見王から筋を引いた桓武《くわんむ》平氏の族とした。又山椒大夫には五人の男子があつたと云つてあるのを見た。就《なかん》中《づく》太郎、二郎はあん寿、つし王をいたはり、三郎は二人を虐げるのである。わたくしはいたはる側の人物を二人にする必要がないので、太郎を失踪《しつそう》させた。

　こんなにして書き上げた所で見ると、稍《やゝ》妥当でなく感ぜられる事が出来た。それは山椒大夫一家に虐げられるには、十三と云ふつし王が年齢もふさはしからうが、国守になるにはいかがはしいと云ふ事である。しかしつし王に京都で身を立てさせて、何年も父母を顧みずにゐさせるわけにはいかない。それをさせる動機を求めるのは、余り困難である。そこでわたくしは十三歳の国守を作ることをも、藤原氏の無際限な権力に委《ゆだ》ねてしまつた。十三歳の元服は勿論《もちろん》早過ぎはしない。

　わたくしが山椒大夫を書いた楽屋は、無遠慮にぶちまけて見れば、ざつとこんな物である。伝説が人買の事に関してゐるので、書いてゐるうちに奴隷解放問題なんぞに触れたのは、已《や》むことを得ない。

　兎《と》に角《かく》わたくしは歴史離れがしたさに山椒大夫を書いたのだが、さて書き上げた所を見れば、なんだか歴史離れがし足りないやうである。これはわたくしの正直な告白である。

（大正四年一月）

これで全部なのだ。森鷗外は、小説家であろうと歴史家であろうと、また、現代医学に似て、重要ではあるが極度に細分化された研究に一生を費やす現代の歴史学者であろうと、歴史にひとたび関心を持った者ならば避けて通ることは許されないこの重要な課題について、たったこれだけしか書き残してくれなかったのである。それも、書き手を縛る強さのない伝説をもとにした『山椒大夫』を例に引いて論じている。せめて、縛る強さのあった史料をもとにした史伝物で論じてくれていたならばと、鷗外の内外ともの学識の深さに敬意を持つだけに残念に思う。

それで、少々もの足りない気分もあって、六十余年前に鷗外が投じた一石が、その後どのような波紋を広げたのかが知りたくなった。ただし、私の生れるずっと以前にはじまったことだし、また、日本文学史に特別な関心を持ったことなどついぞない私のことだから、すべてをフォローすることはできなかったが、それでも手持ちの書物から探したり編集者に送ってもらったりして、五、六編は眼《め》を通すことができた。しかし、それらを一読した私の印象では、量では鷗外のものを越えているが、内容からすれば、鷗外の短文を一歩も越えていないと思うしかなかったのである。鷗外は、この一文で、歴史そのままであることと、歴史から離れることを論じている。しかし、「そのまま」であろうと「はなれ」ようと、歴史自体、彼の言葉を使うと史料、つまり「史実」そのものについては、史実の真実度は自明のこととするのか、一切言及していない。そして、その後の六十余年の間に起きた「波紋」のいずれも、この点では、まったく鷗外と同じなのである。いずれも、史料の信憑《しんぴょう》性には少しの疑問も持たず、それにどのように「そのまま」であるべきか「はなれ」るべきかだけを論じているのだ。これでは、「歴史そのままと歴史ばなれ」というコピー・ライターでも満点をつけそうな表題を考えついた鷗外のほうが、数多《あまた》の「波紋」をよそに威力を持ち続けたのも当然であろう。

私とて、史料にうかがわれる「自然」を尊重する念は持っている。だが、この気持は、歴史はそのままを書くべきだからという考えから発していない。それよりも、「自然」を尊重しているほうが、現代人である私の想像力をはるかに越えた様相を知ることができる。知ることができれば、読み手に伝えることも可能になる。そして、これこそ歴史の醍醐味《だいごみ》だと、信じているのである。また、この歴史への私の対し方は、自分の意図することを表現する手段として歴史を使ったことの一度としてない私にとっては、ごく自然な選択でもあった。

しかし、それでいて、書きはじめた頃《ころ》から今に至るまでの十五年間、私の頭から、史実とされていることが、はたして、どの程度に史実なのであろうか、という疑いが消えたことはなかった。私は、鷗外とちがって、縛《いましめ》の下にあえぎ苦しんだことはない。なぜなら、縛の手《て》応《ごた》えを、常に計らざるをえなかったからである。

いつ、どこで、誰が、何をしたか。

この四つまでは、歴史上の出来事であろうと現代に起ったことであろうと、真実を知ることは容易であろう。だが、

いつ、どこで、誰が、なぜ、どのように、何をしたか。

と、傍点をつけた二つを加えた時、この二つについて真実を知る作業は、容易であろうか。昨日起ったばかりの事件であってもそうは簡単に解決しないのは、警察の捜査ひとつ取ってもわかることである。だが、いかに困難な作業であろうと、「なぜ」と「どのように」の二つから逃げるわけにはいかない。確実に真実であることしか興味はないという人には、いつ、どこで、誰が、何をしたかだけで満足してもらって、

今のことならテレビ・ニュース、歴史上のことなら、大学入試必勝法の歴史編に眼を通せば解決するであろう。しかし、それでは、歴史を読んだり書いたりする理由も愉《たの》しみもまったくない。

世に、信用できる史料、とか、良心的な史料、とか評される史料がある。そういう史料は、最低、次の条件が満たされていなければならない。まず第一に、真物であること。つまり、誰かが偽造したものでないことが先決だ。第二に、いつ、どこで、誰が、何をしたか、について、正確に記述されていること。最後に、なぜ、と、どのように、が、客観的に記述されていること。

先頃話題になったヒットラーの日記なるものは、第一のところで失格してしまったから史料にはなりえないが、もしも真物であったとしたらどうであろう。そういうものはなかったのだから、たちまち第一級史料にされたにちがいない。そして、第二の条件までは、おそらく非常に正確に満たされたと思う。だが、第三となると、どうであろう。チャーチルの『第二次世界大戦』と同じくらいに〝不正確〟で、学者たちの格好な研究対象になったかもしれない。もちろん、この〝第一級史料〟を使って第二次大戦史を書こうとする者には、相当な箇所の「縛」の手応えを計る必要が、要求されることは確かだが。

それならば第三者の記した、冷静で客観的で中立の立場に立った記述を重視したらよいではないか、と言われるかもしれない。だが、第三者がはたして、第三者の史料が存在するとしてだが、その第三者が常に客観的で正確な記述をしてきたと、誰が保証してくれるのか。直接の利害関係のない第三者であっても、真実を語ることがいかにむずかしいかは、芥川龍之介《あくたがわりゅうのすけ》が『藪《やぶ》の中』で活写してくれている。

それでもまずは、第三者の証言のほうが、比較的にしても真実に近いということにしよう。だが、第三者の記述だけで、歴史は書くことはできない。やはり第三者だけに、ことの核心にふれる機会に恵まれないのが普通だからである。ここに、当事者の証言を、真実度に疑いをいだきながらも無視できない理由があるのだ。いや、「現場証人」の記録は、ほとんどの場合、第一級史料とされている。それは、人間には真実を語ることはむずかしいが、百パーセントの嘘《うそ》を語ることもなかなかできるものではないという、「真実」を見すえたうえでの選択かもしれない。

また、歴史では、多数決の原理を適用することも許されない。ある出来事について、十の史料があり、八対二の割合で、クロと証言しているとしよう。多数の証言だからこのほうが真実に近いだろうと、クロと書くと誤ることがあるのだ。誤りを犯したくなければ、十人の記録者全員の前歴なり現状なりを、洗ってみる必要がある。敵愾心《てきがいしん》や怨念《おんねん》に、記録のペンが曲げられた可能性はなかったか、と。偏見にまどわされる情況になかったかどうかも、調べる必要がある。なんとなく、殺人事件の捜査過程で、関係者たちの動機を調べる刑事と似た心境になってくるが、殺人の動機の大小に客観的な尺度が適用されないのと同じく、史実の記録者にも、「なぜ」と「どのように」に限って言えば、彼らの記述の正否を判断する客観的な尺度は存在しない。ここはもう、史料を調べる側の良心のあるなしよりも、私立探偵《たんてい》に似たこの作業を楽しがってするかしないかにかかっているように、私には思えるのである。楽しい気分は、もちろん、多数決の原理に逆っても少数派の証言を取った場合に強まる。なぜなら、「定説をくつがえす」ことにつながるからである。だが、幸か不幸か、確実な史料も相当に多いために、このような探偵じみたまねに訴えねばならない場合は、相対的に少ない。でなければ、手がける先から迷宮入りになってしまって、作品の完成など夢物語と化す怖《おそ》れがある。

ここで、「歴史そのまま」を問題にするならば、歴史物を書く作家とは比較できないほどにそれを尊重しなければならない立場にある歴史学者たちが、史料にどのように対しているかを検討してみたい。材料として使うのは、トルコのスルタン・マホメッド二世が、ビザンチン帝国の首都コンスタンティノープル攻略の決意を、宰相カリル・パシャに、はじめてはっきりと告げる場面である。史料は、ビザンチンの歴史家ドゥカスの手になるもので、『トルコ・ビザンチンの歴史』を書いたドゥカスは、マホメッド二世とは同時代人であった。同時代に書かれた記録を第一史料とか原史料とか呼ぶが、これこそまさにそれにあたる。

私はこの場面をドゥカスの記述から直訳するが、これを読んだだけでは意味が通らないと言う人が出てくるにちがいない。そういう人には、私の最近作『コンスタンティノープルの陥落』(新潮社)を読んでいただくよう願うしかないが、史料とは、このように不完全であるということも、わかっていただけると思う。ドゥカスの記述は概して良くできていて、それを使って書く者に「いじる」必要をあまり感じさせないのだが、その彼のものにしてこの有様だ。他の多くの史料に至っては、探偵そこのけの推理を要することが多い。史料は変更してはならぬ、と言う学者がいるが、そういう人は、原史料というものに一度も対面したことがないか、それとも、それらを使って歴史を書いたことのない人にちがいない。

——ある夜、護衛の一度目の交代が終った時刻、宮殿の護衛の幾人かを、カリル・パシャを宮殿に連れてくるために送った。護衛たちは、カリルの寝室にまで入り、主人の命令を伝えた。カリルは、いよいよ来たるべき時がきたかと怖れおののき、妻と子供たちを抱擁し、皿に金貨を山と積んで宮殿に向った。すでに筆者が他の箇所で述べた理由によって、カリルはそれまでも、常に恐怖をいだき続けてきたのである。

主人の寝室に入った彼は、そこに、寝衣をまとって寝台の上に坐《すわ》った主人を見《み》出《いだ》した。カリルがその前の床に頭をつけて深々と礼をし、持ってきた皿を主人の前に置いた後で、主人は言った。

「これはどういう意味ですか、ラーラ」

ラーラとは、われわれの言語（ギリシア語）ではタータ、つまり先生にあたる。

カリルは答えた。

「御主人様、高位の家臣の一人が深夜に主人の召し出しを受けた際、なにも持たずに参上してはならないのは慣習でございます。わたくしもそれに習いましたが、持って参ったのはわたくしのものではありません。あなた様のものなので」

主人は答えた。

「わたしにはもう、あなたの富は必要ではない。それどころか、あなたの持つ富よりもずっと多い富を贈ることもできるのです。わたしがあなたから欲しいものは、ただ一つ。

あの街をください」――

前に述べた歴史学者とは、ギボンとバービンゲルとランシマンの三人である。ギボンは、説明するまでもなく、名著『ローマ帝国衰亡史』の著者。バービンゲルは、マホメッド二世伝としては決定打と衆目一致の『征服者マホメッド二世』を、一九五三年にミュンヘンで発表している。最後のランシマンの『コンスタンティノープルの陥落、一四五三年』は、一九六五年にロンドンで刊行。護雅夫《もりまさお》氏訳の日本語版は、一九六九年にみすず書房から出版されたが、不幸にもその後、絶版になってしまったようである。歴史学者と歴史家は必らずしもイコールにはならないが、この三人ならばイコールであることは、日本の学者たちも賛同してくれるにちがいない。

さて、この三人の世界的権威とされる歴史家たちだが、彼らは参考にしたドゥカスの記述を、多少なりともいじってはいるが、まずは忠実に使っている。学者ではない私は、この場面を小姓のトルサンの眼を通して見るという形で書いたが、それでもいじり加減は、三人の大家たちと大差ない。ドゥカスの記述が、いじる必要をあまり感じさせないほどに、良くできていたという証拠だろう。

それでも、この三人のいじり加減を検討してみると、まずギボンは、場面の流れにさほど関心を持たないのか、いや、そんなことを気にしていてはあの大著は書き通せなかったからだろうが、この場面は、過多と思うくらいに説明を加えたうえで叙述している。反対にバービンゲルは、巧みにこの前後で事情の解説を済ませ、この場面は、記述者ドゥカスが前面に出てくる箇所は捨てることによって場面の流れを生かしながら、ほぼ忠実に使っている。最後のランシマンだが、彼もまた必要最小限の説明を加えた以外は、ドゥカスをほとんど丸写ししているが、それでも彼なりにいじっている。とくにランシマンのいじり方は、この、十字軍の歴史研究では金字塔とされる『十字軍史』の著者の、ビザンチン、ないしヨーロッパ寄りの姿勢を示していて興味深い。コンスタンティノープル攻防戦でも、実に客観的で正確な叙述を貫きながらも、心情的には西側に傾きがちだったこのイギリスの歴史家にとって、当時の西欧が「キリストの敵」としたマホメッド二世は、その天才は認めながらも、野蛮で粗暴な若者でなくてはならなかったらしい。ランシマンのペンによるこの場面のマホメッド二世は、老宰相の差し出した金貨の盛られた皿を、強くわきに押しやり、最後の言葉も、声を荒げて叫んでいる。しかし、私には、ドゥカスの淡々とした書きぶりのほうが、自然に思えた。大胆不敵な若者は、静かでていねいであるほうがスゴ味がある。とくに、内心はどうあろうと、先生《ラーラ》と呼ぶことに慣れた人の前では。

ところが、この場面で一箇所だけ、学者でもない私が世界的権威の三人に対し、絶対に同調しなかった箇所がある。三人とも、街をください、とあるところを、コンスタンティノープルをください、と書き直しているのを、この人たちの著作を読んだ人ならば気づいたであろう。ドゥカスの原文は、大文字でポリスを意味する言葉しか書いていない。古代では、ラテン語の大文字でウルべと書けば、ローマを指すのは常識であったから、ギリシア語でも大文字でポリスとすれば、東地中海世界ではコンスタンティノポリス、つまりコンスタンティノープルを指すのは当然と、三人の学者たちは思ったからであろう。正しい意訳というものがあるとすれば、これこそそれにあたる。

ただ、私は、この箇所ではドゥカスの記述を、どうしても生かしたかった。正確に意味を伝えるのは、学者には第一に求められることであろう。そして、これが満たされれば充分と彼らが思ったとしても、非難さるべき理由はまったくない。だが、私は、それ以上のものが欲しかったのだ。

「コンスタンティノープルをください」

と言わず、
「あの街をください」
と言った場合にあの場にかもし出されたムードのちがい、そのような漠《ばく》としたものまでも、読者に伝えたかったのである。これも、言った当人のマホメッド二世が、五十歳の男であったならば、私もこれほど執着しなかったであろう。二十歳の若者だったから、したのである。しかし、このようなことに心をひかれ執着するのは、私が学者でないというなによりの証拠でもある。

さて、このドゥカスの史料だが、三人もの大歴史家がそろいもそろって取りあげているのだから、「歴史そのまま」ではまったく問題ないと思いそうだが、これが実は、真実度の非常に低い「史実」なのである。ドゥカスの記述の信用度は概して高いのだが、この場面だけはそうではない。

まず、ドゥカスは、この話が真実としたら展開されていたであろう時期に、スルタンの宮殿のあるアドリアーノポリにいない。また、彼以外には誰一人として、このエピソードを書き残した者はいない。マホメッド二世のそば近く仕えていたとされるトルサンが、後になって書いた記録にも、他のことはあってもこの話はないのである。

このように印象深い場面を、主人に心酔しきっていたトルサンが書き忘れるはずはない。もちろん、トルサンの不在の夜に起ったとも考えられる。だが、コンスタンティノープル陥落の後、陥落当時現場にいたギリシア人やイエニチェリ軍団の兵に聴いて書いたというドゥカスだが、このエピソードは、トルコの首都のスルタン宮殿の奥深く、しかも深夜に起きた出来事である。当時は敵国人であったギリシア人はいうまでもなく、スルタン親衛隊のイエニチェリ軍団の兵でも、容易なことでは近づけない場所と時刻に起きたことである。まして、スルタンの寝所の夜の護衛は、小姓と黒人奴隷《ど》隷《れい》の仕事となっており、黒人奴隷の多くは、声帯をつぶされているのが普通だった。では、こういう事情に通じていたはずの三人の世界的権威が、嘘とする確証はなくても、真実度の実に低いこの「史実」を採ったのはなぜなのか。ギボンは別にしても、科学としての歴史学が全盛の観ある二十世紀の人バービンゲルもランシマンも、なぜ捨てなかったのか。私の想像するには、この人たちでさえ、捨てるに忍びなかったのではないかと思う。コンスタンティノープルの陥落という歴史上の一大事件において、一方の主人公はコンスタンティノープルに象徴されるローマ文明であり、もう一方の主人公は、それに挑戦《ちょうせん》したマホメッド二世である。このトルコの若者の性格を、いくつかの史料からうかがわれるこの非凡な若者の像を、簡潔に見事に浮彫りして見せてくれる史料として、このエピソードに優《まさ》るものはない。真実より嘘のほうに近いのは、わかっている。だが、わかっていても、捨てるに忍びなかったのではあるまいか。

ドゥカスの場合の問題は、書き残したのが彼一人であったことにも由来していたのだが、反対に多くの一級史料がいずれも同じことを記録している場合は問題ないかというと、必らずしもそうではない。この場合の例として紹介するのは、法王ボルジアの息子、チェーザレの弟ホアン暗殺の場である。

――その頃《ころ》、テヴェレ河の岸につないだ舟の中で寝ていたという、一人の船頭が連れてこられた。ジョルジョという名のその船頭は、次のように物語った。六月十四日から十五日にかけての夜、彼がいつものように舟の中で寝ていると、奇妙な物音に眼《め》を覚まさせられた。そして、二人の男がスキャボーニの病院のわきの小路から出てくるのを見た。男たちは、用心深くあたりに気を配りながら進んできた。少したって、白馬に乗った男が一人、鞍《くら》のうしろにくりつけた人間の身体《からだ》を、左右から二人の馬丁にささえさせながら近づいてくるのが見えた。

彼らは、河岸まで来て止まった。騎士は、男たちに命令した。男たちは、動かない人間を馬の鞍から降ろし、河の中に投げこんだ。船頭ははっきりと、騎士の、うまく投げこんだかどうかたずねている声を聴いた。「はい、御主人様」と、男たちは答えた。河の水はゆっくりと流れていた。何かが、水の上に浮んでいた。死人の着ているマントが、風をはらんで流れて行くのだった。それに向って、男たちは石を投げつけた。再び騎士の命令で、男たちは土の跡を消した。騎士と男たちは、聖ジャコモ病院の方へと立ち去った。夜がもどった。

船頭は、届け出る気などなかったと言った。彼は今まで、このようなことには始終出会っていた。そして、それらはいつも闇《やみ》に葬《ほうむ》られてしまったのだから、と。

――

このエピソードは、ヴェネツィア共和国大使の報告として記したサヌード、マリピエロ、それにローマ法王庁の式部官長をしていたブルカルド、また、情報収集力ではヴェネツィアに次ぐといわれたフェラーラ公国の大使報告と、信用度では折紙つきの一級史料中の一級史料が、いずれも取りあげて記録しているものである。多数決に訴える必要などない、全員一致の「史実」なのである。確認調査必要なしと判断した歴史家がいたとしても、あながち彼を責めるわけにはいかないほどなのだ。ところが、これが嘘なのである。ドゥカスの場合のように真実度が低いどころではない、真実度ゼロの嘘なのである。

この証言を信じてテヴェレ河の大捜索を行った結果、ようやく翌日の正午近くになってホアンの死体が引きあげられたのだが、その場所は、ポポロ広場近くの河底からだった。それなのに、目撃証人が死体の投げこまれたのを見たと言った場所は、スキャボーニ病院近くの河岸である。そこは、ポポロ広場近くの河岸からは、五百メートルは下流になる。その夜だけテヴェレ河は、川下から川上に向って逆流したのであろうか。

そのようなことはありえないから、船頭が見たという死体は、他の誰かではあったにちがいないが、ホアン・ボルジアではなかったことは確実である。それなのに、ボルジアにかぎらず十五世紀末のローマを書いた歴史家たちは、誰もがこのエピソードを欠かさない。それも、ドゥカスの記述よりも、話としてはよくできているためか、誰もがいじる必要を認めなかったらしく、まったく丸写しなのである。私の知るかぎり、これを捨てたのは、大著『中世ローマ史』を書いた、グレゴロビウス一人であった。嘘であることが当時でも明らかであった史料を、こうも多くの歴史家が採るのはなぜだろう。

それは、ドゥカスの場合のように、捨てるに忍びない、というのとは少しちがう。この場合は「真実であったとしてもおかしくない嘘」だからである。ホアンの死体も、きっとあれと同じようなやり方で投げこまれたにちがいないと思えるからである。他に目撃者はいない。もしもいたとしたら船頭よりは真実に近いことは確実の、ポポロ広場よりは川上で見た目撃者はいない。ただ一人の証人である船頭も、あのような場面には始終出会っているから届け出る気もなかった、と言っている。事件当時の人たちもそれがわかっていて報告し記録し、後世の歴史家たちも、わかっていて採ったのである。スキャボーニの病院のある一帯は、トルコの侵略を避けてローマに逃れてきたダルマツィアの難民たちの〝キャンプ地〟として、当時のローマでは知らぬ者はなかったし、聖ジャコモ教会（かつてあった病院は教会に所属していた）は、現在でも同じ場所にある。

真実が求められない場合は、真実であってもおかしくない嘘、で代用させるしかない。それどころか、歴史ではしばしば、そのような「嘘」のほうが、真実に迫るに役立つことが多いものなのである。

いつ、どこで、誰が、なぜ、どのように、何をしたか。これらすべてを明らかにしなければ、歴史は書けない。ドゥカスの例は、「なぜ」に光をあてる働らきがあったであろう。ローマの船頭の証言は、「どのように」という問いに答える役に立つ。まったく、史料の「藪《やぶ》の中」を行くのは気を遣う。真実度が低いからとか偽物《にせもの》だからとかいって、勢いよく切りまくってもいられない。しかし、そうかといって、すべての木とすべての枝葉を尊重していては、いつまでたっても道は開けない。いつまでたっても、書くことはできなくなる。歴史そのままと歴史ばなれと、簡単に二分して ことが済む問題ではないのである。それをする前に、誰もが一度、鷗外の意味した「歴史」つまり史料というものについて、自分ならばどのように考え、自分ならばどのように対処しているかを、明らかにしてみてはどうだろう。「歴史」とは何かを明らかにしないでおいて、「そのまま」も「はなれ」もあったものではないと思うのだが。また、それが明らかになった後ならば、「歴史そのまま」も「歴史ばなれ」も、自《おの》ずからはっきりとしてくるにちがいない。

鷗外は、史料を読んでいて、昔の人の記述にはよく見られる、簡潔で品位豊かな語りくちに心を動かされたのであろう。そして、それをなるべく損わずに生かしたいと思ったにちがいない。私もその気持は、充分にわかる。しばしば丸写しに近い使い方をするのもそのためだ。

しかし、対象をローカルなことに限定した鷗外は、このやり方だけで貫けたかもしれないが、対象が大きくなると、史料の量が増えるにつれて、個々の史料の真実度も千差万別になってくる。「小説」を書こうという意図のあるなしにかかわらず、取捨選択は絶対に必要なのである。いや、それだけでは充分でなく、想像力や推理の助けなしには、つなげようもないくらいなのだ。鷗外も、彼の考え方で、すべての歴史や歴史物語や歴史小説の書き方を律せるとは、一語も書いていない。その鷗外の言葉を、六十年以上もの長い間、水戸黄門がいざとなると持ち出しては「一件落着」にした将軍家の御印籠《ごいんろう》とやらにしてしまったのは、後世のわれわれではなかろうか。

ある余生

数年前の夏、レンタ・ヨットをして、イオニア海に浮ぶギリシアの島々をまわった時のことである。コルフ島でヨットを受け取り、ギリシアの西岸ぞいに南下して、ペロポネソス半島をまわり、クレタでヨットを引き渡すというコースだった。けっして特別に恵まれた人々だけができる休暇の過ごし方ではなく、イギリス・ギリシアのレンタ・ヨット合弁会社まであり、ヨット好きのイギリス人が主な対象だから、ロンドンからの飛行機代までふくめた、セット旅行の便まである。

とはいえ、私たちはイタリアに住んでいるのだから、船でコルフまで行き、帰りはクレタからまた船でもどるので、この種のセット旅行には適さない。それでギリシアの舟を借りたのだが、選択の誤りを悟るのに、一日も要しなかった。

いや、誤りと言い切るのは、やはり可哀相《かわいそう》な気がする。舟に穴が開いていたわけでもないし、帆も舵《かじ》も錨《いかり》も、手動式に文句を言わなければ完璧《かんぺき》だった。ただ、冷蔵庫が壊れて用を為《な》さなかっただけなのである。これで毎朝の冷たい牛乳はあきらめざるをえなかったが、夏の海の上で、冷たいビールさえも飲めないというのでは悲しい。それで、リビアの砂漠《さばく》で氷を食べたという古代ローマ人のことを思いだして、それをまねることにした。缶《かん》ビールを海水でびしょびしょにぬれたタオルでつつみ、日なたに置くだけである。強烈な日差しのおかげでぬれたタオルはまもなく乾くから、それを二、三度くり返す。水分の急激な蒸発とともに、缶の中身まで冷やしてくれるというわけだ。これだと、氷水を飲むほどには冷えないが、ビール会社の言う〝適度な温度〟ぐらいには充分になる。

それに、十メートル程度のヨットでは、島影も見えない海上を快走するなどということはとても不安で、これは舟でなく舟の上にいる人間の技能が至らないからだが、また、八歳になる息子は帆走よりも海水につかるほうに関心があって、これ以上の沿岸航行はないほどの沿岸航海になったのであった。もちろん、日の落ちきらないうちに、ヨット・ハーバーにすべりこむのも毎日のことだ。

ヨット・ハーバーと言っても、ギリシアでは、豪華なレストランやホテルなどの諸設備が完備しているところなど一つもなく、舟をつける船着場と重油を買える店と、それに真水を買える可能性を有するということだけである。苦労してヨット接岸に成功した後にようやく、近くの料理屋へ夕食をとりに行く。われわれの財布には幸いなことに、ヨット・マン専用の洒落《しやれ》たレストランなど一つも見なかった。イタケの島の船着場も、この類《たぐい》で、ギリシア政府が観光事業に力を入れているのかいないのかわからないところが魅力になっている、典型的な〝ヨット・ハーバー〟であったのだ。三千年も昔にこの島の領主で、かの有名なトロイの戦いに参加し、木馬の計の立案者としても知られたオデュッセウスの時代から〝進歩〟したのは、港の前を埋める、みやげ物を売る露店の列だけかもしれない。

その日は、ホメロスの形容句「風強きイタケ」が実感をもって思いだされるほど、風の強い日だった。ホメロスのもう一つの形容句「岩多きイタケ」にしては、舟を避難させられる天然の良港に恵まれないイタケでは、いきおいどの舟も、これまたイタケと呼ばれるこの島の主要港に集まってくる。ここだけは、まさに天然の良港で、入りくねった湾の奥にある港は、風からも波からも完全に守られていた。おかげで、低い堤防がそのまま、船着場に使われている。その堤防まがいの船着場だけでなく、石で固めた岸が湾をめぐっているから、そこでも、舟を着けようと思えば着けられないことはない。それほど、このイタケの島の主要港は、湾の奥に守られてあった。

だが、その日はとくに風が強く、小型のヨットはちょっとした波も破損につながる心配から、みな、堤防まがいの船着場の内側に舟を着けようとしたらしい。われわれのヨットが入ってきた時は、いつもよりは早目の時刻だったのに、船着場の内側の岸壁はもう満席に近かった。それでも、土地のものらしい舟と他のヨットの間にすき間があるのを見つけて、そこにようやく、もぐりこむのに間にあったのである。

いかに小型でも、舟の着岸はそうそう容易なことではない。頃合《ころあ》いを見計って、錨を降ろしはじめる。頃合いを見計るのがまたむずかしいのだが、スポーツ・ウーマンであったことなどまったくない私にそれがわかるわけがなく、船尾に立つ夫の命令に従って、水に投げこんだ後も鎖を降ろしていく。それでも錨が海底に達した時は、いくらなんでも見当はつくが。と同時に、船尾から船着場に向って、ロープが投げられる。船着場にいる誰かがそれを受け、石の杭《くい》に結びつけてくれるというわけだ。杭に結ばれたロープと、船首から鎖で海中に降りている錨が、両方とも適度に張っていなければならない。この二つで舟を海面に固定しているので、それがきちんとできていないと、ちょっとした波でも舟が動き、岸壁にぶつかったり、両隣りの舟にぶつかったりする。その防止のために船腹に並べてつるしてあるブイなど、まったく役に立たなくなる時さえある。私には、この作業はひどく困難に思えて、これを一人だけでやるなど、よほどの熟練者ならともかく、シロウトには夢ではないかとさえ思ったものだった。

それでも、港入りはことなくすんで、私たち三人が岸に降り立った時である。今しも夕暮の薄いヴェールがつつみはじめようとする湾に、一隻《せき》のヨットが入ってきたのだ。まったく、それは、周囲の注意を一身に集めるにふさわしく、三方から山の迫る湾を独り占めにする感じのすばらしいヨットだった。それが、静かに入ってくる。帆はすべてたたまれていたが、両手をまわすほどの太さの帆柱は二本とも高々とそびえ、船全体が木で、しかも新らしい木でできている。船着場の少し手前で、船尾を着岸させるために、ヨットは方向転換をした。その時、私たちはいやでも、このすばらしいヨットの全貌《ぜんぼう》を眼《め》にしたのである。

二十五メートルは、優にあったであろう。いや、もしかしたら、三十メートルはあったかもしれない。二本マストの、まさに堂々とした「船」だった。これほどのヨットは、豪華な設備を誇る南仏のヨット・ハーバーではよく見られるが、ほんとうのヨット好きだけの来るギリシアの海では、ほとんど見かけない。船尾にひるがえる旗は、西ドイツのものだった。船着場にいた人々は、よほどの金持だろう、と口々に言い合っていた。ただ私は、ヴェネツィアの話を書いていたこともあって、大型ガレー船だと船の長さは五十メートル近くあったから、あのヨットの二倍、それに三本マストで、一方の船腹だけからでも八十本以上の櫂《かい》が出ていたのか、と想像し、やはり相当に壮観だったろう、などと思ったものである。

これほども本格的なヨットとなると、風も波も心配しないのか、この西ドイツ国籍の船は、堤防まがいの船着場の一番端の、どの舟も敬遠して近づかなかった場所に着岸した。岸壁に投げられたロープも、ずっと太くて真新しい。誰もがこの船から眼が離せないでいたから、すぐに二、三人の男が駆け寄って杭につないだ。船尾から降ろされたはしごも、はしごと言うよりは階段と言ったほうがよいほどによくできた、木造である。接岸作業は、白いTシャツと白パンツの、五、六人の船乗りの手ぎわよい動きで終った。

船着場では、それが終っても誰一人動かなかった。いったいどういう人が降りてくるのだろうと、好奇心でいっぱいだったからである。このヨットならば、ヨーロッパ最高のモードで降りてこられても、不思議はないような感じだった。

ところが、いつまでたっても誰も降りてこない。そのうちに、船乗りたちが降りて来はじめた。主人たちよりも船乗りが先に降りることはないから、このヨットは、主人無しで航海しているようだ。わきを通りすぎる時に耳にしたのでわかったのだが、船乗りたちはみなナポリ生れのイタリア人で、次のことは、人なつこい彼らから聴いた話である。

このヨットの持主は、西ドイツ財界の人立者で、引退記念に造らせたのだという。その人は、特別にヨット好きというのでもなく、船は地中海を、主人の命ずる場所まで航海するのが常ということだった。今も、ナポリまで来いという命令を受けて、イオニア海を横断してティレニア海に入り、北上してナポリに行く途中だという。船の持主は、招待したお客たちとともにナポリまで飛行機で来て、そこに待つヨットに乗り移り、ナポリ湾からカプリ島までを航海するのが、次の予定だそうだ。

帆で行くのか、と私がたずねたのに、ナポリ生れの船乗りは答えた。

「お客がいる時に、たまには帆を張ることがある。でも、帆走だとヨットがななめになるから、それを嫌《きら》う女客も多く、ほとんど使わないね」

私は、お客のいない時には帆を使うんでしょう、それに、持主の指定した場所へ行く間も、と聞いたら、船乗りたちは笑いだして、その一人が言った。

「お客のいない時に、主人《パドローネ》が乗ることはないよ。それに、オレたちだって、めんどうな帆を使うよりも、モーターで行くほうが簡単でいい」

私もヨット気狂いではけっしてないが、あの見事な二本のマストがめったに風をはらんだ帆で飾られないのは、残念な気がしないでもなかった。

夕食を終えて港を散歩していたら、もう一隻のヨットが眼についた。こちらも木造だ。ただ、ひどく古びていて、甲板もニスをぬってからだいぶ経《た》っているらしい。一隻だけ他から離れて、連絡船の着岸する岸に錨を降ろしているのは、錨の降ろし方によほど自信があるのだろう。船尾にある舵は自動舵で、単独航行者かもしれない。船首の帆も、自動巻き式になっている。船の長さも、十メートルぐらいしかない。もちろん、一本マストだ。

私たちが眺《なが》めていると、持主らしい男が舟に近づき、岸に渡したありきたりの板を渡って舟に乗り移った。六十歳は越えていると思われる、白髪《しらが》の多い、だが壮健な体格の男だった。帆柱には、滞在国であるギリシアの国旗のすぐ下に、潮風に色の変った古びた小さな星条旗が、夜風にはためいている。次に書くことは、無遠慮に次の行き先をたずねた私たちに嫌《いや》な顔もせず、バーボン・ウィスキーをふるまってくれたこの男から、聴いた話である。

この、ジョーンズという名の男は、ニューヨークのある生命保険会社に勤めていて、定年を機《しお》に、それまで夢見てきたことを実行に移したのだそうである。小さな中古のヨットを見つけて、一人でそれに乗り、地中海を海岸づたいに、ひとつひとつ見てまわるという夢だ。ヴェネツィアからはじめて、アドリア海のユーゴスラヴィア寄りを南下し、イタケまで来たとのことだった。どうしてそんなことを考えたのかと、私はたずねなかった。船用につくられた船室の中の書棚《しょだな》には、英訳だったが、地中海世界に関する相当に専門的な書物が並んでいた。冬でも、天候の良い日は動くのだそうだ。

「地中海といっても、やはり広いからね」

と言って、男は笑った。オン・ザ・ロックを飲ませてくれたから、冷蔵庫は、ちゃんと役目を果しているのである。自動式が可能なものはすべて自動化していることといい、このアメリカ男は、単なる自然主義者ではないらしかった。帆で行くことが多いのも、重油の節約よりも、舟が波を切る音だけを聴くのが好きだから、と言った。

翌朝早く、私たちの舟が錨をあげた時、あの小さなヨットは、もう港にはいなかった。

地の塩

一時帰国した折、後藤田官房長官にインタビューしたから（「新潮45＋」昭和五十八年五月号掲載）警察づいたわけではないが、イタリアにもどってきた後も、なんということなくこちらの警察にも視線が向く結果になってしまった。それで今回は、私の友人の一人、Gについて書こうと思う。Gは、ついこの間フィレンツェ警察の次長の一人に〝出世〟したが、それまでは長い間特捜部の刑事部長で、次長になった今でも、この役割は続いている。

このGと、日本の内閣官房長官G氏との間に、共通点があるのかどうか私にはわからない。まずもって、イタリアのGは、日本のG氏の言を借用すれば、

「役人の双六《すごろく》の上りまで行く人」

にはならないであろう。私が日本のG氏に興味を持ったのは、氏の才能の質が、本来サイレントなものでありマイノリティであることを宿命づけられていると思ったからだが、イタリアのGも、サイレントであることでは共通している。ただ、彼のよう

なタイプはマジョリティになるのが、健全な社会であるはずだ。それが、マイノリティでしかないのが、現代イタリアの悲劇ではないかと思っている。

Gは、半世紀近く前に、南イタリアのプーリア地方の山村に生れた。地中海の中央に突き出た長靴《ながぐつ》と言われるイタリアの、かかとに近いあたりだ。両親は自作農、八人の弟妹を後にする長男だった。

小学校時代はたいしたこともなかったそうだが、中学の後半あたりから他に抜きんでる成績を示しはじめ、村の司祭が父親を説得してくれて、高校は、プーリア地方のいわば県庁所在地であるバーリの、第一と評判のところに進学した。イタリア語では「リチェオ・クラシコ」と呼ぶ種の高校で、かつての日本の旧制高校的教育を与える。大学の法学部、文学部、医学部、理学部に進学したい者は、この種の高校を終えなければならないようになっていた。その他の学部の希望者は、「リチェオ・シェンティフィコ」でよかったらしい。「クラシコ」のほうは、ギリシア語、ラテン語が重要課目だったのが、最も大きなちがいだった。また、頭の良い子は、「クラシコ」に行くのが普通とされてもいた。

ちなみに、ここ十数年の大学紛争で、イタリアは、日本とは桁《けた》ちがいに思いきった

〝大学の門戸開放〟をしてしまい、おかげで、どの種の高校を卒業しても、大学の望む学部に入れるようになっている。また、定員制も廃止してしまった。そのために大学生の数が急増し、これまた自然の勢いで学力のほうは急低下したので、若年失業者をやたらとかかえる苦労までしょいこむ結果になって、今に至っている。

話をGにもどすが、彼が高校に進めたのは、アメリカに移住して久しい伯父が、学費を出してくれたからだった。いかに司祭の推薦があっても、子沢山の貧農である父親には、学費は公立だから少なくても、バーリでの下宿代までしぼり出す余裕はなかったからである。一方、伯父のほうは、若い時にアメリカへ移民し、おそらくは大変な苦労の末だろうが、その頃《ころ》では建設業者としてなかなかの勢いだった。しかも、第二次大戦直後とて、ドルが天下を謳歌《おうか》していた時代である。伯父にしてみれば、敗戦の痛手にあえいでいる故国の親戚《しんせき》に、衣類や食料を送る他のイタリア系アメリカ人と、あまりちがわないことをしている想《おも》いであったのだろう。だが、Gのほうは忘れなかった。この伯父が死の床についた数年前、彼は、ついぞとったことのない規定外の休暇を願い出て、ロサンゼルスに飛んでいる。

大学は、ナポリ大学を選んだ。当時は弁護士か判事になるつもりだったので、学部は法学部に決まっている。ナポリ大学の法学部は、イタリアの大学で最も優れているというのが、長年の定評であった。

学費と生活費は、もう自分でまかなった。伯父に頼めば大学も出してくれたかもしれないが、十八歳のGは、自力でやってみようと決める。イタリアは日本とちがって、学生アルバイトが盛んでない。家庭教師の職も、半日しかない公立の小学校や中学校の教師のアルバイトとして定着していて、学生ではなかなか機会がない。また、若いからこそ可能な肉体労働も、失業者では有名なナポリでは、本職視するライヴァルが多くて、くいこむのさえむずかしい。この状況下では、Gは幸運なほうだった。法学部の教授の紹介で、ナポリでは高名なある弁護士の、出来のあまりよくない息子二人に恵まれたからである。責任感の強いGのことだから、まじめにやったのであろう。この家でもらう給料は、大学生活を送るのに充分とはいえなかったが、四年間の生活をささえた支柱にはなったのである。不足の分は、アメリカや、アメリカほど遠くはなくても北イタリアへ働らきに行った弟たちによって、以前よりは身軽になった両親が時々送金してくれるのをあてた。それにナポリは、美味《うま》くてしかも安い食事で有名な土地だから、食費は倹約しても、他でのように惨《みじ》めな想いになることもなかったにちがいない。ただ、最終学年になって、級友たちよりは早く単位をとり、判事になるための司法試験を準備中に、Gの気持が変ってしまったのである。

なぜ警察に入る気になったのかを、私は知らない。私がたずねても、Gは、なに、くだらない動機だから、と言って話してくれなかった。こういう場合の動機など、意外と〝不純〟であったりするものだ。私も、強《し》いて追及しなかった。要は以後の成果なので、この辺の事情は恋愛と似ている。結局、Gは司法試験は受けなくて、警察官、つまり警察のキャリア組になる試験を受け、合格した。イタリアでは、各省ごとに入省の試験がある。

ローマ、ミラノ、それにあとどこか一カ所、これは彼は教えてくれたのに私が忘れたのだが、合計三カ所での教育訓練の期間が、苦労もなくて愉《たの》しみばかりの時期だったと、Gは言う。

愉しみもあったろうが、苦労もそれに劣らず多かったにちがいない三十年近いGのキャリア中、転任は六回に及んだそうだが、イタリアを北から南までまんべんなく任地換えで体験したという彼も、異色はやはり、サルデーニャ島勤務だったと言う。第二次大戦後の混乱を利用して、イタリアでも無法勢力がはびこって警察や憲兵隊を手こずらせたが、その中心的存在は、シチリアのマフィアとサルデーニャの山賊だった。サルデーニャの内陸部に巣くう山賊は、普段は羊飼いで、彼らの考えではアルバイトとして、人を誘拐《ゆうかい》し、身代金稼《みのしろきんかせ》ぎをする。Gが、ノーラという町の近く、この種の羊飼いの根城の一つに警察署長として勤務したのは、わずか三年だったというが、経験の量だけならば、優に他の任地での十年分に相当するということだった。フィレンツェに任地換えになったのも、サルデーニャでの経験を買われたからだった。フィレンツェを県庁所在地とするトスカーナ地方に、サルデーニャの羊飼いが移住し、彼らとともに、誘拐犯罪も移転してきたからである。

しかし、Gの仕事は、もう誘拐にかぎらない。特捜部というのは、公安関係以外のすべての事件の担当を、義務づけられているのだそうだ。ために、部長刑事であるGの指揮下に、誘拐、麻薬、その他の犯罪と、三つの課があって、それぞれ数人の刑事に、ノン・キャリア、つまり下士官級の警官たちが群れている。これをイタリアでは「スクァドラ・モーヴィレ」、直訳すれば機動隊と呼ぶが、日本の機動隊とはちがうのは、犯罪捜査は所詮《しょせん》足を使って動かないと仕事にならぬ、という意味で、「機動隊」と名をつけたのかもしれない。

麻薬課の主任刑事は、Cという名の巨漢だが、肥《ふと》って背の大きいこの男が、ジーパンとバスケット・シューズと決まっている若者の犯人を追いかける様《さま》は、闘志のかたまりと化したブルドッグに似ていると、Gは言う。しかも、しばしば、息ぎれもしないで目的を果すのは、細身の若い連中ではなくて、ブルドッグ刑事のほうなのだそうだ。そのうえ、ブルドッグは、巨体に似合わず細かい神経と複雑な回路を持つ脳みその持主で、「機動」しているのは足だけでなく頭もだから、フィレンツェ警察の麻薬部門の成績は常に良好という結果になる。麻薬の通路の重要なものは、フィレンツェを迂回《うかい》しているということだから、Cの働らきも報われたと言うべきだろう。ただ、昨今の犯罪は、テロであろうとなんであろうと、麻薬の関係していないものを見つけるほうがむずかしい。

誘拐課の主任は、三十代に入ったばかりと若い、Mである。彼もまた法学部出身なのに、ナイト・クラブの用心棒としか見えない身なりをしている。これは、こういう世界の女たちから情報を得るのに、最も効率良い服装なのだそうだ。明色の背広に暗色のワイシャツなど一着に及んだこのMが、フィレンツェの中心街を行く図は、大昔の三船敏郎を思い出させないでもない。

Mの尋問が、これまた芸である。例の、警察にはよくある鏡つきの部屋での尋問を、隣りの部屋から見たことがあるが、Mのそれは、軽いしゃれた問答を聴かされているようで思わず笑ったが、それでいて、聴き出すべきことはちゃんと聴き、言わせるべきことも、ちゃんと言わせているのだから舌を巻いた。警察に入ってから大学の心理学部の卒業資格もとったというMは、卒業論文は、警察での尋問経験をもとにして書いたという。もちろん、最高点で卒業した。

だが、Mは、眼《め》から鼻に抜けるタイプの秀才官僚ではない。ナポリの近郊出身で、あの地方の生れの良い人間特有の、のんびりしたユーモラスな方言のアクセントで話す。だから、いかに理づめでたたみかけるように尋問しても、どこかでちょっと間が抜けている感じで、それが、尋問される側の精神的な防壁を、人間的な温かさで壊す結果になるのであろう。取り調べ室で声を荒げたことの一度もない、ただ一人の刑事であるという。

ただ、Mの担当する誘拐は、部長のGに言わせれば、人間よりも動物に近い、というサルデーニャの羊飼いである。しばしば、この連中とは縁深いGが、取り調べや捜査の主役を買って出る。

その他一般の犯罪すべてが担当ということになっている課は、三十代後半のFが主任を勤めている。私は、このFくらい刑事というイメージに近い刑事はいないように思うのだが、それもやはり、イタリア的という形容詞をつける必要があるかもしれない。いつも、わざとくたびれさせたような革のジャンパーを着た長身をバアのカウンターにもたせかけ、笑っていてもどこかに醒《さ》めた眼があるという感じのFには、その辺のチンピラなど、近寄られただけで逃げ出すという。警察は、法学部出身者のうち、体格の良い者だけ選んで刑事にするのかと思ってしまう。

Fは、犯罪心理学など知っちゃいない、という顔をしている。法を守らねば共同体はなきに等しく、法を破った者を捕え罰するのが、警察の任務だと確信している。このFの尋問ぶりはすさまじい。

この三人が、G指揮下の将校というところである。Gは、彼らと彼らの下にいる〝下士官〟たちを引っぱっていくのに、実に単純な方法しか用いない。ごく普通の常識を通すことと、肉体的な恐怖を示さないことである。

Gは、部下たちの持ってくる問題を、良識のふるいにかけただけで処理してしまう。だが、この単純な戦略が、政界やその他のコネのうずまくイタリアでは、部下たちを納得させ、彼らを喜んで働らかせるのに、意外と効果を発揮するのである。

また、Gは、射撃の腕は悪くないのに、犯人に立ち向う際、必らず非武装で行く。撃たれたら不幸、撃たれないで済んだら幸運、と思うことにしているのだそうだ。しかし、これをやると、部下たちを自分の手足のように使いこなせるようになるのだという。

なにかこの辺りに、Gが警察を選んだ理由があるのかといつかたずねたら、またもや彼は、笑っただけで答えなかった。

ルネサンス時代の45＋

十六世紀前半のフィレンツェに、フランチェスコ・グイッチャルディーニという名の男がいた。マキアヴェッリよりは十六歳年下だったが、この不遇な天才的政治哲学者とは、その晩年に親友であったことでも知られている。彼もまたマキアヴェッリと同じように、なによりもまず官僚であり政治家であり外交官であったから、文章をものするなど、本職の合い間か、それとも本職のほうがうまくいかなくなって、やむをえず引退生活を送る羽目にならなければ、真剣にとり組もうなどとは思わなかったにちがいない。ただし、本職だけにかぎれば、ノン・キャリアの官僚で終ったマキアヴェッリに比べて、二十代に勤めたスペイン大使からはじまり、ロマーニャ地方の総督まで勤めあげたグイッチャルディーニのキャリアは、当時では、位人臣を極める、という言葉を思い起させるほどのものだった。とはいえ「もの書き」としては、フィレンツェ共和国のノン・キャリア官僚のほうが、当時でも四百年後の現代でも、評価も断然高く、売れ行きでも、輝やける〝キャリア〟を圧倒している。

ここに紹介する『覚え書き《リコルディ》』は、『イタリア史』と題した大部の歴史書をはじめとして、幾つかの歴史や政治哲学関係の書をものしたグイッチャルディーニが、公表を目的とせずに書いた小冊である。ために、公《おおやけ》の立場にいては口にすることもできない、またできてもしないことまで、素直に書いている。その一部を、私の意訳で紹介する。どうも簡潔明瞭《めいりよう》な文章家としてもマキアヴェッリに大きく一歩譲った彼の文章は、少々まわりくどいところがあるのだ。これが、政治哲学の古典となったマキアヴェッリと、偉いということはわかっていてもなかなか本を開く気になれない彼の作品の、ちがいの一つと言えるかもしれない。

ただし、直訳に近い形で読みたいと思う人は、イタリア語の、つまり原文の書物はもちろんあるし、英語も、一九六五年にオックスフォードで出版された、M. GRAYSON が存在するだけでなく、日本語訳までちゃんとあるのだ。昭和四十五年に清水弘文堂書房から出版された、永井三明氏訳のものである。絶版になっていなければ幸いだが。

○神に祈りたまえ、どんな場合でもきみが、敗者の側にいないですむように、と。なぜなら、きみになんの責任がなくても、敗北の嫌疑《けんぎ》の幾分かにしても、きみは逃れることは不可能になる。それが反対に、きみが勝者の側にあれば、きみに功績などなくても、賞讃《しょうさん》が与えられるものなのだ。

○世の中のことがらが、絶対的で不変なものだとする考えは、大変にまちがっている。なぜなら、すべてのことがらは、簡単に見きわめられることと見きわめられない多くのことの集合体であって、それらすべてを律しきる法則は存在しないからである。

○国家防衛の大任を負う者は、できるだけ長く防衛できることを、第一の目標としなければいけない。なぜなら、時間を維持することは生命を与えられるに等しい、ということわざにあるとおり、陥落が先にのびればのびるほど、はじめの頃《ころ》では希望も持てなければ思いつきもしなかったような好都合な事態に、恵まれてくるものだからである。

○恩恵を受けたという記憶ほど、あてにならないものはない。だから、恩をほどこしてやった人間よりも、きみを裏切ることなど考えもできない人物のほうを、きみはあてにすべきである。人は、恩を受けた人に対してよりは、敵にしては損と思う人物のほうに、忠誠を守るものだからだ。

○人並みはずれた才能は、その持主を不幸にし、苦しみを与える。この種の才能は、平凡な出来の人間ならば感じないですむことがらを、感じさせてしまうからである。

○ある一事を選び、それが翌年にはどのような結果を生むであろうかということを賢人に判断してもらい、書きとめておいた人が、後になってからそれを読んでみたとする。その時その人は、賢人の判断の適中率が、惨《みじ》めなほど低いことに眼《め》を見張るであろう。この世の中のできごとは、あまりにも複雑すぎるのだ。

○フィレンツェにあって、人々の好意を得ようと思う人は、野心的だという評価だけは絶対に得ぬよう心がけねばならない。また、どれほど小さなことがらでも、他の仲間よりは優れているとか目立つとか、洗練されているとか思われてはならない。平等がなによりも重視され、しかも嫉妬《しっと》の念で満ち満ちているこの国では、他の人と同じであることを欲していないとか、一般よりかけ離れていると思われるほど、致命的な不利はないからである。

○ものごとを深く考える人ならば、人間の一生にとって運《フォルトゥーナ》が、絶大な力を持つものだということを否定しないであろう。多くの重大なことがらが偶然によって左右されてきたという事実、しかもそれを、人間は予見もできなければ避けることもできなかったという事実は、枚挙にいとまがないではないか。人間の洞《どう》察力《さつりよく》と判断力は、それらのことを少しばかり増やしたり減らしたりはできるが、それだけでは決定的ではない。運に恵まれることが、ぜひとも必要なのである。
○たとえきみが、すべてのことをきみ自身の力量《ヴィルトウ》と慎重さで料理し、運命《フオルトウーナ》の力に左右される度合いをできるだけ減らそうと努めたとしても、少なくとも次のことは、認めざるをえないであろう。
すなわち、きみが、きみ自身の力量や素質を必要とし、ためにそれを充分に発揮もでき、またその成果が人々から正当に認められる時代に、たまたま生をうけたという事実である。これこそまさしく、幸運と呼ぶにふさわしい。
○人間の持ちうる最大の幸運の一つは、その人が自分自身の野心や利益のためにやったことが、公共の利益のためであったと、人々が思いこんでくれることである。
○人々が過去や遠国の事情に通じていなかったとしても、なにも驚くにはあたらない。なぜなら、人間というものは、自分が住んでいる街で現在起っていることがらについてさえ、正確な情報を持っているとはかぎらないし、それによって的確な判断をくだすとも、かぎらないからである。
ましてや政庁と広場の間には、つまり統治者と被統治者との間には、常になにかでさえぎられて見通しさえむずかしいのが現実だ。ために、この両者の間では簡単に、無意味なことで本質を隠された、誤った意見でいっぱいになってしまうのである。

○誰もが統治に参加するということは、自由がもたらす結果でもなければ、その目的でもない。なぜなら、統治能力とは誰にでもそなわった才能ではないから、その才能を有し、それを発揮できる人々だけが、統治すべきだからである。それよりも、立派な法律があり、それが公正に実施され、正しい社会秩序が守られることこそ、自由の目指す目的なのだ。

ところが、これらのことがらが実施されるのは、君主政体や貴族（寡頭《かとう》）政体よりも、共和政体においてであるということになっている。ここに、わがフィレンツェ共和国に、多くの困難をもたらした原因があるのだ。つまり、フィレンツェ人は、自由で安定した生活をおくるだけでは満足せず、自分たちも統治しなければ気がすまなくなったからである。

○やりくりが上手だということは、出費をどれだけ減らせるかということではない。出費を減らすことは、思うほどには簡単なことではない。問題は、出費はしても、その出費が活《い》きたかどうかにかかっているのである。

○本来は、富よりは栄誉や名声のほうが求めらるべきなのだが、近頃では、金がないことには名声を手に入れることもできなければ、またそれを保ち続けることもできない有様となっている。だから、権力を持った人物は、無制限にとはいわないまでも、名声を手に入れた後も、それを保つに足る富を有することを忘れるわけにはいかない。

○決断をくだすのに手間どる人を、非難してはならない。非難さるべきは、決断をくだした後で実行に移すのに、手間どる人である。後者は、いつでも誰のためにも有害きわまりない。

わたしがこのことを述べるのは、きみを失敗から守るためである。多くの人々が、無気力のせいか、それとも怖《おそ》れのためか、またはただ単に煩雑《はんざつ》を嫌《きら》ってか、行動にふみ切るのに遅れたばかりに失敗した例を、あまりにも多く知っているからだ。

○わたしがスペイン大使を勤めていた時のことだが、並ぶものなき権勢を持ち、また優れた君主という評判も高かったスペイン王フェルディナンドは、なにか新らしい事業をはじめようとする時や、あるいは重大な決定をくだそうとする時には、王自らがはじめに言い出すようなことは絶対にしない人だった。それよりも、宮廷の内部や国民のほうが、王に対しそうするよう熱望する方向に、仕向けたものである。こうして、王の意図するところが一般に待望され求められるようになってはじめて、自らの考えを公にするのだが、そうするたびに起る宮廷と国民双方からの支持に至っては、ほとんど信じられないくらい大きかったものだった。

○もしきみが、人々から好感を寄せられたいと望むならば、なにかを依頼された時に、言下に断わってしまうようなことはしてはならない。なんとか理由をつくって、言いつくろった返事を与えておくようにすべきだ。

なぜなら、きみに依頼した人物も、もしかしたら後になって、きみの助力を必要としない事態に出会うかもしれないし、でなければ、後になって情況が変って、きみが堂々と言いのがれをできるような立派な理由が、出てくるかもしれないからだ。

要するに多くの人間は馬鹿者《ばかもの》だから、しばしば、口先だけの良い返事で満足するものである。それなのに、きみが、一言のもとに断わりでもしたら、ほとんど唯一《ゆいいつ》の例外もなく、不快に感じ、きみに対して不満をいだくにちがいないのである。

○重大な事業をもくろんでいるとか、または大きな権力を手中にしようと思うほどの人ならば、他人に知られては不利と思うことはひたかくしにかくし、反対に知られたほうが有利と思ったことは、誇大に宣伝しなければならない。これは、一種のペテンであって、わたし自身の性格とはあいいれぬものである。

だが、個人の運命は、実像によるよりも他人の評判に左右されることが多いのも現実である。だから、きみに都合の良いように事態が進行しているという評判が立てば、きみ自身が実際に得るところも大きくなるが、反対に、あまり上手《うま》くいっていないらしいという噂《うわさ》でも流れ出すと、きみの利益を損じることにもつながるのである。
○なんと人は、自分自身をあざむくものか。人は、自分は犯さない罪は、それをひどい大罪で許しがたいものに思い、自分が犯す罪は、とるに足らぬ軽い罪と考えるものだ。この規準は、善行を評価する場合にも適用されうる。そして、ことがらの内容そのものを考えるのは、常に二の次におしやられるものである。
○権力と名誉とは、人間誰しも求めるところである。なぜなら、これらの華やかで立派な面だけが目立ち、容易に人々の眼にふれるからで、そのうえ、それらを持ったことによって生じる嫌《いや》らしい面、わずらわしさ、やっかいなことがらや危険な点などは、隠れてしまっているからなのだ。だが、もしもこれらの悪い面が良い面と同じくらいに誰にも見えるとしたら、権力と名誉を求める理由は、たった一つのことを除いてはなくなってしまうであろう。その一つというのは、人は、名誉に輝やけば輝やくほど、敬意を払われれば払われるほど、ますます神に近づき、ほとんど神と一致したという想《おも》いになれることである。

人にして、神に似ることを望まないものがいようか。

塩野七生の感想――いやあ、スゴイ！　同じ熟年でもルネサンスを創《つく》った連中だけに、ヤッパリ。経済大国日本の高級官僚も、一筆いかがです。もちろん、出版元は、偽名でもなんでも、ヒミツ守ると思いますよ。

とはいうものの、世界の名著に入るのは、キャリア官僚のグイッチャルディーニでなくて、ノン・キャリア官僚だったマキアヴェッリ。だから、日本のノン・キャリア官僚にも期待します。

その人の名は言えない

前章ではルネサンス時代のイタリアのエリート官僚の、現職中は言いたくても言えない胸中を記した『覚え書き《リコルディ》』の一部を紹介したが、本章はそのついでという感じで、現代イタリアの〝同僚〟の言を紹介することにする。だが、この人の名も地位も告げるわけにはいかない。なぜなら、ここに紹介するのは、この人が私に向って話した、プライベートな場での発言であって、そのような発言を名入りで公表することは、やはりはばかられるからである。いかにイタリアでも、現職の高級官僚となれば、思ったことを正直に言えないことでは他国と少しも変らない。

この人と知り合ったのは、今から十年近くも前、私が『文藝春秋』誌上に、現代イタリア事情的なものを連載していた頃《ころ》だった。ただ、この人を直接取材の対象にしたことはない。政治家や通信社や新聞雑誌の流す情報を頭から信じるほど人が良くなかった私は、これらを必らず確認した後でなくては使わなかったから、それをしてくれる二人のうちの一人としてというのが、当時の私にとっての彼の存在価値だったのである。この人も十年前は今ほど偉くはなかったから、名指しの取材対象ではなくてこういうことだけを頼んでも、ひどい失礼をしたわけでもなかった。また、頼むのが女であったことも、少しは有利に働らいたかもしれない。それに私は、当時も今も俗に言うフリーのもの書きで、名刺を出しただけで相手方がうなずいてくれる、朝日新聞（イタリアでもアサヒ・シンブンの発音で通じる）やNHKのような大組織に属していないものだから、あちらも同情してくれたのであろう。

いずれにしても、偶然に知り合ったとはいえ、この人の精確な分析と判断と、高級官僚ならではのくわしい情報は、フリーの手がける仕事は大組織に属す特派員の仕事を、一部にしても越えなければ意味はないと思っていた私にとって、大変に役立ったことは事実である。そして、私の書くものが歴史にもどり、このようなことが必要なくなった今でも付き合いが続いているのは、この人の考え方そのものに、いまだに私を啓発するなにかがあるためだろうと思っている。共通の〝言語〟で話し合える友人というものには、母国語が同じである仲でも、そうは容易に恵まれるものではない。では、思い出すままに、この人の「言語録」をめくってみることにする。

「ブリガーテ・ロッセ（赤い旅団）のテロ戦術には、ボクは、元首相モーロの誘拐《ゆうかい》と殺害までは、秘《ひそ》かに賛同していましたね。

イタリアは政情不安定で有名だが、支配者たちの顔ぶれはいっこうに変らない。政情不安の唯一《ゆいいつ》の利点は、政府が変るたびにそれを構成する人間も変ることにあるのだが、イタリアでは、それさえもないのだから絶望的です。

政治の世界ではいつも同じ人間のたらいまわしだし、経済界だって、フィアットのアニエリ一家の君臨は、第二次大戦の敗戦ですら、崩すことができなかった。ちょっと面白い人物が出てくると、やはりこの硬直化した世界では無理をするのでしょう。次々と自滅していく。ロンドンのテームズ河の橋で首つり自殺したということになっている、ロベルト・カルヴィがいい例です。

労働界だって、少しも特別ではない。ラーマは、イタリア最大最強の労組の書記長を、いったいいつからやっていると思います？　トリアッティが生きていた頃《ころ》からですよ。ということは、もう三十年も居坐《いすわ》ったままということだ。

だから、モーロを殺した頃までは、政府の公式見解とはまったく反対に、イタリア人の多くは、『赤い旅団』に秘かに拍手を送ったにちがいない。なにしろ、これほども硬直した状態では、支配層を代えるには、彼らを肉体的に消すしかないのですからね。イタリアは、比例代表制です。選挙を何度くり返しても、序列の上位に名があるかぎり、代えることはできません」

塩野「しかし、『赤い旅団』は、その後戦術を変えました」

「そう、支配階級暗殺から非支配階級暗殺にね。

あれは、ボクのような考えの者には残念だけれど、彼らの論理からすれば当然ですね。もう肉体的に抹殺《まっさつ》するしか方策がないような連中を殺しているかぎり、イタリア国民は、秘かに喜びこそすれ、憤慨はしないからです。

ところが、『赤い旅団』にしてみれば、イタリアの民衆が憤慨して政府に働きかけ、戒厳令体制をつくりあげるようにさせるのが目的なので、民衆が憤慨しないでは困ってしまう。それで、民衆を悲憤慷慨《こうがい》させるにはなにが効果的かと考えたのでしょう。彼らの考えの行きつく先が、罪もない警官や刑務所の平《ひら》所員の殺害に変ったのは、彼らの論理を見きわめさえすれば、簡単に予想がついたことです。

おかげで今のイタリアで、誰よりもテロの恐怖から安心していられるのが、テロを生む張本人であった現支配階級であるという、皮肉な現状に至ったのですよ」

この人に言わせると、戦後イタリアの最大の犯罪人は、フィアット社のアニエリ一族だとなる。

「個人的には、あの一族は、とくにジャンニ・アニエリは非常に魅力がある。精神的にも肉体的にも、まさに帝王教育のもたらした良い見本です。しかし、あの一族が戦後から行い、今も為《な》し続けている多くのことが、すべてがフィアット一社のためになっただけで、イタリアのためには、悪い結果しか産まなかったことも事実です。

自動車を売るために高速道路網の発達ばかり働きかけた結果、イタリアの国有鉄道はなおざりにされてしまった。外国車との輸出競争力をつけるということで、フィアットの言いなりになった政府は、ランチャをはじめとする各社がフィアットの傘下《さんか》に入るのを黙認したので、イタリアの自動車産業と言えばフィアット一社になってしまい、国内での競《せ》り合いによる利点まで失ってしまったのです。フィアットに対抗できた唯一のライヴァル、アルファ・ロメオは、国営企業の欠点をモロに示して、いまだにそれを越えられないでいますからね。

アニエリ一族の独占が、自動車産業にかぎらず、どこまで浸透しているか想像できますか。新聞四紙は確実に支配下にあり、週刊誌二誌も傘下に収め、その他にテレビ局、ラジオ、教科書出版社まであるのですよ。作家であるあなたに関係ある分野をあげるだけでこれです。

この世論支配を基盤に、人べらしを強行し、強行できないとなればちゅうちょなく、『失業者対策組合《カッサ・インテグラツィオーネ》』に送りこむのが、フィアット式の合理化なのです。競争相手である国営企業や、強大な組合の無視を許されない他の企業は、こういう純経済的な対策が採れないのにフィアットだけやるのだから、あそこの業績だけがあがるのは当り前の話で、経営能力がとくに優れているわけではありません。『失業者対策組合《カッサ・インテグラツィオーネ》』に放《ほう》りこんだ社員の給料は、国民の税金で払われるのだから、イタリア国民は、自分たちの税金で、私企業であるフィアットの余計な社員まで、養っているということになるのです」

塩野「でも、フィアット社は、イタリアを代表する大企業なんでしょう。一私企業でもあの程度になると、業績の向上は国益と一致しませんか」

「一致しませんね。それは、フィアットが多国籍企業だからです。イタリア内の工場がうまく行かなくなっても、ブラジルとスペインにある工場で、ちゃんと取りかえしがきくのです。それに、イタリア人の個人主義的傾向を反映して、社会的責任などということにはいっさい無関心だから、一年に三度も、勝手に値上げして平然としていられるのですよ」

経済には無知な私には、この人が詳細な数字をあげて説明してくれたのに、おおかたのことしか理解できなかったから、もうこの辺で、アニエリ批判はやめにしたい。

だが、私の理解可能な分野にかぎれば、アニエリ傘下のマスコミの諸機関が、日本の

『日本経済新聞』にあたる『ソーレ・二十四時間』をのぞいた他はすべて、思想上の分類をするとすれば、いわゆる〝進歩派〟に属するものであるのが面白かった。文句のつけようもない「資本家」であるアニェリ一族は、保守派を敵にまわしても、革新を味方にするほうを重視しているらしいのである。これは、帝王としてはなかなかに利口なやり方であると、私も思う。

イタリアには、ムッソリーニがはじめて今に至っている映画祭がある。毎年夏の終りにヴェネツィアで開かれるので、「ヴェネツィア映画祭」と呼ばれている。昨年、五十周年を迎え、カンヌの映画祭とともに、ヨーロッパでは権威あるコンクールだ。芸術作品として優れたものに贈られるグラン・プリの選考では、その面での優劣が競われるので問題はないのだが、例年、組織委員会の顔ぶれを決めるのに一波乱起きないではすまないのである。今年の委員長が決定した時、ちょうど私はこの人と食事していたのだが、われわれは二人とも、この知らせを爆笑なしには迎えることができなかった。昨年の委員長は共産党系だったが、今年の委員長は、キリスト教民主党系と決まったからだ。私の友人は、笑いの後は一変して苦い表情になって、言った。

「日本人はエコノミック・アニマルだそうだが、イタリア人は反対に、政治的人間と呼んでもいいですね。イタリアでは、なににでも政治が介入してくる。もちろん、それによってもたらされる利権を目当てにして。ミラノのピッコロ・テアトロの年間の演《だ》しものを決める委員会も、各政党推薦の委員たちで構成されているのです。委員長は、大政党間のたらいまわしだ。ミラノのスカラ座が『シモン・ボッカネーグラ』を演《や》ったのも、社会党が強力に主張した結果ですよ」

ただ、私のような外国人は面白くて笑ってしまうのだが、このヴェルディ作曲の下層民の蜂起《ほうき》を歌ったオペラは、大変に上出来であったあたりが、イタリア的なのである。こんなふうだから、イタリアはまだしも救われるのだ。

とはいえ、イタリアの国営テレビ局RAIにはチャンネルが三つあって、第一はキリスト教民主党系、第二は社会党と共産党系、第三は、自由党に共和党に民社党系と分かれている。お互いに少しずつ時間帯がずれているので、私など暇な時には、三つともニュース番組を視《み》ることにしている。そうすると、同じニュースが思想の相違によって、いかに様相をちがえて報道されるかを聴き比べる愉《たの》しみが味わえるのだ。もちろん、身のほどを知っているイタリアの報道人は、テレビでも新聞でも、「公器」などとは絶対に言わない。

この人はいつか、こんなことも言った。

「経済的人間でいるほうが、世の中収まりがいいんではないでしょうかね。政治的人間と思っている人が多数な国は、その点まったく反対だ。それは多分、いまだにわれわれは、経済はクロウトが活躍するとうまく行くようだが、政治は、シロウトがやるべきだと信じているからなのでしょう」

よくこんな考えを持っていて、政治的なイタリアで重要な地位に昇れたと、読者は疑問を持たれたにちがいない。ところが、この人の職場は、イタリア中央銀行なのである。そして、ここととなんらかのつながりを持ったことのある日本人ならば賛同してくれると思うが、中央銀行は、公正に能率良く運営されている、イタリアではほとんど唯一の公機関である。

しかし、中央銀行総裁が毎春行うイタリアの経済白書の発表の席には、首相以下閣僚全員に、アニエリはもちろん経済界のお歴々が顔をつらねるが、その白書で述べられた事柄《ことがら》を翌日になるまで覚えている人は少ない。真剣に採りあげられる希望のない提言を書く人の胸中は、やはり、相当に複雑になるのもやむをえないのであろう。

真の保守とは……

日本で「革新」江田五月《さつき》氏と話したためか（「新潮45＋」昭和五十七年九月号掲載）、西欧にもどってもなぜか私の頭に、革新と保守の二語がこびりついて離れない。それで、「革新」のほうは前章で満足いただくとして、この章では「保守」とは何かを考えることにした。

とはいえ、まだ時差ボケのおかげで常よりもぼんやりしている私の頭には、こんな重責は耐えがたく、ある人がすでにやった分析、あるいは定義を、そのまま借用するが許されたし。その人の名は、ジュゼッペ・プレッツォリーニ、自由な思考人として、欧米では知る人ぞ知る、という感じの文人だった。

一、真の保守主義者とは、量よりは質に重きを置く人である。また、認識は軽視しないが、それが原則をともなわない場合は価値のないことを知っている。そして、時には後退も辞さない。なぜなら、前進には時として、いったん後退してから行うほうが効果があるのを熟知しているからだ。

二、真の保守主義者とは、まず、いわゆる保守反動や伝統主義者や回顧主義者と区別されねばならない。保守主義者は、普遍的な原則の影響をのがれられないとはいえ、新らしき課題には新らしき回答が必要であることを知っているからである。彼らはただ、失敗した経験を何度もくり返す愚を犯したくないがために、過去を、つまり歴史を軽視しないのである。

三、真の保守主義者は、自分たちが「明日の人間」にはならなくても、「明後日《あさって》の人間」にはなることを確信している。明日の人が失敗に終った後にはじめて理解される、明後日の人間であることを確信している。

四、保守主義者は、新らしきものに反対なのではない。ただ、新らしきものなら何でもかまわず持ちあげる人々の、無智《むち》には加担したくないだけなのだ。

五、真の保守派には、生れながらにして、抽象的思考を受け容《い》れず、経験からして理論一辺倒を好まず、終生、刹那《せつな》主義とは無縁である人々が多い。

六、保守主義者にとっての社会の自然な諸要素とは、私有財産、家族、国家、宗教である。

七、真の保守主義者は、責任の観念をことのほか重視する。

八、彼らは、また、人間は地球上に現れて以来、環境改善につくした努力では、本質的にいつの時代も変ってはいないと思っている。だから、この種の改革は、それらの一つ一つを集め忍耐強く前に進ませるしかないのだと確信してもいる。
九、保守主義者といえども、政治上の変革を認めるにやぶさかではない。ただ、その変革が、慎重に平静に、階段を一つ一つ登るように為《な》されるのを望むだけなのだ。
十、保守主義者は、世界中からの貧困や文盲や飢餓の追放は、少しずつ根気良く、一国ずつ手をつけるべき課題だと思っている。
十一、真の保守は、いつの日か必らず革新が、保守と化すことを確信している。
十二、保守主義者は、社会の一部の人々の貧困と不成功が、社会組織の欠陥に必らずしも由来するとはかぎらないことを知っている。そして、それの改善は、ハンディを持つ人たちにもう一度機会を与える制度、つまり敗者復活戦的な制度で解決するほうが、社会組織の全般的な改革よりも有効である事実にも盲ではない。
十三、保守主義者は、長期にわたって社会で通用してきた制度は、それなりの理由をそなえていると思っている。だから、長く続いたからという理由だけで、改めることはしない。
十四、保守主義者は、登場するやたちまち大衆から大好評で迎えられる新人を信用しない。

十五、保守主義者は、共同体の重要な目標を、その構成員たちの慣習や風俗の特質を守ることにあると考えている。そして、もしも必要ならば、民俗や宗教も守らねばならない。なぜなら、個々の構成員の力をより効率的に引き出し、共同体全体の力の向上を期すには、最も有効と思っているからだ。

十六、真の保守主義者が一組織や一制度の変革に慎重であるのは、社会の中の歯車は、互いに調和を保って機能されねばならないと思っているからである。

十七、真の保守は、改革しないほうがよいことは、改革すべきでないと確信している。

十八、保守主義者は、共同体のたゆみない前進のためには、優れている者と劣る者、健康者と病人、積極的である者と消極的な者などを一緒にせず、分離するしかないと思っている。

十九、人間は、健康面でも年齢でも、また性別でも外貌《がいぼう》でも、そして教育でも才能でも力でも勇気でも、さらに意志でも正直さでもその他あらゆる面で平等でないと、保守主義者は信じている。運命だって、すべての人々に平等ではない。そして、この真実を無視する社会は、遠からず自ら墓穴を掘る結果に終ることも知っている。

二十、真の保守主義者ならば、国家の権力が増大しすぎることを、絶対に喜ばない。国家が、人々のすべてを管理するような事態は、それが福祉であっても喜ばない。なぜなら、帰着するところは、非能率の一事だけだからである。

二十一、真の保守ならば、富の少数の者への過度な集中も、多数の者の過度な貧困も、ともに社会的危険と判断するはずである。そして、富みすぎる者や貧しすぎる者を制して社会を調和に導く、広い中間層の育成と保護を重視するはずなのだ。

二十二、保守主義者は、個々の人々の持つ秘《ひそ》かな欲望、より良い地位と環境を望む欲望を、国家の与える安易な対策よりは信頼している。

二十三、真の保守主義者は、個人の自由が、発明や進歩や発見の素地であることを知っている。だが、また、弱者に対しては残酷な結果をもたらすこともあるのを知っている。とはいえ、この種の自由が有害なものに一変する時期を知らせてくれる、計器はどこにもない。ただただ彼らは、個人の自由を「権利」としてでなく、「義務」と考えることで、その時期を見計ろうと努めているだけなのだ。

二十四、保守を認じていても、歴史が同じ形では二度とくり返さないことは知っている。また、誰一人として、自分自身の能力を越えるものは、歴史から学ぶことはできないのも知っている。しかし、歴史はわれわれに、知ってさえいたならば未然に防げたにちがいない数々の前例を示してくれるのも事実なのだ。一方、「革新」は、歴史は自分たちが創《つく》ると思っているから、歴史を軽視する。

二十五、保守主義者は、官僚制度の膨張、自国の防衛を他国に頼ること、長期にわたる重税、平価の切り下げなどが、常に社会の衰退のはじまりであったことを知っている。そして、民族の独立の終りであったことも知っている。

二十六、真の保守主義者ならば、富が才能の代わりにならないことを、かといって貧困がメリットにならないことも知っている。そして、良き社会とは所詮《しょせん》、より積極的な者がより正直である者が、また、より智恵のある者がより才能のある者が、指導的な立場についている社会を指すのだということを熟知しているのだ。

二十七、保守と認じている人々は総じて、人間一般に対してペシミストである。人間は皆、生れる時は善人で、悪人は社会の所産であるとも思っていないし、善人もまた、何の努力をしないでも一生善人であり続けるとも思っていない。善であることは、言い換えれば悪に染まらないことは、ほんのちょっとした個人の意志によることが多いと知っているからである。

二十八、真の保守は、国家を愛する気持も義務の観念も、そして、人間的なるものへの尊重の気持も、少数の者のみが持つ「徳」でしかないことを理解している。

二十九、保守主義者は、少数の者による支配も多数による支配も、いずれも多少の疑惑なしには眺《なが》めることができない。

三十、有権者一人一人は、自分の町や村の政治には、だいたいからして相当に直接な判断をくだせる。なぜなら、この場合、近い視点からの分析だけで充分だからだ。しかし、都道府県の規模になると、「一市民の視点」だけでは、もはや充分とはいえなくなる。ましてや国家の政治となれば、完全にお手あげなはずだが、普通、一般の人々はそれを認めようとはしない。彼らは、一市町村を眺め判断するのと同じ視点で、しばしば、国の外交まで一刀両断してしまう。

政治のプロとは、一市民の視点と統治者の視点の双方を持ち、それらをケース・バイ・ケースでバランスを保ちながら使いこなせる人をいう。真の保守主義者は、国家の政治外交を、このようなプロにまかせるべきだと信じている。

しかし、これと考えをともにしない人々がいつの世にも存在したのも、いや数では多く存在したのも事実である。ゆえに保守主義者は、普通選挙制度に疑いをいだき続けている。

三十一、保守主義者は概して、外国崇拝や異国趣味を排する。なぜなら、これらの傾向こそ、国民の頽廃《たいはい》の兆候だと思っているからだ。ソ連や中国の支配者たちも、完全にこの意見に同調してくれるであろう。
三十二、保守的立場からしても、言論の自由は絶対に守られねばならないことは同じである。ただ、この自由の駆使は、常に社会への「責任」と裏腹でなければならないとも信じている。
三十三、保守主義者も、個人の自由の尊厳が、社会生活の活力を生み出す貴重な「泉」であることを知っている。しかし、これは、個人の「権利」というよりも国家からの「払い下げ」と考えるべきだとも思っている。
三十四、真の保守主義者は、人間の考え出したすべての制度が、完璧《かんぺき》どころか不完全ばかりであるのを知っている。だが、同時に、完全無欠な制度など、神であっても創り出せないことも知っている。だから、「無いよりもマシ」という視点が、意外と進歩に貢献しているのだと考えることができるのだ。
江田五月氏の言葉の中に、彼自身もどのくらい「革新」であるのかわからないと、冗談まじりに話していた箇所があったが、これは、なかなか示唆《しさ》に満ちている。保守だと思っていた私も、どのくらい保守なのか、ちょっと自信がなくなってきた。まして「革新」から、過激だといわれた今では、過激な保守などあってよいはずはないから、もう混沌《こんとん》とするばかりである。ここに紹介した「保守の定義」なるものも、あるものは賛成だが、その他のものは、完全に受け容れるにはなんとなく釈然としない。

こうなると、これまで軽蔑《けいべつ》してきたゴマンとある女性雑誌にならば必らず載っている、性格判断とか傾向判断とかも、軽蔑どころではなくなってくる。あの式を使うと、妥当と思うものに○をつけ、その数がいくつ以上だと、超保守、いくつからいくつまでの間だと、穏健な保守、いくつ以下だと、穏健な革新、それ以下だと、もう過激な革新と分けられるではないか。ただし、過激な保守がどのあたりに位置を占めるのかは、私にはまったくわからない。

いずれにしても、この女性雑誌方式は、意外と真実に迫っているのではなかろうか。それなのに、われわれは、簡単に保守とか革新とかと色分けして、わかったような気になっている。一度、きちんとした項目を政治学者あたりに作ってもらって、国会から市町村に至るまでのわが国の政治家全員に、○をつけてもらってはどうだろう。もしこれが実現すれば、従来の政党地図など相当に変ってくるのではないかとも思えるし。

自由な精神

第二次大戦を境にした時代のイタリアに、レオ・ロンガネージという名のジャーナリストがいた。だが、一九〇五年に生れ、一九五七年にはすでに世を去ったこの男を、ジャーナリストという肩書だけで片づけるのには、少し抵抗を感じないでもない。風刺作家でもあり漫画家でもあった彼は、自ら表紙を描いた十余冊の書物を出している。また、二十二歳の時に創刊した『イタリア人』をはじめとする、三種の週刊誌の編集長を勤め、週刊誌という形式をイタリアに定着させた人としても知られている。この他に、自らの姓を冠した出版社も創設した。週刊誌の中の一誌はいまだに続いており、「ロンガネージ出版社」のほうも健在だ。この、彼の言葉を借りれば〝出版稼業《かぎょう》〟で、モラヴィアを筆頭に何人もの作家、ジャーナリストを育てることにも成功した。育てられた一人でもある、現代イタリアで最も有名なジャーナリスト、モンタネッリは、次のエピソードを伝えている。

ある時、社長で編集長のロンガネージの部屋に行ったら、机の上に、今読み終えたばかりらしい、モラヴィアの短編小説の原稿がのっていた。モンタネッツリはそれを、モラヴィアが脱稿した時にすでに読んでいる。それを知っているロンガネージは、こう言った。

「最後の節の第一行目を、冒頭に持ってきたらいい」

そして、なぜとでも言いたげなモンタネッツリに、次のように言ったというのだ。

「モラヴィアは、英国製の服地なんだ。表よりも裏がいい」

いずれにしても、この忠告を容《い》れたモラヴィアの短編小説は、それまでも良作だったが、この改編以後は傑作になったということでは、誰もが一致したという。だが、ロンガネージ自身は、文学作品を書こうとは絶対にしなかった。文学作品に不可欠な「遊び」(適度な甘さもこれに入るが)を、ロンガネージの文体は許容できなかったのであろう。

しかし、私が十年ほど前から彼に興味を持ちだしたのは、このマルチ人間的なロンガネージではない。彼が、ファシズムが天下を謳歌《おうか》していた時代は反ファシストとして敵視され、戦争が終って民主主義の時代を迎えるや、保守反動と非難されたという事実だった。ただ、イタリアは、ファシズムであろうと民主主義であろうと、ドイツやソ連のように徹底できないのか、「好ましからざる人物」への追及も、〝徹底的〟に為《な》されなかったので助かったのである。ここに紹介するのは、彼の遺《のこ》した日記体の一冊中から抜粋したものだ。これらの文が、ファシズム時代には急進的とされ、民主主義時代にはファシストとされる愉《たの》しさを、味わっていただければ幸いである。

一九三八年一二月一五日

ファンファーレ、旗の波、延々と続く行進。

一人の馬鹿《ばか》は、一人の馬鹿である。二人の馬鹿は、二人の馬鹿である。一万人の馬鹿は、〝歴史的な力〟である。

一九四〇年五月二〇日

連合軍は、ブリュッセルの西に退却した。ガムラン将軍は、フランス軍に対し、次の訓辞をたれる。

「われわれのすべての希望は、いまや、兵士一人一人にかかっている。諸君は、わが民族の精神の根本である、戦士の魂で満ちあふれた自らの若い胸でもって、国家への防柵を築かねばならない。……」

なにやら、イタリアの将軍の訓辞でも聴いているようである。フランスは、クレマンソーとともに死んだのだ。隠しても無駄《むだ》ではないか。

同年五月二七日
すべての革命は、街頭からはじまり、食卓に終る。
一九四一年一月一〇日
イギリス人はこの戦争に勝つだろう。なぜなら、彼らは、戦争以外のことならばすべてできるからだ。ドイツ人は、この戦争に負けるだろう。なぜなら、彼らは、戦争だけしかできないからである。
同年二月一日
「Aを信用するな、スパイなんだ。ボクには確信を持って言える」とモラヴィアが言った。
「だけど彼とは、十年も前から毎日話し合う仲だよ、われわれは」
「そんなこと、まったく意味ない。ある日突然、われわれを密告しなかったことを悔いる日がくる。その時彼は、それまでに無駄にした日々を取り返す気になるだろう」
同年八月一日
家にもどった。夜中の十二時だった。ラジオをつける。モスクワ放送が入ってきた。ロシア人ももちろん、多くの嘘《うそ》をつく。戦況放送は、いつものように次の言葉で終った。

〝全世界の労働者よ、団結せよ!〟

ボクは、労働者ではない。それに、誰とにしても、団結するなどごめんである。だが、あの一句のスローガンとしてのすばらしさは、充分に認める。

同年八月二九日

Aが話してくれたエピソードだ。

少し前、学期末試験の時期のファエンツァの町に、ローマの文部省から検査官が視察に訪れた。その男は、Aの妹が担任をしている学級にもやって来たのだ。そして、一人の学童を指名し、言った。

「両眼《りょうめ》を閉じてごらん」

しばらく待った後で、また言った。

「何か見えるかい?」

子供は、何も見えない、と答えた。いら立った検査官は、女教師のほうを振り返り、言った。

「何も見えないと言っている。ムッソリーニ総統が見えるべきではないですか」

同年一〇月一日

ミラノ。バルヴィーニ家を訪問。夫人は言った。

「わたくし、C氏だけは信じますわ。ええもう、あの方だけがわたしたちの希望です」

「歳《とし》を取りすぎていますよ」ボクは答える。

「いいえ、そんなことはありませんわ」夫人は、優雅な社交性を漂わせながらも、はっきりと言った。「あの方は、たいした方です。八十歳を迎えていながら、毎朝、馬を御されますのよ」

同年一一月六日

ムッソリーニのリトリア訪問の記事を載せるについて、政府からの伝達が各新聞に伝えられた。それによると、すべての関連記事は必らず、次の一文をつけ加えなければならないというわけだ。

〝総統は、玄関に通ずる階段を、若さあふれる大胆な足どりで登られた〟

一九四二年七月一二日

友人のドイツ人が、語ってくれた話である。ほんとうか嘘か知らないが。

ある時、ヒットラーがロンメルを呼び、同盟軍であるイタリア軍をどう思うか、とたずねた。

将軍は答えた。「兵士一人一人についてならば、彼らは獅子《しし》です。将校はどうかといえば、ソーセージということですな。参謀本部となると、堆肥《たいひ》の山でしかありませんが」

同年九月一三日

劇場に行く。デ・フィリッポ兄弟の演技を観《み》る。まったく、現在では最高の俳優たちだ。彼らは真実を演ずるのに巧みなあまり、われわれにイタリア人であることを恥じ入らせさえもする。

連合軍上陸。イタリアを北上中。イタリア、連合国と単独講和。ナポリまでは〝解放〟。その他はドイツ軍の占領下。ロンガネージはファシストに追われてナポリにひそむ。

一九四四年一月八日

各新聞紙上に、次の記事が載る。

「イタリア王ヴィットリオ・エマヌエレ三世、スターリン元帥《げんすい》にアヌンツィアータ勲章を贈る。」これで、王様とコミュニストの両人とも、いとこ同士になったわけである。

同年一月一四日

アメリカ製の缶詰《かんづめ》の肉は、喜んでいただく。しかし、それについてくる彼らのイデオロギーは、皿に残すことにした。

同年二月八日

われわれ国内亡命者たちのよく行くレストランの給仕に、一人の五十年配のアメリカ人の少佐が、女を紹介してくれと頼んだという。条件は、若い女でなく三十ぐらいの歳がよく、静かでまじめな性格で結婚の経験があること、ましてや未亡人ならば、それにこしたことはないというものだった。このアメリカの少佐によれば、これらの条件をだしたのは、良心の呵責《かしやく》を感じないですむためという。五十年配のアメリカ人は、さらにつけ加えた。

「家庭の平和を、それが誰のものといえども、乱したくないのだ」

ヴィンツェンツォという名の給仕は、もちろんのこと、この上等な客の希望を満足させようと努めた。そして数日後、格好な女を一人探し出したのだ。服装のセンスが良く、すらりと美しく、まじめで上品な、しかも未亡人だった。少佐は、この未亡人宅に、ほとんど毎日のように、数々の贈物を持って訪れるようになった。しかし、未亡人は、週に一回はこの少佐を、墓地へ伴なうのを忘れなかった。黒ずくめの服をまとった若い未亡人は、夫の墓の前にひざまずき、花を捧《ささ》げ、静かにすすり泣くのである。アメリカ人の少佐はそのそばで、謙虚な姿勢を崩さず、ともに祈るのだった。

ヴィンツェンツォは、われわれにだけはそっと告げる。

「ほんとうを言うと、彼女は未亡人でもないし、墓も、見知らぬ人の墓なんですよ。だけど、どうだって言うんです。誰にしたって、生きていかなくちゃならないんだから」

一九四四年、ローマも〝解放〟された。

七月一日

ローマに帰る。まったく、何一つ変っていない。すべてが、以前のままだ。この点では、ファシズムは永遠なり、とでも言わねばならないようである。昨日起ったことは、今日、同じように起っている。『アヴァンティ』紙（戦前戦中はファシスト党の機関紙、戦後は、社会党の機関紙）には今日、こんな記事が載っていた。

「労働者は、明るい顔をし、背すじがぴんと伸び、歩調がより強くリズミカルで、現在の政治的倫理的回復期を謳歌している」

新らしいレトリックがはじまったようだ。早々に、勉強しなくてはなるまい。

同年八月七日

ファシスト党の首脳たちの下品さと不正直は、青春をファシズムの崩壊を待つことで費消し、ために復讐《ふくしゅう》の念に燃えている老いた教授のモラリズムにとって代わられた。ただし、この人たちは、ファシズムが崩壊した今、彼らの生きがいであったものも同時に失われてしまったことに、つまり、ファシスト党は、これらの消耗した反ファシストたちの、無害であった反ファシズム運動を正当化できた唯一《ゆいいつ》の党であったことに、気づいていないようである。

同年八月一一日

新生イタリアの文人たちは、いっせいに左翼を宣告する。なにやら左は、右よりもよほど、ファンタジーが豊かでもあるかのようだ。

同年八月一三日

魚料理をナイフを使って食うというだけで、彼らは、自分たちが左翼であると思いこんでいる。(魚料理の正式な食べ方では、ナイフは用いない。筆者注)

同年八月一九日
「あなたは、民主主義者ですか？」

「かつてはそうでした」

「将来、そうなりそうですか？」

「願わくば、なりたくありません」

「なぜ？」

「ファシズム下に、もう一度もどらねばならないからです。独裁政権の下でなら、ようやく、民主主義を信ずることが可能なような気がするので」

同年一〇月九日
思想や主義が、わたしを恐怖におとしいれるのではない。恐怖におとしいれるのは、これらの思想や主義を代表する、「顔」なのである。

キプロスの無人街

この夏、キプロス島に行ってきた。今回の取材旅行の第一目的地は、二度目だけれどロードス島であったので、ここを見終れば、第二の目的地キプロスへは、飛行機で行くこともできたのである。ただ、ロードスはギリシア領だが、キプロスは八年前より二分割されていて、私の見たいのは北半分のトルコ人居住地域にある。南半分のギリシア系のキプロス人の地域に行くのならば、ロードスから直行できたのだが、キプロス内の二地域の通過はむずかしいと聞かされていたので、やむをえず、ロードスから小アジア（トルコ領）に渡り、小アジアの南岸を東に進み、ちょうどキプロスとは対岸の位置にあるメルシンから船で、キプロスのファマゴスタ港へ着く道順を取るしかなかった。それでも、古代ギリシアやローマ時代には栄えていた小アジアの南岸を見るのは、かつての十字軍の進路も少しは通ることができて、やむをえずというばかりの旅ではなかった。とはいえ、キプロスへ着くまでは、私はまだ、トルコ地区の取材が終れば、分割地点となっているニコシアの街の境界線を通過し、ギリシア地区のリマソルから、飛行機か船でロードス島へもどるつもりだったのである。

メルシンから週に二便出ているというファマゴスタ行きの連絡船は、一見してすぐに定員超過とわかるほど満員だった。地中海を航行するイタリアの船はもちろんのこと、ギリシアの船にもしばしば乗ったことのある私だが、トルコ船ははじめてである。だが、この航路にはトルコ船しか運航していない。一等船室に案内された私は、内部を見て、これが一等かと愕然《がくぜん》とするしかなかった。ただ、窓は直接に海に向って開いているから、開けたままにしておける。カーテンを閉める必要もない。それに、一夜眠れば翌朝はファマゴスタだ。眠りに入るまでに空気を吸いたければ、後甲板にでも出ればよいのだった。

ところが、後甲板はどこも、坊主《ぼうず》刈りの若いトルコ人であふれている。観光シーズンも終りに近づいているのにと不審に思ったが、トルコの旅がはじめてでない私にはすぐ納得がいった。坊主刈りは、トルコでは、刑務所の住人か一兵卒と決まっている。丸刈りの群れの間を時折通り過ぎる有髪の軍服を見れば、これがトルコ陸軍の兵たちであるのは明らかだった。

甲板上のテーブルのすみに場所を見つけて、そこでトルコの地図を広げて見ていた私に、トルコ人にしては社交的らしい一人が、地図の上に割りこんできて声をかけた。

片言の英語を話す。私は、どこの生れか、とたずねた。トルコでも北の、黒海沿岸に近い地方で、幸いなことに私の持っていた地図には、彼の生れたという小さな町も記されている。これには他の男たちも興味を持ったのか、それぞれ丸刈りの頭を、大き目の地図の上に割りこませてきて、自分の生れた土地を探しはじめた。私は、その一人一人にどこかと聞くと、彼らは順に指で地図上の一点を指す。それらはそろいもそろって、キプロスからは最も遠いトルコの北部に集中していた。目的地からなるべく遠いところに故郷を持つ兵士だと、休暇を待ちこがれて忠実に勤務するからだろう。私は、はじめの男に向って、何の目的でキプロスへ行くのか、観光のためか、とたずねた。男は、大笑はしなかったが破顔まではして、そう、観光のためだ、と答えた。私は知っていてわざと質問し、彼も知っていて、とぼけたのだ。彼は、社交的なだけでなく、ユーモアを解する男でもあるらしかった。

これは、軍隊の移動なのである。しかも、国際法に反する、国外への軍隊の移動なのだ。キプロスのトルコ系住民の居住区は、トルコ連邦の一つということになっているが、公式には独立国キプロスの中にある、少数民族トルコ系住民の、まだ国際法上では未解決の居住区でしかない。そこへ軍隊を送るのをトルコが堂々とやれないのは当り前だ。民間の船を使い、兵たちに私服を着せて〝移動〟しているのである。だが、何の理由でこれほどの数の兵の常時移動が必要なのかは、その夜の私にはまだわからなかったのであった。

ファマゴスタの港は、のこぎり鮫《ざめ》のように北東に向ってのびる細く狭い陸地がはじまるところに口を開けている。船室の窓から、日の昇る前のバラ色に染まったその陸地が見えはじめた頃《ころ》から、私の眼《め》は、充分な睡眠をとったわけでもないのに醒《さ》めかえってしまった。この辺りの海は、私が十年もの間愛したヴェネツィアの男たちが、ガレー船を駆った海である。キプロスはその頃、ヴェネツィア共和国の領土であり、ファマゴスタは、キプロス第一の港であった。他の人にはただの海でも、私にとっては、胸の中にぽっと火の灯《とも》る想《おも》いのする海なのである。私は、もう待ちきれなくなって上甲板にあがった。そこには丸刈りの男たちが毛布にくるまってまだ寝ていたが、現代トルコの陸軍のことなど、私の頭の中からはすっかり消えてしまっていた。

ファマゴスタの港に上陸した時、陽《ひ》はすでに暑さを感じさせていた。港からすぐのオールド・タウン、ヴェネツィア時代の城塞《じようさい》都市の見物は後にして、まずホテルへ向う。キプロスのトルコ地区では唯一《ゆいいつ》のホテルらしいホテルと聞いていたので、迷わずに「パームビーチ・ホテル」と言ってタクシーに乗った。海岸沿いの新市街の入口にあると、英語を話す運転手は言う。タクシーの運転手まで英語を話すのに一瞬驚いたが、それも当り前だ。二十年前までのキプロスは、英国の植民地だったからである。ホテルのロビーで英語や米語に混じって、私には不可解ながら北欧の言葉とまではわかる言語を話す人たちを多く見かけたが、はじめはずいぶんインターナショナルな雰《ふん》囲気《いき》だと感心した私も、まもなくこれら北欧人の滞在の理由がわかった。彼らは、キプロスのギリシア地区とトルコ地区の境界を監視するために、国連から派遣されている軍人だったのである。

歩いても行けると言われて、新市街の入口にあるホテルから旧市街まで歩いて行ったのだが、海岸沿いに点在するいくつかのいかにもイギリスの植民地スタイルの家を除けば、あとはすべて兵営である。MPが、いたるところにパトロールしている。旧市街に入っても、目立つのは、目立たないように少しずつ外出させているのに兵隊ばかりだった。私服での外出も、例の丸刈りですぐそれとわかってしまうのだ。ロードス島で知り合った、『イタリア遺聞』（新潮社）の中の「スパルタの戦士」で書いたギリシアの落下傘《らっかさん》部隊の隊長が、前線基地から来たと言ったが、それがキプロスであったのを、今あらためて思い出した。

翌日は車を借り、まず島のほぼ中央にあるニコシアの街を見、その後で北上して山脈を越え、キプロス北辺の港キレニアを見てファマゴスタにもどる計画を立てた。ところが、レンタ・カーなどないという。英語を話す運転手のタクシーを一日借りきっては、と勧められた。タクシーを一日借りきるなどという贅沢《ぜいたく》な取材は一度もやったことがないので仰天したが、聞いてみると、八時間で八千トルコリラだという。八千円ということだ。それくらいなら大丈夫と思い、タクシーを呼ばせることにした。客席が四人乗りの大型のベンツの運転手は、イギリス人の執事を思わせるいんぎんさだ。これも、百年足らずにしても英国の統治下にあった時代の良いほうの名残りかと愉《たの》しかった。ただ、その夜、悪いほうの名残りにもお目にかかる。出された魚料理の、これ以上は不可能と思うほどの煮すぎだった。

一面に広がる平野の中の一本道をただただ前進した末に着いたのが、ニコシアである。しかし、円形のヴェネツィア時代の城壁に囲まれたこのキプロスの首都で、私は、トルコ地区からギリシア地区へ通過し、そこからロードスへもどるという考えが、まったく非現実的であったのを悟るしかなかった。街の中央部が、窓を塗りこめられた家や壁で、完全に遮断《しゃだん》されているのである。境界を守る兵さえもいない。境界の向うには、なにものも存在しないとでもいった感じだ。境界線とは呼ばなくて、グリーン・ラインと言うのだそうである。そして、ニコシアの街だけでなく、その線を東西に延長した線を監視するのが、イギリス、オーストリア、フィンランド、デンマーク、スウェーデンから成る国連軍なのであった。一九七五年の国連裁定以来なのだから、この「現状維持」は、八年続いていることになる。グリーン・ラインの南側には、ギリシア軍がつめているのだろう。それにしても、今のところは目立った衝突はなく、お互いに相手を無視することで平和を保っているらしい。

ファマゴスタのホテルにもどった私は、まだ陽があるのを利用して、ホテルの眼の前にある海辺で、今日一日の汗を流すことにした。そして、その時になってはじめて、ホテルに着いた当初から不可解だった、海岸線をずっと向うまで埋めている高層建築の前の浜辺に、人っ子一人いない謎《なぞ》が解けたのである。

暇をもてあましていたらしいオーストリア人の一人が話してくれたところでは、あの建物はすべて、かつてはギリシア系キプロス人の所有であったものだそうで、それが今見るようなゴースト・タウンになってしまったのは、これもまた、一九七五年の分割からであるという。

古代から軍事上通商上の要地にあったキプロスは、各時代の各勢力から狙《ねら》われる宿命にあった。アッシリア、エジプト、ペルシア、ローマと支配者は次々と変り、ギリシア系のビザンチン帝国やアラビア人が四世紀から十二世紀にかけて代わる代わる領有した後も、リチャード獅子《しし》心王が持ったり彼から譲られたフランス系のルジニャン家の領有の三百年を経て、ヴェネツィア統治の一世紀が続く。一五七一年にトルコの手に落ちてからの三世紀は、海運国でないトルコ人を反映してその重要性は減少していたが、一八七八年、領有権を得たイギリスの統治が、一九六〇年の独立まで続くのである。当時のイギリスにとってのキプロスは、スエズ運河領有と密接につながるために重要だった。

ところが、「エノシス」と呼ばれた対英独立運動が成功した一九六〇年以後、今度はキプロス内に問題が起ったのである。キプロス住民は七十万足らずだが、その八割はギリシア系住民だ。この人々が、独立したばかりのキプロスを、ギリシアに併合しようと策したのを、残りの二割のトルコ系住民が反対した。トルコ系住民にしてみれば、ギリシア併合後の彼らの立場に不安を持ったのである。トルコ系住民は主張する。

「イギリスからの独立は賛成だ。しかし、なぜ、千五百年昔までさかのぼらなければつながらないギリシアに、併合されねばならないのか。統治の影響というならば、十九世紀後半までの三百年統治したトルコのほうが権利がある」

第三者である私から見ても、ギリシアとのつながりを強調するギリシア系住民には、歴史的にみてもごり押しの感がないでもない。ただ、「エノシス」の主動力であったのが、ギリシア本国と強くつながっていたテロの集団「エオカ」であったのが、問題を過激にした。

独立のわずか三年後の一九六三年、「エオカ」は、少数民族を肉体的に抹殺《まっさつ》する行動に出る。あの当時世界中に報道された、老人も子供も容赦しない殺戮《さつりく》だ。トルコは、自民族系の住民を守るために軍派遣を決めたが、海軍の弱体なトルコは、輸送船さえも至急に調達しかねた。殺戮は、その間も、世界中の非難もよそに続けられる。しかし、ようやく援軍行動を起せるようになったトルコ軍は、さすがにかつての陸軍大国、ギリシア系住民と本国からの応援軍を、たちまちに一掃してしまった。だが、ギリシア本国も黙っていない。国連が調停して曲がりなりにも解決するまでの一年余り、トルコ対ギリシアの戦いは終らなかったのである。無人の街は、その当時逃げ出したギリシア系住民が調停によってトルコ地区となった地域に、捨てていかざるをえなかったホテルやアパートや家なのだ。トルコ地区の統治者は、自分たちがギリシア人の所有物を奪ったと思われないためにと、いまだに鉄条網で囲み、立入禁止にしているのである。ただその印象がひどく強烈なのは、海岸沿いの一等地が、無人街であるためだろう。それはまた、どの民族に支配されようと商業面では常に活潑《かっぱつ》だったギリシア民族と、一時は軍事的にはヨーロッパを震駭《しんがい》させながら、それが衰えた後は農業民族でしかなかったトルコ民族の、今日にまで糸を引く才能のちがいをも、示しているように思えるのであった。

西洋の智恵《ちえ》

キプロス島のトルコ系住民居住区からギリシア系住民居住区への通過が不可能となれば、来た道を再び通ってロードス島へもどるしかない。やむをえずファマゴスタの港から小アジアの南岸のメルシンまでは連絡船でもどったが、そこから西に、一方は山肌《やまはだ》、もう一方は海に面した断崖《だんがい》絶壁のジグザグ道をまたももどるのは、どうも愉快でない。もちろんこういう難路ばかりではないが、ジグザグのところは、同じ場所でも古代ローマ時代の道のほうがジグザグぶりは少なかったと研究者が書いているくらいだから、二千年後とていかにアスファルトが敷いてあるといっても、快適とはほど遠いのである。なにしろ、眼下に広がる絶景を障害物なしに堪能《たんのう》させる配慮か、ガード・レールなど皆無。また、交通量が極度に少ないので、反対側からくる車も曲がり角で警笛を鳴らさない。ここから真さかさまに落ちたら、私でも殉職になるのではないかと思った時が幾度もあった。

それに、訪れるべき場所も見るべきものも、行きですべて済ませてある。それで、帰途は海岸沿いでなく、進路を北に取り、カッパドキア地方へ出て、そこから西へ小アジアの内陸部を横断し、エーゲ海寄りのエフェソスへ抜けることにしたのである。これだと、私にははじめての小アジアの内陸部も見られるという利点があった。この体験は、私がいかに地図の読み方を知らないかを悟らせることになったが、これについては機会があったら、別に書くことにしよう。古代の温泉場の大規模なのに感心したりしながら、まずは殉職の危険はない平原の横断には成功したのだった。

再び海を眼前にするのは、やはり気分の良いものである。それも、古代には小アジア西岸の都市の中で最も華麗な都といわれていたエフェソスを背にしてなのだから。しかし、壮麗にしても遺跡だけが残るエフェソスに、泊るわけにはいかない。それに、私の泊りたかったのは、そこから五十キロほど南下したところにある、これもエフェソスと並んで古代の代表的なイオニア都市であった、ミレトスだったのである。

ミレトス——西洋思想の源、西洋哲学の発祥の地、大学の哲学科に入学した時から、何度聴かされてきた名であろう。キリスト教者でない私は、クリスチャンならば感慨なしには通り過ぎられないはずの聖パウロの生地タウロスも、こういう何の変哲もない町に住んでいたのならば、彼が脱サラリーマン第一号になったのもわからないでもないなどと、はなはだ即物的な感想をいだいただけだったが、エフェソス、ミレトス、ハリカルナッソスとくると、胸の鼓動がちがってくる。地中海文明がヘレニズムとヘブライズムに二分されるならば、私は断じて、ヘレニズムの世界に棲《す》んでいる。そんなわけで、胸躍らせてミレトスへ向ったのだが、あらかじめ調べて承知していたはずなのに、その衰えようには茫然《ぼうぜん》とするしかなかった。

河口に開けた都市は、ひとたび人間が油断すれば、たちまち自然によって葬《ほうむ》り去られる宿命を持つ。エフェソスも同じ、古代にはローマ、コンスタンティノープルと並んで地中海世界の三大都市の一つであったアンティオキアも同じだ。ローマだってテヴェレの河岸に生れた町だが、古代が滅びればそれを滅ぼしたキリスト教の本山が置かれるという具合で、手入れがまずはゆきとどいていたのか、テヴェレ河には百年前までは船着場があったのである。しかし、中世に入るやあまり重要でなくなったエフエソスやミレトスでは、自然の力のほうが人間の努力を超えてしまったのであろう。今やエフェソスは海から十キロ近くも離れてしまい、二千年前までは三方を海に囲まれていたミレトスは、十五キロも内陸部に押しあげられてしまっている。そういう事情を頭に置きながら、わずかに残った遺跡の間をさまよい、かつては海外に九十（古代の歴史家によれば）の植民地を持ち、母市の人口だけでも五万という規模の独立都市国家の様《さま》を想像するのは容易ではない。それに、有名なエフェソスと近すぎるためか、ここにはホテルひとつないのである。悪いことには、夕陽《ゆうひ》も海面に近づきつつあった。こんなこととは思っていなかったので、エフェソスの遺跡見物を充分すぎるくらいにやった報いである。次の夜に泊る予定だったハリカルナッソスに今夜泊るには、周囲がまだ明るいうちに、百二十キロの距離を消化する必要がある。道路事情に通じてない、かつては先進国であっても今ではそうとはお世辞にも言えない地方の夜間運転は、断崖絶壁でなくても殉職につながる危険があった。こうなると、ターレスやアナクシマンドロスに想《おも》いを馳《は》せることは、今夜の寝床を確保してからという気になってくる。高尚《こうしょう》がいかに簡単に低俗に席をゆずるかという、例でもあるけれど。

今ではボドルムと呼ばれるかつてのハリカルナッソスが、三千年後の現代まで生き長らえたのは、川が近くになく、磯浜《いそはま》の海に面していたからである。今のボドルムには完備したヨット・ハーバーもあって、対岸にあるギリシア領のコス島に渡る連絡船もここから発《た》つ。中世にはロードス島に本拠を持つ聖ヨハネ騎士団の領地だったから、小さな港の入口にはヨーロッパ風の城塞《じょうさい》もあって、古代の遺跡だけの町ではない。「文明的なる」ホテルも、いくつかある。なにしろ、ハーツやエイヴィスのようにインターナショナルなレンタ・カーの事務所まである町なのだ。ここに滞在した三日間、当面の取材目的である騎士団の城塞見物に費やした半日以外は、ただただ古《いにしえ》を想って時を過ごした。高尚なることに想いを馳せるのにも、多少なりとも快適な環境が必要である。私はやはり、現世的なヘレニズム・シンパなのだ。また、このハリカルナッソスの町も、哲学の祖は産まなかったが、歴史の祖ヘロドトスの生れた町であった。


「哲学は、科学と同じく、誰かが、普遍的な問いを発した時にはじまる」

「この種の好奇心を最初に示した民族は、ギリシア人であった」

「現代のわれわれが知っているところの哲学と科学は、これらギリシア人の考えだしたものである」

「知的活動のこの爆発の所産であるギリシア文明は、歴史上、最もきらびやかなイベントの一つである」

「前にも後にも、同じ現象は起っていない。二百年という短い期間に、ギリシア人は、芸術、文学、科学、哲学の諸分野で、驚くほどの量の傑作を創《つく》り、それらは、西洋文明の基盤と基本体系を構成したのである」

「哲学と科学は、西暦前六世紀初頭、ミレトスの人ターレスによってはじまった」

なんのことはない、私は、大学の哲学科に入ってすぐ強制的に読まされたバートランド・ラッセルの『西洋の智恵《ウイズダム・オブ・ザ・ウエスト》』から、思い出すままに引用しているだけなのだが、学生時代には、なるほどそうですか、ぐらいにしか感じなかった言葉が、現地に立つと、まったくちがった感興をともなってわきあがってくる。感慨が過ぎたのか、ミレトスを海から眺《なが》めようと小型ヨットを借りたのだが、それがミレトスの前の海上で突然風が変り、ヨットの上の移動を誤った私は、見事に海中に放《ほう》り出されるというこっけいなおまけまで附いたのだった。海上から眺めたミレトスはまるで猫《ねこ》のひたいのように狭い土地で、エジプトやメソポタミアの大平原を想えば、よくもこんなところから、と感心していた報いである。

それにしても、と、びしょぬれになって舟にはいあがってからも考えた。エジプトやメソポタミアには、ギリシアよりは千年以上も前に、後にギリシア人も活用する技術を持った文明があったのである。だが、この二文明とも、科学や哲学を産みはしなかった。エフェソスやミレトスのあるイオニア地方が、エジプトやメソポタミア文明の全盛期にすでに、商業基地として栄えていたことは知られている。東南にはキプロス、フェニキア、エジプトを持ち、北にはギリシア植民地の多かった黒海沿岸があり、西はクレタとギリシア、東はメソポタミアに通じる道が通っている。貨幣経済も、この地方では早くから行われていた。そして、農耕民族のエジプトやメソポタミアと比べ、商業人であったギリシア民族には、宗教に対しても、より自由に対処することができたのだ。

宗教は、種々のちがいはあっても、信ずることが第一になる。これに反して哲学や科学は、なぜかという問いを発することから生れるのだから、疑いを持つことが第一にくる。これが、商業によってつちかわれた経験主義や合理主義と結びつき、批判精神を通って真理追求に自然に行きついたのではないだろうか。歴史叙述だって、同じ原理にもとづく。なにごとにも好奇心（つまり疑い）を持ち、偏見を持たずに観察することこそ、歴史への対処の仕方の基本なのだから。

バートランド・ラッセルによれば、西洋哲学と科学の祖とされるミレトスの人タ－レスは、日蝕《にっしょく》の観測をし、万物の根源は水である、という有名な、少なくとも哲学史上では有名な、仮説をたてたのであった。タ－レスの後に、万物の根源は元素（アペクロン）であるとしたアナクシマンドロス、空気であると言ったアナクシメネスと、続々ミレトス生れが続く。ピタゴラスも、ミレトスの対岸の島サモスの生れだ。サモスも商業都市で、当時はミレトスとはライヴァル関係にあった。

これらイオニア学派の哲学者たちは、哲学生活と実生活を分離する方向に進むピタゴラスは例外として、あとは皆、実生活でも活潑《かつぱつ》な実業人だったのである。ターレスは、オリーブの収穫を予想計算して、それをもとにオリーブ油の市場の動きを予測して買い占め、大もうけをしたという。哲学者はこのように、「健全」でなくてはならぬ。

まったく、この周囲二百キロ足らずの狭い土地に、二千五百年さかのぼれば、すべての個を律することのできる普遍性を持った法則はないか、という、日々を生きていくには知らなくてもいっこうさしつかえのないことを考えた男たちが、ウロツイていたのだ。この動きが百年してアテネに集まり、ソクラテス、プラトン、アリストテレスに実を結ぶ。

ソクラテスによると、哲学とは、人生の一つの生き方なのだそうである。相対的な価値判断が土台である以上、問いから生れる仮説も、常に新らしい問いにそして仮説に、とって代わられる運命にある。一方、宗教は、絶対的価値判断に立って答えを与える、生き方と考えられはしないか。プラトン描くソクラテスも、答えを与えるよりも、問いを発するほうに重きを置いている。実際、答え、つまり真理は、そうそう簡単には獲得できないものなのだから。知りたいわかりたいという人間の欲求を、ギリシア人は善とした。哲学が科学が、この民族から生れたのも当然の成行きだろう。

だが、この若々しい知性の時代は、哲学と科学が分離していなかっただけでなく、技術も同じ席につらなっていたのだった。この時代の七不思議とされていたのは、エジプトのピラミッド、イェルサレムのソロモンの神殿、オリンピアのゼウスの巨像、ロードス島の巨像、エフェソスのアルテミス神殿、ハリカルナッソスの霊廟《れいびょう》である。残りの一つはどうしても思い出せないが、これら六不思議に共通しているのは、巨大ということだ。古代人が「不思議」としたのは、当時のテクノロジーの粋であったからだろう。技術の最高水準の発揮が、巨大よりも極小の方向に転じたのは、現代でもごく最近の現象である。

解答をより簡潔により早期に与えるものが歓迎される昨今、問いを発することの重要性を説くなど、マイノリティも極まれりと言われるかもしれない。しかし、サイエンスとテクノロジーのちがいを好んで論じ、日本には応用は多くても発明は少ないのはなぜかと問うのも、われわれ日本人である。ならば、もはや西洋から学ぶものはない、などと、つい先頃《さきごろ》までの劣等感の裏返しにすぎないようなことを言う前に、西洋をもう一度、虚心に眺めてみてはどうであろう。格好の入門書もある。ラッセル著の『西洋哲学史』か『西洋の智恵』がよいと思う。いずれも、高度な内容でも明解に簡潔に書かれることによって、いかに「俗受け」も可能になるかの好見本でもある。

＊『西洋哲学史』（市井三郎訳）は、みすず書房刊。
＊『西洋の智恵』は、『図説西洋哲学思想史』（東宮隆訳）というタイトルで社会思想社刊。

オリエンタル・レストラン

キプロスに滞在中、一日に一度はファマゴスタの旧市街にある、小さなレストランに食事に行った。オリエンタル・レストランという名のその店は、レストランと呼ぶのにためらいを感じるようなテーブルが四つしかない小さなレストランで、昼食しか供さない。家族でやっているのだが、これで経済的に成り立つのかと余計な心配までさせる店だった。

出会いはまったくの偶然で、ツーリスト・センターの推薦レストラン一覧にも載っていなかったし、ホテルが勧めたわけでもない。城壁に囲まれた旧市街を歩いていてお腹《なか》が空《す》いたなと思っていたら、眼《め》の先にオリエンタル・レストランとつつましく書いた木札が下がっており、その下の椅子《いす》に腰をおろしていた老人が、立ちあがりながら、食事をなさりたいので？　と、きちんとした英語で問いかけたのがはじまりだった。私には、その勧め方が気に入ったのである。呼びこみなどという言葉を使うのは不適当だ。なんというか、旧知の間柄《あいだがら》の人を自宅の居間に招じ入れるという感じで、長身で頑丈《がんじょう》な体格の老人が、その体格にいかにも似合った鷹揚《おうよう》な立ちあがり方をしたのが、なにを食べさせられるかには関係なく、この家の客になってみようという気を起させたのだった。

実際、入ったところの部屋は、かつて英国の植民地であった国の中産階級の居間そのものという雰囲気《ふんいき》で、一世紀昔の品々を並べた、あまり流行《はや》らない古道具屋の店先に似ている。古びた、しかし手入れのゆきとどいた置時計に紅茶のセット、色の変った軍服姿の写真に淡い光を投げかける、色ガラスと銀の電気スタンド。これらが一つ一つ心をこめて置かれ、もしも変色した英王室一家の写真でもかかげてあれば、それこそ画龍点睛《がりようてんせい》という感じだった。ここを通り過ぎた向うに、小さな中庭が、樹《こ》もれ陽《び》の下に眠っている。客用のテーブルは、そこに並べられていた。ただ、客の姿はなかった。昼食時には、少しばかり早かったのである。

テーブルに坐《すわ》った私は、メニューを見せてくれと老人に言った。老人はそれに、妻が料理を御覧に入れるから、台所にお越しになっては、と答えたのである。なに、メニューなぞない店なのだが、言い方が良いではないか。私だって英語で説明されてチンプンカンプンで注文するよりは、実物を見た後で頼むほうが安全に決まっている。それで、陽のさす明るい台所に案内されて、鍋《なべ》のふたを開けて説明されてから、魚の身でつくったコロッケと、なにやらわからないが濃い緑の野菜を使ったスープを注文したのだった。緑の野菜は、モロヒヤという、シリア、パレスティーナ、エジプトにキプロスではこの近くだけに産する野菜で、葉は固くて野羊も食べないものだと後で説明された。これが実に美味で、明日また来ますから一人前残しておいてくださいと頼んだほどである。飲物は「ラキ」という透明だが水を加えると白くにごるトルコの酒で、同じようなものをギリシアでは「ウーゾ」と呼び、イタリアでは「アニゼット」という。フランスにも、同種のものがあったはずだ。デザートは、中庭の一角をおおっている葡萄棚《ぶどうだな》からもいだ、葡萄酒用と食卓用の二種の葡萄のふさだった。

そうこうするうちに、テーブルが埋まりはじめた。客はいずれもなじみらしく、男たちばかりで、近くの港の役人でもあるらしい。彼らも、きちんとした英語を話し、「ロスマンス」を吸っていた。一八七八年から一九六〇年まで続いたイギリス統治の影響は、二十年後の現在でも、相当な強さと深さで残っているのであろう。一九六〇年に英国の支配から独立した後も、その十五年後にトルコ系住民地区とギリシア系住民地区に分離するまでのキプロスでは、公式言語は英語だったのである。英語の巧みなトルコ人がこれほど多い地域は、トルコのどこを探してもない。しかし、三十代と思われるこの人々の使う英語と、七十を越えていることは確かな老人の英語は、きちんとしていることでは同じでも、どこかちがって聴こえた。老人の英語は、頭の中にある時からすでに、英語なのである。英語で考え、英語で話しているのだ。発音が正しいとか、そういう問題ではない。言いまわし方が、いかにも英国風なのである。丁寧でいて、ユーモアをふくみながら、しかしすべてのことから少し間隔を置いて話す、イギリス以外のヨーロッパの国々の人はよく笑いの種にするのだが、そのイギリス式スノッブなのだ。細い脚なら二本は入りそうにゆったりしたズボンに至っては、まさに半世紀前のイギリスだった。

だが、私の興味を最も強くひいたのは、老人の歩き方だったのである。これは、なんと形容してよいかわからない。同じような歩き方は、いつかロンドンで見た、在郷軍人たちの行進を思い出させた。それはまだテロによって爆死しない前のマウントバッテン伯が率いたパレードで、全員銃を持つところを例の傘《かさ》に代え、行進ぶりは堂々としたものなのだが、マウントバッテン麾下《きか》ならばアジアで相当に日本軍に痛めつけられた隊ではないかと思い、それが四十年後もまだパレードしているのかと、私など苦笑したものである。しかし、前回の旅行で知り合った、英国で軍隊教育を受けたというギリシアの落下傘《らっかさん》部隊の隊長も、同じような歩き方をしていたのを思い出す。英国の軍隊に教育された者は、歩き方まで変るのであろうか。オリエンタル・レストランの老人は、軍隊ではなかったけれど、英国統治下のキプロスの警察官であったという。

しかし、と私は考えこんでしまった。イギリスで会う私の友人たちは、彼らはみなオックスフォードかケンブリッジの出身で、外務省かシティのどこかに勤めているという具合で、これ以上のイギリス人はないと思われるほどの純血イギリス人だが、彼らの誰一人、このトルコの老人ほどはイギリス風でないのである。それは、軍隊生活の有無によるのか、それとも、イギリス人であることと、イギリスの影響を受けた非イギリス人であることによるのであろうか。

私は、英語が決して得意ではない。会話となると、不得手と言ったほうが適当なくらいだ。それなのに、トルコ語か片言のドイツ語(出稼《でかせ》ぎが多いからだろうが)しか通用しないトルコの僻地《へきち》を旅した後でキプロスに着いた時、英語が広く通用するのでほっとしたのである。これは、浴室でカエルを見つけたり、日本式トイレをヨーロッパではトルコ式と呼ぶ意味がはじめてわかったりするという旅行を続けた後でヒルトン・ホテルに泊ると、やれやれと思うのと似ている。こういう地方では、ヒルトンやシェラトンだって、なにも特別に居心地良くできているのではない。だが、少なくとも部屋は広く寝床も清潔で、なによりもお湯が出て鍵《かぎ》もきちんと閉まる。汚れたものも、洗濯《せんたく》に頼める。私は、「先進国」の首都ではこの種のホテルをとくに選ばないが、言っては悪いがある種の国々では、ヒルトン、シェラトン式をありがたいと思う。私の英会話への愛着も、この程度なのである。

ところが、このおそまつな私の英語による会話力が、イギリス人と話している場合だと意外とスムースに発揮されるのだが、非イギリス人と話すとなると、半ば失語症におちいってしまうのである。なぜなら、私の友人たちの純血イギリス人は、私の日本語やらイタリア語やら、危うくなってくるとラテン語風の言いまわしまで加えて英訳した感じの英語を、愉《たの》しい使い方をするなどと言って聴いてくれるので、私も劣等感にさいなまれずに、八方破れながら話せるのである。それが、英会話の達者な非イギリス人だと、

「イヤン・フレミングは『007は二度死ぬ』の冒頭で、日本人はボンドゥと発音しないでボンドーと言うと書いたけど、あれはほんとうだ」

とか批評するものだから、私はたちまちしょげて、もう英語など話すのは真平だと思ってしまうのだ。ある時など、私の英語の発音をいちいち直す非イギリス人がいて、その男に私は、こう言って反論した。

「私の友達のまじりっ気なしのイギリス男たちは、私の英語を黙って聴いてくれます」

そうしたらこの非イギリス男は、次のように切り返したものである。

「彼らのようなイギリスの支配階級に属する男たちは、何百年というもの、アフリカの土人の話す英語を聴くのに慣れてきたのです」

そうかもしれない。しかし、私には、英語を完璧《かんぺき》に話すことに心を使い、それができる自分を誇りに思い、あなたはイギリス人以上に見事に英語を話すなどと言われてひどく満足しているのは、非イギリス人に多いような気がしてならないのだ。当り前だが、本物のイギリス人が、あなたは見事に英語を話すと誉《ほ》められたって、嬉《うれ》しがるはずはないのである。だが、彼らは、他国人の英語能力に、さほどは厳しくないような気がする。厳しいのは、イギリスに移住した、一代前は非イギリス人であったイギリス人か、イギリス文明を敬愛する点では自他ともに認める、イギリス好きの非イギリス人であるように思える。

もちろん、英語は世界語であって、国際会議などで英語ができないとツンボ同然であるのは現実である。だから、私も、自分自身の不得手を弁解しようとしているのではない。英会話をはじめとして、ユーモアのはさみ方から会話全体の構成、果ては歩き方までイギリス人式に変えてしまう英国の文明とはなんだろう、という問いを発しているにすぎない。アメリカ合衆国は戦後あれほど強大で強力な影響を与えた国でありながら、第二次大戦直後はいざ知らず、四十年経《た》った現在、世界のどれくらいの人々が、好んで米語を話し、アメリカ式に装いたいと思い、アメリカ風のだじゃれを連発したいと願っているであろう。もしあったとしてもアメリカのそれは流行現象であって、流行であるがために一時は風靡《ふうび》するが、流行が終ればすたれてしまう。英国の影響力はそれに比べ、派手ではないがしぶとさがちがう。アメリカ文明は偉大だが敬愛の対象ではなく、一方のイギリス文明は、もう相当に黄昏《たそがれ》だけど愛着を捨てきれないという、二種の評価のちがいではなかろうか。価値の絶対的な尺度は、ここでは問題にならない。愛情とは、相対的な尺度で計られるものなのだから。

つまり、アメリカ・シンパよりもイギリス・シンパのほうが、少なくともヨーロッパとヨーロッパの旧植民地世界では、アメリカ人の善意を思えば気の毒になるほど多いのである。そういう人々から見れば、私のように、英語は砂漠《さばく》を旅した後のヒルトン・ホテルのようなものであるとして、愉快かもしれないが英語の正しい言いまわしからは絶対にはずれる話し方をする者は、許しがたい存在と映るのは当り前であろう。問題は、英国国民でもない者に、そのような気持を起させる、英国文明の「魅力」なのである。

私にとってのイギリスは、好きなほうに属す国の一つである。ボーイ・フレンドの半数はイギリス人だったし、今でも、三十五歳以上ならばイギリス男が最高だと思っている。ECも、英国が欠けると危くって見ていられないと思うくらいだ。しかし、イギリス人の嫌《いや》らしさにも盲ではない。個人規模でも国家規模でも。

いつだったか、高坂正堯《こうさかまさたか》氏に、あなたの書いた英国史が読みたい、と言ったことがあった。彼ならば、古代の野蛮なブリタニアからはじまり、中世の人間の頭をボールにして遊んだラグビーを経て、海賊がいつどのようにローヤル・ネイビーに変容したのか判然としない植民大帝国時代も通過し、チャーチル、サッチャーに至るまでの、素晴らしさと嫌らしさの絶妙に入りまじったイギリス「文明」を、活写してくれると信じているからである。イギリスは、今なお、私のような「主婦の眼」を通してでも書ける、シロモノではない。

オリエンタル・レストランに通いはじめてから何日目だったか、すぐそばにあるモスクから、回教徒の祈りの時が来たとみえて、モアヅィンが聴こえてきた。食卓の上の皿を片づけていた老人は、ふとその手を止めて言った。

“It's a sweet sound.”

私も回教国を旅していると、モアヅィンを気にしなくなってくる。しかし、スウィートとは聴こえない。老人は、なんといっても回教徒なのだ。だが、そう言った後、皿を持った老人は、例の歩き方で去って行った。

四十にして惑わず

男ならば、四十にして惑わず、生涯《しょうがい》の事業に専心すべきである、もけっこうだけれど、身だしなみにも心すべきではないか、とわれわれ女たちは、心中秘《ひそ》かに思っている。

これはなにも、男でも四十を過ぎると容貌《ようぼう》とみに衰えるから、それらもろもろの肉体的欠陥をおぎなうために、つまり隠すために、身だしなみに心すべき、つまり金を費《つか》う必要がある、というのではない。四十を越える年頃《としごろ》になってはじめて、似合ってくるものが多いからである。それなのに、この素晴らしい年代を、ゴルフ以外はドブネズミのような格好をして過ごすことはないというのが、われわれ女たちの優しき思い遣《や》りなのだ。

男は内容で勝負する、などという幼稚なことは言わないでいただきたい。四十ともなれば、一人の人間において内容と外容が、いかに微妙に相互に影響しあうかぐらいの真実には、目覚めているにちがいないのだから。

アイデンティティー探しは、現代人文科学の重要な命題の一つである。だが、このような五人の盲人が各々《おのおの》勝手に象をさわる類《たぐい》の作業は、学者や評論家や純文学作家にまかせておけばよいので、こんなことをいくらやってもお金など入ってこないわれわれまでが、なにもアイデンティティー探しと心中する必要はないのである。

実際、いかに平凡な出来の人間でも、その人間の実体など、そうそう容易につかめるものではない。しばらく交際して、お互いが理解できたうえで結婚したいと思っています、などという言葉は、二十歳の女の子が口にしてこそ可愛《かわい》いのである。

ルネサンス時代のイタリアの政治哲学者ニコロ・マキアヴェッリに、こんな手紙がある。ローマの法王庁にフィレンツェ共和国大使として派遣されていたフランチェスコ・ヴェットーリにあてたものである。政変に連座したため、フィレンツェ郊外の山荘に自発的にしても蟄居《ちっきょ》せざるをえなかったマキアヴェッリが、政府の中枢《ちゅうすう》にいた以前とはうって変って単調な日常を、その親友に、ユーモアまじりに訴えた手紙だ。朝はダンテやオヴィディウスの詩の本を読みながら森で過ごし、帰途は居酒屋に立ち寄り、昼食時とて集まる旅人たちから世の中の出来事などを聴き、家に帰って家族と食事し、昼食後は再び家の前にあるその居酒屋にもどって、今度はカードに興ずる。農民たちが相手とて、蛮声は近くの村にまでとどくほどだ。このように述べた後、マキアヴェッリの手紙は、こう続く。

「夜がくると、わたしは家にもどる。そして、書斎に入り、泥土《でいど》で汚れた昼間の百姓の服を脱ぎ捨て、官服に着換えるのだ。こうして、礼をわきまえた衣服に身をととのえてから、昔《いにしえ》の人々の集まる、昔《いにしえ》の宮廷に参上する。彼らは、わたしを、愛情をこめて優しく迎え入れてくれる。

そこでのわたしは、ためらうことなく彼らと、心ゆくまで語りあう。なぜあの時に、あのような行動をとったのかと問いかけながら。彼らも、胸中を開いて答えてくれる。

これが、この頃《ごろ》のわたしの糧《かて》なのだ。わたしだけに与えられた、そのためだけにわたしは生を享《う》けたものなのである。その四時間という間、まったく退屈しないし、あらゆる不愉快なことも忘れてしまう。貧乏も怖《おそ》れなくなるし、死まで怖《おそろ》しくなくなってくる。彼らの世界にわたしも、全身全霊で移り棲《す》んでしまうのだ。

この人たちとの対話から、わたしは、『君主国論』と題した小論文を書きあげた。その中には、君主国とはなにか、どのような分類が可能か、いかにして創設するか、どのようにすればそれを存続できるか、また、なぜ滅亡するかが論じられている……」

この手紙は、最後のところにふれられている、『君主論』執筆の模様を示す箇所によって、有名になったものである。私もこれを読んだのはそれを知るためだったのだが、傍点をつけた箇所が気に入ってしまったのだ。古人と語りあうのに、彼らに対して礼儀を失しない身なりにととのえてからというマキアヴェッリが、とてもステキに見えたものだった。誰も見ていない田舎家の質素な書斎で、視線が宙に浮いた姿で独り言をつぶやいたりうなずいたり、と思うと急にペンを走らせたりするのが実情なのだから、泥土に汚れた百姓衣だろうが寝巻だろうが、いっこうにかまわないはずなのである。それなのに、重くてかさばって、書くのには不便きわまりないはずなのに官服を着る。書記官時代にはこの服で、各国の権力者たちに会っていたからだろうが、こうも微妙な愉《たの》しみは、若者のものではない。この手紙を書いた時、マキアヴェッリは四十三歳だった。

装いとは、自分の個性に合ったものであるべきである、という定義に、私は真向《まっこう》から反対する。それよりも、装いとは、自分が化したいと思う個性に合ったものであるべきだ、と思っている。自分の個性などそうそう簡単にわかるものではないし、わかったとしても、自分の思う個性と他人の評するそれが、ひどくちがっている場合だって多い。そして、アイデンティティー探しに無用な努力をするよりも、いろいろちがう自分を演じてみて、その選択と演じ方の総合から自然に浮びあがってくるのが、その人のアイデンティティーだと思うほうが好きなのだ。素顔の時よりも化粧した時の顔が、その女のほんとうの顔だ、とするのと似ているが、これは、絶対とか正義とか使命とか声高に叫ばれるとたんにアレルギーを起す、私個人の性癖によるのかもしれない。

だが、例えば、絶対的な視点で男の肉体を眺《なが》めれば、男の肉体の美しさは、十七歳をもって終る。つまり、静視に耐えられる男の肉体は、十七歳が限度なのだ。それ以後は、精神的にも肉体的にも余計なものが附きはじめてきて、こちらが女の視線に切りかえでもしないかぎり、見られたものではない。女の場合も同様だが、これまでは女の場合だけ論じられてきたようで、片手落ちだと常々思っていたところである。男の肉体だって、十七歳が頂点で、二十五歳になればまったくちがい、三十五歳になるとまたまたちがい、まして、四十五歳においてをや、というわけだ。四十過ぎての装いが、肉体的欠陥を隠すことに努力を集中してみたところで、勝負の結果は明らかではないか。

それで私の言いたいのは、四十になれば迷わずに、十七歳の、いや三十歳の若者が逆立ちしたって不可能な身だしなみを、大胆果敢にやるべきなのである。これは、若造りとはちがう。若造りとは、若者のまねをするということだからだ。若者に似せようとする中年くらい、みっともない現象はない。

これを、女の場合のほうが例証するのにわかりやすいので、女の装いについてまず話すが、虚栄の象徴のように非難されているものに、毛皮と宝石がある。だが、毛皮のやわらかな肌《はだ》ざわりと、宝石の硬質で冷たい感触に敏感でない女は、女ではない。二つとも完全に異質ながら、肌にふれるあの快感は、まさに官能そのものである。実際に所有しているかいないかの問題ではなく、敏感か敏感でないかを言っているのだが、和服ならば、絹の長じゅばんのひんやりとした肌ざわり、と言い換えてもよい。

ところが、この毛皮と宝石が、十七歳の女の子には絶対に似合わないのだから、世の中はうまくできている。二十五歳もまだダメ、三十五を越えてから、はじめてサマになるものだ。どんなに美女のモデルでも、これらを着けて写真にとられるまではよいが、実際に眼前で動きはじめると、もういけない。はっきり言うと、彼女たちはまだ、官能の何たるかを知らないのである。わかっていないのに、官能的快感の最たるものを身につけたところで、着こなせるはずがない。男の場合だって、毛皮と宝石ではないけれど、原理は同じなのである。

ゆえに、四十過ぎの身だしなみの第一項は、肌ざわりを主に選ばれたたし、となる。

背広ならば、上等であればウールでも絹でも麻でもよろし。カシミヤの上着に至っては、ほんとうの女ならばつい愛撫《あいぶ》したくなるものだ。愛撫の手をすべらせるのは、なにも肌ばかりではないのだから。型がくずれていようと、そんなことはいっこうに関係ない。いや、背広の型というものは、幾分かくずれているところに、真の男の良さがにじみでる。ポケットのふくらんでいる上着くらい、セクシーなものはない。

第二に色と柄《がら》だが、派手な色を着れば大胆に見えるというのは、完全にまちがっている。要は、地味な色でも柄でも、それを構成している色の明度と分量の問題で、華やかさは充分に演出できる。というよりも、肉体的に衰えるということは肌の色も明度を失ってくるということだから、若いうちだと似合わなかった明度の高い色が、ぜひとも必要になってくるとともに、似合ってくるということでもある。

第三は、背広の上着の襟《えり》のボタンの穴にさす、一輪の花。なにも、オフィスの仕事中にこれをやれと言っているのではない。しかし、機会さえあったら、ただちに試されることをお推《すす》めしたい。なぜなら、これくらい、若い男ではサマにならないものはないからである。禁酒法時代のシカゴのマフィアの親玉みたいだから、などとためらうことはない。あの連中は、顔つきからしてギャング風だから、なにを着てもギャングにしか見えないのである。カナダの首相トリドーだって、西欧の水準からするとたいしてイイ男ではないのに、あの花一輪で、イイ男になったのだから。日本の45＋も、ジェントルマンはなにをしてもジェントルマンである、くらいの気概は持っていただきたいですね、われわれ女たちの願いとしては。

第四は、ワイシャツ。

日本の男たちの多くは、ネクタイにだけは異常に敏感であるらしい。デパートのネクタイ売場の売り子に美女が配されるのは、男たちが自分で買いに来ることが多いという証拠だし、贈物にネクタイを使う人も多い。ヨーロッパの有名店は、帰国の折りのおみやげにネクタイを選ぶ日本の男たちであふれている。

だが、これは少々異常である。装いの他の部分への無関心と比べれば、やはり異常である。ネクタイは、顔に直接に影響を与えるものであることはもちろんだ。しかし、ワイシャツという土台の上に立ってはじめて、映えるものなのである。それなのに、ワイシャツへの関心ときたら、見るも無残なくらいなのだから、これは片手落ちと思うしかない。

男のワイシャツは、女の和服の場合の長じゅばんと同じである。長じゅばんの着附け次第で着物の着附けが左右されるのと、原理はまったく同じである。欧米の男たちがワイシャツ選びにうるさく、アイロンのかけ方にも神経をとがらせるのも、彼らこそ洋服の本家だからだ。伝統を持つ者は、本質を理解している。理解しているからこそ、大胆に遊ぶこともできる。

それでだが、いろいろな個性を試すのが四十過ぎの男にこそ許される愉しみとなれば、ワイシャツにこってみてはどうだろう。背広文明は、宇宙時代になればいざしらずまだ当分はすたれそうもないので、これに全面的な変化をつけるというのもむずかしい。だから、毎日着換えるワイシャツなら、容易だろうと思うのだ。しまとかチェックとか、襟とカフスだけ白にするかそれとも色無地にするとか、ファンタジーは無限である。それに、ワイシャツだと、上着を着けていてもベルトに手をやったりするたびに、意外なほど多くの分量が眼《め》に入るものである。ちなみに、上着なしのワイシャツ姿は、長じゅばんだけの場面に出会《しゅっかい》させられたようで、私の好みではない。

しかし、この場合の最重要事は、アイロンかけにある。日本のクリーニング屋はシーツと同じ要領でワイシャツもアイロンをかけるので、必要でないところまでノリのきいた、無残なるワイシャツを着る羽目になるのだ。

これは、日本のクリーニング屋の技術が至らないのではなく、それを着る側の男たちが要求しないからである。そして、女ならば誰が、シーツなど愛撫するものか。

私の衰亡論

仮説とは、あくまでも仮りの説なのである。それですべての現象が、完全に解釈できるかどうかはまだわからない。完全に解釈できるとなったら、仮説ではなくなって定説になる。

十五年間歴史物語を書きつづけてきた私は、この頃《ごろ》、その間の勉強を通じて、いくつかの仮説を弄《もてあそ》ぶようになった。弄ぶと書いたのは、うち立てるなどという大それたことはとても言えない感じの、胸の片隅《かたすみ》にいだきつづけてきたという程度のものだからである。今日は、その中の一つを、読者諸兄姉の御批判にゆだねることにする。

国家であろうと民族であろうと、いずれもそれぞれ特有の魂（スピリット）を持っている。そして、国家ないし民族の盛衰は、根本的にはこの魂に起因している。盛期には、このスピリットがポジティーブに働らき、衰退期には、同じものなのにネガティーブに作用することによって。これが、私の仮説である。

数年前に発表したヴェネツィア共和国の盛衰史を書いた『海の都の物語』の中で、

私は、この仮説を、はじめて公《おおやけ》にしたのであった。

――歴史家は、国の衰退は、その国の国民の精神の衰微によると言う。だが、なぜ衰微したかについては、われわれが納得できるような説明を与えてくれない。古代ローマ盛衰論をはじめとする数々のその種の歴史書を読んだ後で、われわれの頭に残るのは、

奢《おご》れる者久しからず、ただ春の夜の夢の如《ごと》し

の一句を越えるものではない。そして私のような者には、なぜ奢るようになったのか、いや実際に奢ったのであろうか、という疑問すら浮んでくる。

盛者必衰《じょうしゃひっすい》は、平家にかぎらず、歴史の理《ことわり》である。そして、それが、

遠く異朝をとぶらうに、秦《しん》の趙高《ちょうこう》、漢の王莽《おうもう》、梁《りょう》の朱异《しゅい》、唐の禄山《ろくざん》、これらは皆旧主先皇の政《まつりごと》にも従わず、楽しみを極め、諫《いさ》めをも思い入れず、天下の乱れんことをも悟らずして、民間の憂《うれ》うところを知らざりしかば、久しからずして亡じにし者どもなり。

であったのならば、彼らの末路も当然の結果であって、われわれとしても納得するしかない。

だが、私には、少なくともヴェネツィア史に関するかぎり、このような単に精神の衰微や堕落のみに立脚した論に、どうしても賛同することができない。なぜなら、ヴェネツィア人は、旧主先皇の政に従い、楽しみも節度を保ち、諫めは思い入れ、天下の乱れんことを悟り、民間の憂うところを知りながら、盛者必衰の理の例外になりえなかったからである。ならば、これには、別の理由がなければならないではないか。

ヴェネツィア人の特徴は、自分たちの持てる力を、周囲の情勢とかみ合わせながら、いかに効率良く運用できるかを追求し続けた点にあった。これが、ヴェネツィアが大をなした根本的な要因であったが、同時に、衰退の要因ともなったのである。——

これにつづいて、持てる力をいかに効率良く運用できるかを追求し続けるというヴェネツィア人のスピリットが、どのように実際に発揮されていったかを、海運業、手工業、農業と重点が移っていったヴェネツィア経済を述べることで実証した後で、私は、次のように結論をくだした。

――その結果、ヴェネツィアの経済は、ヴェネツィア人の経済というものに対する合理的な考え方によって、投資の対象が次々と代わっても、総体的には、長期にわたって浮沈の少ない豊かさを保持することができたのである。しかし、このヴェネツィア人の性向は、意外な副産物を生んでしまうことになった。投資の対象の変移は、それをする側に、その投資が定着するにつれて、精神構造の変移をもたらさずにはおかないものである。ヴェネツィア人は変ったかもしれない。だが、それは、彼らが奢った結果ではない。投資の対象の変移につれて、彼らの精神も変っただけなのである。一民族の衰退の原因を、その民族の精神的堕落の結果とするよりは、よほどこのほうが恐ろしい。奢った結果となれば、事前に対策も立てられよう。だが、そうではなく、その民族の魂とも呼んでよいものに起因していることなのだから、治す薬もないことになる。盛者は、やはり必衰なのである。そして、この投資先の変移は、ヴェネツィア共和国の衰退につながることにもなった。――

この後、精神の変移が、どのような形で衰退につながっていったかを史実によって実証しているのだが、ここではそれは省略する。ただ、合計して八百頁《ページ》を越える二巻に及ぶこの作品中、私が最も読者に訴えたかったのは、ここに引用した、わずか二頁足らずの分量で述べたことなのであった。

それでも、八百頁は必要だったのである。なぜなら、まず第一に、歴史というものは複雑で細かいディテールの集合体であって、それを新書判風に整理整頓《せいとん》してしまっては、歴史を読む愉《たの》しみが台無しになる危険があることだ。なにも私たちは、大学を受験するわけではないのだから。そして、第二は、一国の盛衰がその国の民族の魂に根本的には起因するという私の仮説からすれば、衰退期をいくらくわしく叙述しても、それでは説得力をもちえない。なにしろその民族特有のスピリットは、興隆期により鮮明にあらわれるものだからである。これが、興隆期にふれない衰亡論に対して疑問を持つ、私の考えでもあった。

ただ、この仮説でヴェネツィア共和国の例は解釈可能だと、少なくとも私は思っているが、「仮説」になるためには、他の民族の場合も解釈可能であらねば用を足さない。それで、私の今の守備範囲、つまり知っていると言える時代の中世、ルネサンスにかぎれば、私の仮説は適用可能なのである。

例えば、ヴェネツィアと並ぶ代表的な都市国家であったフィレンツェ共和国だが、フィレンツェ人の魂と呼べるものはなにかとなれば、彼らの持っていた、すさまじいまでの批判精神であろう。ほとんど我が身さえ傷つけずにはおかないほどのすさまじさで、これが、フィレンツェに、ルネサンス精神が爆発した原因だったのである。あの小さな街に、わずか二百年足らずの時期に、あれほどの偉大な文明が実った例は、古代ギリシアのアテネの他には例がない。共和国政府があることに答申を得ようと組織した委員会には、レオナルド、ミケランジェロ、ボッティチェッリが名を連らねていた。一時代を一人で代表できるような天才が、同じ時代の同じ場所にウヨウヨいたのである。しかも、この人たちは富士山の頂上のような存在で、すそ野を構成する人間の質と量のすごさを見れば、なぜあの時期にフィレンツェで、と誰もが感嘆の想《おも》いを禁じえないであろう。だが、このすばらしき魂が、逆目に出てしまうのである。ヴェネツィアもフィレンツェも、最も華麗に花開いた時期は一五〇〇年前後だが、ヴェネツィアはその後も三百年生き抜いたのに反し、フィレンツェ共和国の滅亡には、わずかに三十年しか必要としなかったのだった。

もう一つの共和国は、ジェノヴァである。海洋都市国家だったこの国は、ヴェネツィアとは真正面から利害のぶつかる国だったが、同時代の同民族でありながら、ヴェネツィア人とは対照的な性質を持っていた。まさに個人主義のるつぼという感じで、フィレンツェ人の個人主義が文化の方面に花開いたのに反し、ジェノヴァ人のそれは、航海と通商の術に発揮される。彼らは、この面では、ライヴァルのヴェネツィア人と比べても、文字どおり天才の名に値した。ために、彼らの才能が完全に発揮された場合の強さは無類で、官民合同しての計画経済派のヴェネツィア人を、しばしばたじろがせたものである。ところが、このジェノヴァ的スピリットが、彼らの衰退に深くつながることになる。ジェノヴァの力が最盛期に及ばないとはいえ、まだまだあなどりがたい状態にあった十五世紀末期、ジェノヴァ人コロンブスは、スポンサーをスペインに求めざるをえなかったのだった。

しかし、これらは、都市国家という、人的にも物的にも資源というものに恵まれず、個々の人間の「質」を活用するしか道のなかった国家であったからだ、となるかもしれない。だが、「量」で押していけた帝国でも、同じことが言えるのではないだろうかと、私は思いはじめている。『コンスタンティノープルの陥落』を書くために、それに至るビザンチン帝国の一千年の歴史を調べてみたが、そこにあらわれる種々の要素を統合する一つの基本概念、東ローマ帝国とも呼ばれたこの帝国が大をなすに至った彼らの魂が、滅亡の直前にさえ、まったく逆目ながら生きているのには啞然《あぜん》としたものだった。

衰亡を論ずるならば欠くわけにはいかない古代ローマのほうは、守備範囲外で、ということはまだ勉強中なので、確信を持って言えないのは残念だが、この私の仮説が適用可能かどうかを知ってみたい気持は充分にある。なにしろ、こういう視点で論じた古代ローマ衰亡論を、私はまだ読んだことがないからだ。

ただ、私の仮説では、興隆期に鮮明にあらわれるその民族特有のスピリットを見つけ出し、それがどのように発揮されたかを叙述し、しかし同じ特質がある時期を境として、今度はどのようにネガティーブな方向に流れていくかを述べることはできるが、それを阻止する処方箋《しょほうせん》は示すことはできない。なぜネガティーブに発揮されるようになったかまでは、書ける。だが、ポジティーブな発揮だけで終らせるための方法は、示すことはできないのだ。

なぜなら、魂はある民族をその民族たらしめているものであって、いかに時代が変り、ネガティーブな方向に進みはじめたからといって、取りはずしてしまうわけにはいかないものだからである。例えて言うならば、われら日本民族のスピリットは和の精神にあるとするならば、和の精神が時代に合わなくなったとしてそれを捨てようものなら、もう日本人ではなくなってしまう、というのに似ている。これが、盛者はやはり必衰だとした、私の想いの根拠だった。

とは言っても、人間の努力はすべて無駄《むだ》であると言うのではない。盛期をなるべく長く保ち、衰退がなるべくゆるやかに来るようにと努めることは、人間の健康管理と同じだと思っている。いつか必らず来る死を前に、それまではなるべく健やかに生を送りたいと願って行うのが、健康管理なのだから。ヴェネツィア共和国は、健康管理の名人であった。そして、それは彼らがフィレンツェ人やジェノヴァ人に比べて、自分たちが天才の集まりでないことを知っていたからではないかと思っている。自分が凡人であることを知った凡人は、もはや凡人ではない。これが、私に、『海の都の物語』を書かせた理由であった。

これまでに述べたのは、国家や民族という歴史上の単位で計れるものにかぎったが、これをもう少し小さくし、時代に制限されない対象にした場合、私の仮説は適用不可能であろうか。企業でも政党でも、組織であればなんでもよい。私はこの頃、この種の分析ごっこに好奇心を刺激されている。

また、組織でなく、個人の人生にも適用できないだろうか。しかし、この場合は盛衰のはっきりした人物でなくてはならないが。

ともかく、私は、奢れる者は久しからず式の衰亡論や、それをもとにした危機意識の流行に、飽き飽きしているのである。もっと論理的に、理づめで説得を迫るような、論議を観戦してみたいものである。快感には知的快感もあるのだ。そして、仮説を武器にしての丁丁発止《ちょうちょうはっし》なんて、思っただけでも愉しくなる。なに、撃ちたたかれでもしたら、いさぎよく敗《ま》けを認め、改めてもう一つ別の剣づくりにかかればよいのだから。

偽物《にせもの》づくりの告白

聞くところによると「思想」という雑誌は、私自身は不勉強で読んだことはないのだが、大変にまじめな人々の読む雑誌であるらしい。そのようなまじめな雑誌から依頼がきて、私はびっくり仰天したのだが、びっくり仰天しているうちに日が過ぎ、ついつい断わりの手紙を出しそびれ、書くはめにおちいってしまった。しかも編集部が、こんなものではと言って来たテーマが、研究を進めるうえでの苦心、というのである。これもまた、私を考えこませるに充分であった。歴史読物を書いていると思っているのに、研究上の苦心などと開きなおられると、これまたびっくり仰天してしまうではないか。これはまだ第一作の時のがたたっているなと、またも私は舌打ちした。

『ルネサンスの女たち』の時だ。本の出来には少しも不満はなかったが、帯封に書かれた宣伝文句にはぞっとした。私は早速抗議した。

「あの、新鋭の学究というのは困ります。学究なんてものじゃないんですから。それに、新鋭の学究の労作とくるんだからもっと困ります。この頃はスイスイと何気なくやるのが風潮だというのに、労作なんてまったくイカさない」

しかし、出版社のほうは、私ごときの抗議など眼中になかったのか、いやあれでいいですよ、などと言い、私もめんどうくさくなって、そのままにしてしまったのであった。

私ぐらい学者を尊敬している者も、そう多くはいなかろうと思っている。大学からの給料は、学生に教えるためのほかに彼ら自身の研究のために払われるのであろう。それなのに、重箱のすみをつついたような研究をしていて、そんなことは少しも重要なことではない、などと馬鹿《ばか》なことを言う人がいると、まったく腹がたつ。学究の徒ではなくても私も人並みに本は買うが、ルネサンス、などと大仰な表題の本は絶対に買わない。それよりも、中世の寺院の建造中、大工や左官や彫刻師にどのように給料を払っていたかを調べたものや、ガレー船上の食事についての本などを見つけると、ただちに駆けつけて買う。ルネサンスがどんな概念でできあがったかなど、一度読めばたくさんで、こんなものばかり読んでいると、歴史の愉《たの》しみを味わう境地からはずれてしまうように思うのだ。

だから、若い学究の徒（ほんものの）がフィレンツェに留学してくると、私は、ひじきの煮つけや五目ずしなどこしらえて、歓待にこれ努める。まずは彼らが、まだ若くてもいつかは、わが本の書評など受けもつにちがいないので、その時のために仲良くしておくということもある。これは、例の第一作の帯封の文句のせいで、どういうわけか私の作品の批評を、新聞社や雑誌編集部は、単なる娯楽読物なのに学者に依頼する傾向があるからだ。しかし、私の歓待の主な理由は、これら真物の新鋭学徒が、重箱のすみをつつくような研究に精を出してくれれば、私自身が、辞書を片手に外国語で書かれた研究書を読まずにすむのだが、と期待しているからである。日本語で読めれば、それにこしたことはないからである。この頃の新鋭学徒は、マスコミ受けするような大仰なテーマには見向きもせず、コツコツと地道に学者らしい業績を積みあげる傾向にあるようで、これならひじきの煮つけを作っても、決して損にはならない、と私は信じている。少なくとも彼らには、ひじきや五目ずしで歓待（？）される権利は充分にあるのだ。

さて、これから書くのは、これら学究の徒とはちがう、つまり学術論文ではなく読物を書く私の、言ってみれば楽屋話である。まじめな学者ばかりが書くらしい「思想」では、おそらく最もふまじめな話になるにちがいない、学究の徒でない者の研究上の苦心、ということになろう。

まず第一に、これは当り前の話だが、書く人物なりテーマなりを決める。ところがこれが私のアマチュアたる所以《ゆえん》だが、その人物をよく知っていて決めるのではない。この段階では何も知らないのである。『ルネサンスの女たち』を例にひくと、あれは、一四五〇年から一五三〇年まで、すなわちルネサンスの最盛期（経済史的にではなく）から終焉《しゅうえん》までを描くのが主目的で、これは、私の惚《ほ》れに惚れこんでいるマキアヴェッリの時代になるのだが、ここまでは書く前に決まっていたのである。だが、それを女たちをとおして書くことにはしていても、誰を選ぶかまでは決定していなかった。イザベッラ・デステとルクレツィア・ボルジア以外は、名さえ知らなかったのだからあきれるではないか。しかし、私は生来のんびりしているせいか、ただちに他の女たちを決めようとせず、その時代を勉強することからはじめた。

時代を勉強すると一言で言うが、案外とめんどうくさいのである。政治的社会的推移はもちろんのこと、いつ頃からそこの道は舗装されたかとか、街灯はどれほど普及していたかとか、郵便、馬で行く速度、にわとり一羽はいくらして、それはその人の給料の何分の一かとか、まあ、こんな具合にありとあらゆることを調べねばならない。そうこうするうちに、人物のほうも目鼻がついてくる。イザベッラ・デステは、当時の中小国を書きながらイタリア全体を把握《はあく》できそうだからよしとか、ルクレツィア・

ボルジアは、ボルジアの政治を描くため、カテリーナ・スフォルツァは、小国の運命を描くに適しているからよし、最後のカテリーナ・コルネールは、調べていくうちに私自身が惚れこみはじめたヴェネツィア共和国の、見事な現実主義の例、ヴェネツィア共和国の外交を描くに最適なエピソードだ、という具合に決まってくるのである。女としての性格に興味があったのは、唯一《ゆいいつ》、カテリーナ・スフォルツァのじゃじゃ馬ぶりだけだった。あとの三人は、言ってみれば、私が真に描きたいと思うことの狂言まわしの役目を持つにすぎない。

こんなふうにして、私の研究(?)の第一段階にあたる調査と、それから生れてくる史観(私観)が、のんびりとはなはだイタリア的な速度で進む。一作に要する時間を一年とすると、一年で終ったためしはなく、だいたいが二年はかかるのだが、まずは一年間として、そのうちの十カ月はここまでの仕事で消えてしまう。あとの一カ月が実際に書く期間。最後の一カ月は、推敲《すいこう》に費やされる。

さて、書きはじめる段になった。第一段階の調査を終り、第二段階の史観もまずはできあがって、私の頭の中には、歴史映画のように、登場人物が色彩もともなってはっきりと動きはじめる。第三段階は、この映像を、いかにして日本語の文章に移すかなのだ。

大学から給料をもらっていない私は、つまり学究の徒でない私は、何もかも知っている同学の士を相手にするわけにはいかない。私の対象としなければならない読者は、ルネサンスと聴いてミケランジェロかレオナルドしか頭には浮んでこない、一般的教養の持主なのである。彼らに対して、チェーザレ・ボルジアなどと簡単に書いても、誰のことなのかわからないのは当り前で、それを、ああ、これが日本史ならば、信長とさえ書けばたいがいの日本人が一応のイメージを思い浮べてくれるのになあ、などと嘆いてもはじまらないのだ。マキアヴェッリさえ、ああ、例の、目的のためには手段を選ばず、とか言った人ですね、と、これは大変に間違った評価なのだが、それにしてもこんな具合にあっさり片づけて終りにする日本人が多く、マキアヴェッリとチェーザレ・ボルジアをつなげて考えてくれる人など、ほんの一部と思わねばならないのが現状（日本の）である。これに向ってチェーザレを描くのだから、私の仕事の第三段階にあたる、どのような形式によって書くかは、非常に重要な課題にならざるをえない。シエナの町の夕闇《ゆうやみ》せまる広場のすみに坐《すわ》りながら、何年何月何日にどこそこに生れた、などと書きはじめても誰が読んでくれるかと考えこんでいた私の眼《め》に、数日後のパーリオ（競馬）にそなえて、馬を広場の敷石に慣らしている騎手の姿がうつった。私は、とたんにタイム・トンネルをくぐって五百年も昔にもどった。あの年のパーリオにチェーザレが出場するはずでシエナに滞在しながら、父法王の即位の知らせでローマへ発《た》たざるをえなくなり、かわりに従者が騎乗した馬が優勝したという史実がある。そうだ、ルネサンス後期の青春チェーザレ・ボルジアは、馬で行こう。生きたのも馬の上、死ぬのも馬の上、馬、馬、馬。

これは、生きるのも死ぬのも馬の上であった史実がちゃんとあるので、はなはだ都合が良かった。なに、言ってみれば、能で松のイメージをとおすという例のやつと同じことなのである。ここまでくれば、あとは簡単である。私はチェーザレを日本で書いたが、しかも、神楽坂《かぐらざか》近くの新潮社クラブの一室というのが、昼はうぐいすが水を飲みにきたり、夕べともなれば、近くから粋《いき》な三味線の音が流れてきたりするところで、ルネサンス時代の武将を書くには何ともふさわしくない環境だったが、私の頭の中はタイム・トンネルをくぐりっぱなしで、ルネサンス時代に生きているようなものだったから、水を飲みにくるうぐいすや三味線の音のほうが、五百年も距離のある時代のものを見たり聴いたりするような具合だった。なに、一種の狐《きつね》つきにかかった状態なのだ。こういうことは、冷静を第一とする学者には許されないことであろう。私のほうも冷静は冷静なのだが、書いている間は、うぐいすや三味の音を賞《め》でるような余裕はなくなるというだけである。これが年がら年中続けばそれこそ気狂沙汰だが、幸いにして、イタリア生活の長い私は地中海的に怠け者になっていて、このようなことは、六年間に三度しか起っていない。つまり、エッセー集や小品をのぞけば、私の作品は三つしかないということである。

ところが、三作目に、私はちょっとしたイタズラを思いついた。これまた、ほんとうの学究の徒には、絶対に許されないことなのだが、学者には限りない尊敬を払いながら自分は学者でない私の、秘《ひそ》かなる愉しみとなったのである。ありもしない史料をでっちあげて、人の眼を欺《あざむ》くことなのだ。

第二作までは私も、前述したような具合に、史料をもとにして神妙に書いてきた。第一作の『ルネサンスの女たち』にいたっては、神妙になりすぎ、言葉そのものを引用した場合は（　）内に誰それのからの引用とかいちいち書き、会田雄次先生に、わずらわしいからやめたほうがよい、などと書評に書かれたほどである。これは私にももっともだと思われたので、『チェーザレ・ボルジアあるいは優雅なる冷酷』では、それは全廃したけれども、参考とした史料はすべて、権威ある学者の保証つきの史料だけを使った。とは言っても私の創作部分がいくつかはあるが、これは、史実だけを列記したのではとうてい話にならないところがあり、こういう箇所は、推理を働らかせてこそようやくつながるので、必要悪といってもよかろうと考えたからである。なにしろ私の書くものは、学術論文ではない。

では、『神の代理人』ではなぜ偽史料をでっちあげたかということだが、それにはまず、この本の構成を説明したほうがよさそうだ。

『女たち』で一四五〇年から一五三〇年までのイタリアを、女という歴史上では二流の人物を主人公にして周囲にむらがる一流の人々と時代を描くことからはじまり、『チェーザレ』では、その同じ時代を一流のしかし若者を主人公にして描いたのだが、三作目に、一流人物でしかも成熟した人々を主人公にして描くことは、『女たち』を書いていた頃にすでに考えていた。そして、それには法王たちを登場させよう、とも決めていた。ほんとうはこの後に、歴史の底辺に生きた下層の人々を主人公にして、言わば、ルネサンス後期の四部作にするつもりだったのだが、何としても下層の人々についての史料が少なすぎる。十五世紀のフィレンツェの毛織物職人がいったい何を食べていたのかもはっきりわからないのが実情で、これには音をあげ、この実情下でどうしても書こうとすれば小説形式によるしかない、と思い、この案はあきらめたのだった。

さて、話を法王にもどすが、この期間に在位した法王は十二人いる。十二人を全部書く気も理由もなかったので、三人ぐらいにするか、と思っていた。一人は、はじめから決まっていた。法王ボルジア、つまりアレッサンドロ六世である。この人物は、『女たち』や『チェーザレ』を書いていた頃から興味を持ちはじめ、彼とサヴォナローラの対決は絶対に書くつもりで、ルクレツィアやチェーザレを書いても、それだけはわざとふれないで取っておいたくらいである。私はチェーザレには惚れてはいたが、彼が若くて美男でしかもセクシーだったからで、ほんとうのところは、男としては、父親のアレッサンドロ六世のほうに、よほど惚れこんだのである。チェーザレは、あれは女になんか惚れない男だと思い、やはり私も女だから、女に惚れる男のほうがよいに決まっている。亭主にするなら、アレッサンドロ六世か、それともルクレツィアの最後の夫だったアルフォンソ・デステかのどちらかだ、などと、ろくでもないことを考えては時間を空費したりしたものである。

この、女に惚れるだけではなく、君主としての能力でも人並みはずれて優れていた法王ボルジアに続く二人を決めるのも、たいした苦労はしなかった。ボルジアのライヴァルだったジュリオ二世は、毒をもって毒を制す政治がいかにむずかしいかを描くために取りあげたかったし、レオーネ十世は、ルネサンスと宗教改革がまったく別のものであること、イタリアにはルネサンスは生れえても宗教改革は生れえず、ドイツはルネサンスを生めなくても宗教改革なら生む国であるという、私の個人的感想を実証させるに適した人物であった。この三人の法王は三人とも、歴史上悪名高いことでも一流の人物であることが、私にはおおいに気にいった。私には、悪名高いと聞くやただちに好奇心を燃やすという悪い癖があるのである。

どうにも三という割り切れない数が気にくわなく、では四人にするかとなったが、残る一人の法王には、わざと歴史上、少なくとも私が対象としている八十年間では、最も評判の良い法王、ピオ二世を選んだ。このインテリ法王を調べていくうちに、マキアヴェッリの、いかなる事業といえども（それが善か悪かにかかわらず）それに人々を引きずりこむだけの力がない場合、その事業は失敗に終る運命をのがれることはできない、という言葉が頭にちらつきはじめ、これをエピソード化してみようという気になったからであった。言ってみれば、ピオ二世の最後の数年間を書くことによって、良心的知識人の悲劇、を描ければと思ったからである。

とまあこんな具合に、良識ある人々のくだす評価では、良い順に、ピオ二世、ジュリオ二世、レオーネ十世、アレッサンドロ六世となるところが、私のものではまったく反対に、アレッサンドロ六世、レオーネ十世、ジュリオ二世、ピオ二世の順位となってしまった。この差は、良識ある人々が法王を宗教人と見たのに反し、私の場合、政治家ないし君主と見たからであろう。私は、カトリック教界の長である法王は、宗教人でだけいられる立場ではないと確信している。

こんなことをくどくど考えたあげく、書きだす段になった。ピオ二世とジュリオ二世の項は、いわゆるオーソドックスな書き方、『女たち』や『チェーザレ』の手法と同じやり方ですることで落ちついたが、問題はアレッサンドロ六世である。この男については、ルクレツィアやチェーザレを書いた時にだいぶ言及しているので、もう普通のやり方で再び書く気もしない。さてどうしようかと、三カ月間ぐらい迷っていたら、友人の一人が、ソーントン・ワイルダーの『三月十五日』という本を読めと言ってきた。ジュリアス・シーザーがブルータスに暗殺されるまでを書いたもので、彼によると、アメリカ人のくせにこれほど古代ローマを描き出せるとはスゴイ、となる。言われて仕方なく読みはじめるや、これだ、とひざを打った。最初の三、四頁《ページ》と最後の二頁だけを読んで、法王ボルジアとサヴォナローラの対決をどういう形式で書くかの見当がついたのである。ワイルダーは、シーザーがカプリ島にいる友人に送る手紙を軸にして、シーザーの周囲の人々の手紙やなにかを連らね、最後は、スヴェトニウスの年代記をポンと置いて終りにしている。スヴェトニウスとその他少々をのぞいては、すべてワイルダーの創作だ。

私の手許《てもと》には、法王ボルジアとサヴォナローラの間に交わされた書簡があった。これをこのまま生《なま》で使う、とまず決めた。フィレンツェ側の情況を描くために、ルカ・ランドゥッチの年代記を使うことも、ほとんど同時に決まった。ただし、年代記をそのまま忠実に訳しただけでは話にならない。年代記を一度でも読んだ人ならすぐに同意してくれると思うが、年代記というものははなはだ愛想の悪い書き方のもので、それをそのまま生《なま》で使っては、五百年後の読者はポカンとするだけであろう。私の主目的は、この年代記に当時のフィレンツェ人の心の移り変りを代表させることにあったので、この年代記を軸にしながらも、当時の人々の手紙や他の記録にあらわれたことを加えて、年代記をふくらませることを考えついた。これは後に書評で、実在する有名な年代記を書きなおすのはいけない、と叱《しか》られたが、この書評家は、まずは年代記を一度でも読んだことがないか、それとも私を、学究の徒と誤解したからだと思う。

話をもとにもどすと、それでも一応はフィレンツェ側は見通しがついた。問題はローマだ。法王ボルジアの心境とローマ法王庁内部の情況を描き出すに適当な、史料を見つける必要があった。はじめは私もワイルダーをまねて、ボルジアに、どこかの僧院にいる旧友の一人かに向って手紙を書かせるか、とも考えた。しかし、ボルジアというのは父も子も、自分自身の思いを書き残さなかったという特徴がある。行動はしてもそれについて自己弁護をしない男は、私には大変魅力的だが、こういう時には困る存在なのだ。いずれにしても、ボルジアに手紙を書かせるわけにはいかなかった。シーザーとは、その点ちがうのだ。では、誰かの書いたものを使うかとなったが、当時のローマの年代記は、がいしてボルジアに点がからい。その理由は、書いた人がかつてボルジアによって地位を追われた者であったり、保守的なために革新的な(ほんとうの意味での)ボルジアに反感を持っていたりするからだが、それらを一応調べた後、私は困り果ててしまった。

そんな時には、非学究の徒であるだけに悩みは複雑だ。学究の徒ならば、当時の年代記をずらずらと並べ、ただしこの作者はボルジアのライヴァル、ジュリオ二世の秘書をしていた男だから、その記述には少々注意を払われたし、とか、その頃のヴェネツィア共和国はまだ後年のように反ボルジアになっていないから、中立の立場にある国の住人の書き残したものとして、まあだいたいは信用してよろし、とか書き加えれば、良心的な学究の徒としての責任は果せるはずである。それが私の場合、こんなことをしていたら、スパゲッティぐらいしか知らない読者はまず読んでくれないから、売文業としては落第だ。ベスト・セラーにならなくてもよいが(なるにこしたことはないが）誰にも読まれないものを書いて満足しているほど私は傲慢《ごうまん》ではない。というわけで、それならいっそのこと、ありもしない史料をでっちあげるか、となった。だが、実際にこの作業に取りかかってみるや、たちまち悲鳴をあげた。

史料ではない、しかし、たとえ史料であったとしてもおかしくないほどの真実性をそなえた偽《にせ》史料をつくることが、いかにむずかしいかを痛感したからである。あらゆる真史料を調べる必要があった。それらをもとにして偽作者を設定し、その人物が持つであろう偏見まで考え出さねばならないのだから、これならよほど、実際に存在する史料をそのまま翻訳したほうが楽だ、と思ったくらいである。

ウンウンうなったあげく、偽作者が決定した。名をフロリドと言い、法王の秘書官をしていた男で、サヴォナローラあての法王の手紙のほとんどは彼が筆記しているところから、白羽の矢をたてたのである。年齢を三十三歳としたが、あれは、法王ボルジアとサヴォナローラに対する私自身の判断を、彼の口をとおして吐露したかったからにすぎない。当時の私の年齢は、三十三だった。これは、冷静であるべき偽ものづくりとしてはまったく失格だが、女である私は、惚れたことしか書かない悪い癖があり、そうなるとどうしてもわが想《おも》いをあらわしたくなってしまうのである。

「中央公論」誌上に載ったその文の反響を、つまりは偽ものに対する反響を、私はイタリアにいて、ドキドキしながら待った。そして、ちょうどその頃留学してきた若い学者から、彼の師にあたる高名な歴史学者が（天下の東大の先生ですぞ）、電話をかけてきて、キミ、ああいう史料はあるのかね、と聞き、聞かれたほうも、いや、どうもボクも知りません、と答えたと伝えられた時は、正直言って地に足がつかないほどうれしがったものである。その時の私の心境は、偽絵づくりが美術館の館長をうならせた時はさぞやこんな具合であったろう、と思わせるものであった。

しかし、この高名な歴史学者も、高名ではまだない若いその弟子も、私自身が学者として心から尊敬している数少ない日本人に属する。だが、彼らの専門は中世であり、日本史で言えば、源平時代の専門家が戦国時代の一私人の残した記録を知らなかったとしても少しも不思議でないのと同じで、彼らの学者としての名誉にさしさわりのあることにはまったくならない。こんなことは、「思想」の読者に向って書く必要もないことだが、まあつけ加えておく。

とこんなわけで愉《たの》しがっていた私も、駆け出しの新人というわが身分を思い出し、三回連載の最終回で、あれは真史料、これは偽史科と白状したのであった。芥川龍之介《あくたがわりゅうの》《すけ》のように、こういう史料によったと、もちろんありもしない史料なのだが、そう言って澄ましていられる身分ではなかったからである。ほんとうはこの辺でやめるつもりだったのだが、後になって、あれは偽だとすぐにわかった、と言う人が何人も出てきて、これはたちまち、私のイタズラ気分を刺激した。それならばというわけで、再度、困難な偽史料づくりに乗りだしたのである。

しかし、今回はもう少し手が混《こ》んでいた。いずれも完全に史実にのっとっていながら一つは、史料を生《なま》のままで列記したような形にでっちあげたもの、他の一つは、いかにも私のでっちあげのようにしたもの、この二つを、二箇所に散らしたのである。

もちろん、今度は白状などしなかった。

これが本になって出版された時、私は東京にいたが、各紙に載る書評を読みながら、これまた地に足がつかないほどうれしがった。誰も皆、白状した偽史料には言及していたが、白状しなかった箇所にふれた人は一人もいなかったからである。しかもそのうえ、形式だけはいかにも私のでっちあげのようにしておいた箇所にいたっては、ある書評で、四百頁もの大冊を一息に読ませずにはおかぬ面白さをもったこの本の中で、いささかの気づまりを感じさせるのはそうした架空の部分であって、とあり、私はその書評家に、もう少しで一升びんを贈りそうになった。もちろん特級酒だ。

しかし、白状しようと白状しまいと、偽史料づくりの前科はおおいにたたり、今までは、よく調べているまじめな子、とされていた私の信用度は、それ以来地に落ちたようなのである。実際は、真史料ばかり使っていた頃よりはよほど勉強しているのだが、偽史料づくりに費やす労力は、なんといっても日陰者であるのは至極当然だからだ。とはいえ、これではいけないと反省し、もちろん、いまだに新人の域を出ないわが身を痛感したからでもあるが、それよりも、このようなイタズラがバレたとしても、それを笑ってくれる人よりは、ふざけていると心証を害する人の多いのが日本ではないかと考え、また、まじめな岩波書店などからは、以後絶対に相手にされない危険もあるなと打算したあげく、少なくとも三年間は、偽史料づくりはしない、と決心したのである。三年間というのが、今年から続けて三年間にするか、それとも、一年間ずつ飛び飛びにするかは、まだ決めていないのだけど。

城下町と城中町

城中町、などという日本語はない。しかし、ヨーロッパの町を眺《なが》めていると、そんな新語をつくりたいような気分になってくる。

日本の城下町は、いや城下町という町のつくりは日本にとくに支配的であった現象ではないかと思うが、まず戦略上有利と思われる地に領主の居城があって、その下方に武家屋敷や町家が並び、その町がつきると、ところどころに百姓家が点在する田園が広がるという構成ではなかろうか。高く築かれた城壁も、深々と水をたたえる堀《ほり》も、領主の居城の周囲をめぐっているだけで、町全体を守る役目を果しているわけではない。町は、あくまでも城の下にあるのだ。

これとは反対に、同じ時代につくられたというのにヨーロッパの町は、支配者の住む城を中心にして町ができているという点では日本の町と共通していても、敵からの防衛を目的にしてつくられる城壁や堀は、町全体を囲んでいる。川があれば、ミラノもフィレンツェもローマも川の両岸に発展した町だが、城壁は、その川を越えて延びている。川で中断される陸上の城壁の代わりは、その地点に渡された橋が務めていたというのは、橋の造りを見れば一目瞭然《りょうぜん》だ。

もちろん、この時代から五百年は過ぎている二十世紀の現在では、かつての城壁や堀を完全な形で見られるというのは、よほど小さな町でなければ不可能なことになってしまった。しかし、ヘリコプターを借りてわざわざ上空から眺めなくても、少しばかり注意して観察すると、現在の交通事情に応じてあちこちで切断され、一見しただけでは孤立した壁にしか見えないものも、連続した城壁の一部であったこともわかるし、ずっとそれをたどって城壁めぐりをすることもできる。比較的大きな町では、かつては川から引き入れた水で満ちていた堀は埋め立てられ、ほとんどの場合そこは道路になっているから、城壁めぐりも自動車でやれる便利さがある。なにしろ町全体を城壁が囲んでいたのだから、いかに当時は五、六万の人口の町であろうと、名古屋城の堀にそって一巡するというのと同じ具合にはいかないのだ。

このような町づくりが支配的なヨーロッパの場合、いやヨーロッパ的なつくりであればギリシアでもトルコでも北アフリカでも同じなのだが、籠城戦《ろうじょうせん》と言っても、日本の戦国時代のそれとは、当然ながら様相がちがってくる。日本の場合のように、籠城するのは、戦闘要員とそれに関係する婦女子に限らない。町全体が籠城するのだ。その町に住む住民たち全員が、傭《やと》い人はもちろん飼い猫《ねこ》に至るまで「籠城」するのである。それどころか、近隣の農民たちまで、つまり普段は城壁の外に住んでいる者まで、持てるかぎりの食糧や衣類や家財道具をかかえて、家畜も引き連れて、城壁内の「町」に避難してくるのだ。領主をはじめとする支配階級は、これらすべての人たちの身の安全を守る義務があるとされていたからである。

海の上に建設された町であったヴェネツィアでも、敵が攻めてくれば、当時はヴェネツィア共和国の領土であったイタリア本土から、人々は小舟を駆って避難してくるのが通例だった。本土のパドヴァやトレヴィーゾの町でも、それらはそれなりに、城壁都市のつくりになっている。それでも、いざとなればヴェネツィア政府は、潟《かた》の上に浮ぶ本国で決戦するであろうことを、近隣の住民は知っていたのである。ヴェネツィアの場合、海上にある町だから城壁はない。他の町での城壁の役割は、海の水が果してきたのだから。その海の都に、戦いのたびに人々が流入し、増大した人口をどのように狭い土地なのに配分したかということを示した史料が、今でもたくさん遺《のこ》されている。

ヨーロッパには、古代から近代のはじめまで、騎士という身分があった。まあ、専門の戦闘要員という意味で、日本の武士と似たようなものと考えてよいと思う。それで、ヨーロッパの騎士と日本の武士を比較してみると、一つの点で、根本的なちがいが存在したように思うのだがどうであろうか。

日本の武士は、主君に忠節をつくすことで知られていた。ヨーロッパの騎士も、貴婦人への奉仕はともかく、主君には忠であることが大切な義務とされてきた点では同じなのである。だが、ヨーロッパの「戦闘要員」の場合、町のつくりが示すように、住民の保護も大事な義務であったのだ。一方、日本の武士には、この義務はほとんど重視されていなかったのではないだろうか。

黒澤明の映画『七人の侍』は、山賊から農民を守るために傭われた、七人の侍を描いている。山賊の危険におびえる間は、農民たちは侍に白米の飯を提供したりして厚遇するが、侍たちの働らきのおかげで山賊の危険が去ると、傭われ侍は立ち去るしかない。農民は、もしかしたらいつか再び襲ってくるかもしれない危険にそなえて、侍たちを常時傭うというようなことは考えないのである。しかもこの場合でも、侍たちは浪人の身であったからこんなことを引き受けたので、主《あるじ》持ちの侍がわざわざ農民を守るために一肌《ひとはだ》ぬぐというような現象は、日本ではほとんど起らなかったのではなかろうか。

私は日本史となると常識以上の知識を持っていないのですべて疑問の形で呈するこ

としかできないが、もしも仮りにこの私の分析が妥当であるとすれば、日本とヨーロッパでは、戦争の意味するところがちがっていたと言える。これは個々の戦いではなく一般的に論じているだけだが、日本での戦争の結果が支配者の交代だけを意味したのに反して、ヨーロッパの戦争は、住民ぐるみの戦いであったということである。これから見れば、日本では住民皆殺し型の戦いがほとんどなかったという現象も、説明がつくような気がする。なにも、日本人の気質がヨーロッパ人のそれに比べて、おだやかで殺生《せっしょう》を嫌《きら》ったからだけではなかったような気がするのである。日本では、町民も農民も加えないサムライ同士の戦いだったのだ。このような場合、勝者が殺すのは、抗戦してきた人間だけで充分のはずである。

この推測は、私自身がヨーロッパ中世の籠城戦を書いているうちに、頭に浮んできた想《おも》いにすぎない。だが、これで痛感したのは、戦いが避けられないとわかっても、大町民も農民もどこか安全な場所に避難しようと思えばできないわけではないのに、大部分は逃げないという事実だった。もちろん、沈没寸前の船から逃げ出すねずみはいつの時代にもいたが、それは、住民全体からみればごく少数派にすぎない。他の大部分の住民は町に残り、近郊の農民たちも町に避難してきて、専門の戦闘要員の陣頭指揮のもとに積極的に防衛に参加するというのが、一般的な成行きだったのである。

敵軍は、攻撃に入る前に近郊の農村を焼き払ったり食糧や家畜を略奪するのが普通だったから、それから身を守るために城壁で固めた町に避難するのはわかるが、日本だって、防衛側の食糧補給を断つためと自軍の食糧確保のために、こういうことならやっていたのではないかと思う。それに、ヨーロッパの農民だって、敵から身を守る理由だけならば、近くの山に逃げこむことだってできたのだ。それなのに、反対に町に逃げることによって、身の守りを、それ専門の騎士たちに預けたのである。ヨーロッパの「武人」たちは、このような一般庶民の安全を守る義務も持っていたということになる。この現象は陸上にかぎらない。海上でも同じだった。

ヴェネツィア共和国は、最盛期でも二十万の人口しか持てなかった都市国家であった。イタリア本土に二百万の人口をかかえる領土を持っただけでなく、クレタ、キプロスと地中海でも大きい島を植民地化して海上帝国の観さえあったのだが、その国が自国の商船の航路の安全を計る目的から生れたにしても、航路に沿って点在する各国と友好関係を維持することができたのは、その海域一帯に海賊の横行を許さない、言わば海上警察の役目をしつづけたからだった。快速ガレー船からなるヴェネツィアの海上警備隊は、小規模の海賊でも絶対に容赦しなかった。ヴェネツィアの商船団は、何隻《なんせき》もの船で隊を組んで航海するのが普通だったので、ちんぴら海賊では歯が立たないのである。その程度の海賊ならば、ヴェネツィア通商に被害はほとんどない。それなのにちんぴらでも許さなかったのは、ヴェネツィア船の寄港を許してくれる沿岸地方に住む人々の安全と、これらの国々の漁船や商船も、海上を安心して航行できる状態を維持するためだった。人口の少ないために軍事的に制圧することなど不可能だったヴェネツィアが、長期にわたって栄えることができたのは、警察の役目に専念したからでもある。

ヨーロッパには、士農工商という区別は存在しなかった。だが、それでも「士」に属す、実際は貴族が多かったが、そういう人々が支配階級を構成できたのは、彼らが力で他を押さえこんでいたからではない。彼らが力で、被支配階級を敵から守ってやっていたからである。少なくとも本来の「士」の役割は、ヨーロッパではこれにあった。主への忠よりも、ずっと重要とされていたのである。主君に反逆した武人はそれほど倫理的に裁かれないが、民を守る役目を果すことのできなかった武人は、民から縁切状をつきつけられたのだから面白い。ヨーロッパの籠城戦を書いていてしばしば出会《しゅっかい》するのは、それまで一丸となって防衛に参加していた住民が、形勢絶望とみるや、代表を領主の許《もと》に派遣し、開城を要求したという数々の史実である。住民の身の安全と自由の保証さえ攻囲側が認めれば、城門は開かれ、それまでの支配階級は立ち去るしかなかった。これは、住民を守る義務を果すことのできなくなった「武人」は、もはや武人だから享受《きょうじゅ》できた敬意を受ける資格を失い、支配者として君臨する権利も失ったと見られたからであろう。

ヨーロッパでユダヤ人が憎まれ軽蔑《けいべつ》された理由の一つは、ユダヤ人は、他人を守るためにわが身を犠牲にするような危険を、一度も冒したことがない民族だったからである。ただしその代わりに、特別税を払わされたが。しかし、他を守るために一身を危険にさらす人間と、それをしないで代わりに金を払う人間を、ちがう感情で遇したとしても、それを単純に非難するのもまたむずかしい問題であるように思える。

私には、現代でも、日本人とヨーロッパ人の「武人」に対する考え方が、昔と変っていないように思えるのだがどうだろう。

アメリカ合衆国は、文句なく一級国である。だが、そのアメリカが海兵を少々失っただけでレバノンから撤退した事実は、ヨーロッパや中近東の人々に、近来とみに深まっていたアメリカへの不信に、決定的な確証を与えたような気がする。もしもこれがアラブの意図であったとしたら、完全に成功したわけだ。私自身は、再軍備論者ではない。その理由はここでは述べないが、軍拡傾向の強まりには、快く思ってはいない。ただ、日本人の軍備アレルギーを、欧米の人々が異常と思い不可解と見る気持も、理解できるような気もするのである。そして、日本人の軍備アレルギーが、第二次大戦前の軍部の専横や大戦の惨禍のみに発しているとも、思えないのだ。なぜなら、この種の拒絶反応は、それらを実際には知らない私の年代から下の日本人にも共通しているからである。

それでだが、欧米人からすると理由なきわれわれの軍備アレルギーは、われわれからすれば理由のあることではないかと思うようになった。つまり、日本人はかつて一度も、一身を犠牲にしてまでも自分たちを守ってくれる、サムライを持たなかったためではなかろうか、と。そして、日本人のアレルギーを不可解とする欧米人は、日本には城下町だけあって城中町のなかった歴史を、知らないから理解できないのではないか、と。

ただし、仮りに欧米人が日本には城中町のなかったことを知ったとしても、だから経済援助で代わりをしたいとわれわれが申し出たとしても、欧米人の考え方を変える可能性は望めないのではないかと思う。せめてはかつてのユダヤ人と同じ軽蔑を買わないよう、私としては祈るばかりなのだ。

「今日的意義」について

今日的意義、という言葉が、この頃《ごろ》の私の面前に立ちはだかって困っている。なにしろ、主として昔のオハナシを書いている私は、一度として、自分の書くものが今日的意義を有すという類《たぐい》の「自負」を持ったことがないのである。いや、意識的に避けている。その証拠に、私は、自分の書く対象を、昔であろうが現在であろうが日本の類似のものと比較して述べるという、「親切」をほとんどしたことがない。そういうことは、読者の愉《たの》しみとして残してあげるのが、作者のほんとうの親切ではないかとも思うからだ。

ところが、十年ほど前に『文藝春秋』に連載した現代イタリア論評が、いかに日本とはあまり関係の深くないイタリアとはいっても現代をテーマにしていたのだから、「今日的意義」ウンヌンと評された時は当惑はしなかったが、昔のオハナシでも同じことを言われたのには、正直言って当惑してしまった。『海の都の物語』の連載が完結した時、篠田《しのだ》一士《はじめ》氏に、毎日新聞の「文芸時評」に、次のように書かれた。その一部を抜粋する。

――塩野氏は一言もそういうことは書いていないが、この作品を読みながら、しばしば、そこに戦後の高度成長、とりわけ、全世界を駈《か》けめぐる商社マンの活躍によって、ようやく「経済大国」とよばれるようになった現下の日本国のありようを二重写ししたくなるのは、あながちぼくひとりではあるまいと思う。もちろん、規模、内実において、このふたつの「経済大国」はピッタリ重なり合うことは決してないし、なによりも、両者をとりまく世界史情況の違いを忘れることはできない。

にもかかわらず、この『海の都の物語』には、きわめてアクチュアルな現在性を読みとることができ、たんに古い昔の遠い国の話といった閑文学とは別の緊迫感が、たえず紙背にかくされていて、やはり、今日のわれわれの文学とよんで差し支えないのである。――

篠田先生は、私が、次にはなにを、その次にはなにを書きたいと言うと、一言の説明をしなくてもただちに理解される、怖《おそろ》しいくらいの博学な方である。ずいぶん前に一度しかお会いしたことはないが、その後で感じたのは、ヨーロッパのほんとうの知識人と話したと同じ満足だった。また、私も自分の作品が刊行された時贈るが、大半は義理で贈るのである。だが、読んでいただきたいという願いをこめて贈る人もある。先生も、その少数のうちの一人なのだ。

それだから当然のことだが、このコピーがイタリアに送られてきた時は、文字どおり狂喜した。ほんとうは、先生は賞《ほ》めてくれたばかりではなく、このすぐ後に、「文章力にいまひとつという不満はないではないが」と書かれているのである。だが、賞められた後はなにを言われてもあまりひびかないというのが、私の悪い点でもあり良い点でもあるので、嬉《うれ》しさにはいっこう変りはなかったのであった。しかし、当惑は、やはり少しは残ったのである。なにしろ、書いた私の意図の中に、「きわめてアクチュアルな現在性を読み」とってほしいということは、まったくなかったからである。

この当惑は、連載が本にまとまって刊行されてから、ますます大きくなった。篠田先生が、「あながちぼくひとりではあるまいと思う」と書かれたのを実証するかのように、書評という書評が、この延長線上に並んだのだから驚いてしまった。

最も典型的だったのが、朝日新聞紙上に載ったものだった。それも、私のような職業を持つ者にはおなじみの、学芸欄ではない。経済欄で、その日の株式の値動きなどが載っているページである。このページに「経済気象台」と題したコラムがあって、そこで〝書評〟されたのだった。株価になどは興味のない私はおかげで見過ごしてしまい、人に言われて後日読んだくらいである。「秦嶺」とだけの署名で誰やらわからないが、おそらく朝日の経済部の誰かが書いたのだろう。「ベネチア共和国の教訓」と題したこの小文の最後は、こんなふうに終っていた。

――七〇年代の危機を切り抜けて発展してきた日本経済が、成功したが故《ゆえ》に、いま直面している各国との間の貿易摩擦などの経済的トラブルを考えると、このベネチアの歴史から学ぶことは少なくないはずである。――

朝日の経済欄の威力がすごいのかどうか知らないが、その後はもう、あら、あらと作者は呆《あき》れる一方で、経済界官界のＶＩＰたちの讃辞《さんじ》が続々という感じで、果ては、花形経済官僚天谷《あまや》直弘《なおひろ》氏と対談までする始末。天谷氏の名声はヨーロッパ経済界にまで及んでおり、しかも、これが掲載された「通産ジャーナル」は英語版だったので、私のあちらでの友人たちまで読み、日本の経済界をリードする人たちが（日本といえばいまだに経済しか問題にされないのが現実なのだが）、その人たちがヴェネツィア共和国などという過去の西欧文明に、かくも熱心なる関心を示すのに、西欧人はびっくり仰天したのであった。

話を日本での反響に戻すが、私に罪がなかったわけではない。下巻のまえがきに、私自身、次のように書いている。

――盛者必衰は、歴史の理《ことわり》である。現代に至るまで、一例も例外を見なかった、歴史の理である。

それを防ぐ道はない。人智《じんち》によって可能なのは、ただ、衰退の速度をなるべくゆるやかにし、なるべく先にのばすことだけである。ヴェネツィア共和国は、天与の資源にまったく恵まれなかったこの国は、おそらくそれがためにかえって、この難事業を、まずは及第点を与えてもよい程度にやりとげることができた国である。そして、この一事に対する私の強い関心は、長く外国に住み、祖国を他国の間で眺《なが》める習慣のついた私にとって、ごく自然な感情の帰着でもあった。――

自らまいた種ではないかと言われそうだが、この少々「浪花節《なにわぶし》」的な意図が、この作品を私に書かせたすべてではない。この後につづいて述べているように、一民族の興亡史は、ひとつの意図だけで書けるものではない。数ある意図の中の、ひとつではあったかもしれないが。まして、教訓を与えようなどという気持は、絶対になかった。ただ、昔、このように生きた民族がおりました、と、読者の前に提供したかっただけである。

しかし、私は売文業なのだから、「今日的意義」を認められて売れたにしても、売れるにこしたことはないのである。それに、書くほうにもたくさんの意図があれば、読む側にも、各人各様に読む権利は完全にあるわけだから。

ただ、ビジネスマン必読の書に、一時にしてもなったのはけっこうだったが、これは、衰亡論流行と、時を同じくしていたためだろう。「通商国家日本の将来」とか、「転換期に強い組織」なんて企画があると、必らずと言ってよいくらいにお座敷がかかってくる。しかし、幸いにして家庭を持つ私は、話題になったから日本に留《とど》まるなどという、恵まれた環境にない。それで、一、二度交《つ》き合った後はイタリアへもどってしまったので、ひとつのことを知っているくらいでそれでもってすべてを論評する場合に感じる、あの自己嫌悪《けんお》を味わわないでも済んだのであった。また、読者のほうも、なにかというと塩野七生がシャシャリ出るという、厭《あ》きを感じるまでには至らなかったと思う。

なにはさておき、これが、閑文学を書いていると思っていた者が書いた作品が、思いもかけなかったほどの大きな「今日的意義」を認められたあげくの、騒ぎの顚末《てんまつ》である。私がこの作品を書こうと決めた十五年昔は、日本は高度成長の真最中で、誰も、衰亡論など口にしない時代であった。もしも、私が、書くと決めた時に怠けないで書き終えていたら、誰の注目も引かずに終っていたかもしれない。怠けている間に、まことに都合良く、高度成長のほうもかげりがきたというわけだろう。ただ、この頃は衰亡論さえすたれた感じで、私の怠けぶりがもう少し重症であったならば、これまた季節はずれで問題にされなかったかもしれない。一、二年のちがいで、まったく危いことであった。

ここで、次も今日的意義ある作品を書いていたら、私も、各地の経営セミナーから引く手あまたの栄光に浴すことも可能だったのであろう。ところが、私の書くテーマの順番はちゃんと決まっていて、それは、ある作品を書き終ると自然に次のにかかる気持が熟してくるからだが、いかになにを書けばモテるかがわかっていても、変更は無理なのである。それで、予定どおり、戦争が歴史の転換を決める事実が書きたくて、戦記物に着手した。その第一弾が、『コンスタンティノープルの陥落』である。

まず、書評の数が半減した。いつものことで賞めてはあったにしてもだ。朝日の経済欄もとりあげてくれなかったし、ビジネスマン必読の書なんて、誰一人言わなかった。それどころか、ある書評では、「今日的意義」なしとされてしまったのだから、これまた当惑ものである。公明新聞に載ったもので、評者である文芸評論家の倉本四郎氏は、この書評の大部分で、いかにして戦争を人間を主体にして書くかということで考えた私の工夫を、まったく的確に理解して評されているので、私にはとても嬉しかったが、最後に、こうつけ加えるのも忘れなかった。
――とはいえ、この作業はわれわれの現在にどのように入ってくるのか？　入ってくると作家は思っているのか？――

ビザンチン帝国の崩壊がどういう形で起きようと、それが現代とかかわりがあるとは、秘めたる意図にしてもまったく持っていなかった私としては、？マークで問いかけられても、入ってくるとは思っていません、と答えるしかないのである。しかも、これから書くテーマを思い浮べても、あれはとうていかかわりがありそうにない、というものがいくつかつづき、その後にようやくかかわりのありそうなものが出てくるが、これとて、日本の社会の動きと、『海の都の物語』の時のように、うまく一致するかどうかわからない。これではもう、お先真暗である。朝日の「経済気象台」でとりあげられるなど、二度ともどらない夢であろう。私のほうは、「今日的意義」を持つ仕事をしている人たちに娯楽を提供する、閑文学を書いていると処女作の頃から思っているから、存在理由をおびやかされた気分にはならない。だが、なににでも「今日的意義」を求められるのも、なんともしんどい気はする。

しかし、とここで自己弁護をはじめるが、「今日的意義」とは何なのだろう。今日に生きる者の役に立つ、という意味だろうか。もしもそうならば、役に立つ仕方には、直接であるのと間接に役立つ二種があるが、それを分けるのに、客観的で明確な尺度は存在するのであろうか。しかも、「今日的意義」にも、社会的規模のものと個人的規模の二種があるような気がする。そして、この場合でも、両者を分けるのに、客観的で明確な尺度を、われわれは持っていると言えるのであろうか。

私の考えるには、すべての作品はいずれも、多少なりとも「今日的意義」を持っていると思う。ソクラテスの言行は、二千五百年の間「今日的意義」を持ちつづけているし、イエスの言葉も、いまだに「今日的意義」に満ちている。これは、いつの世にも通じる真理をふくんでいたからだと、人は言うかもしれない。もちろん、書く側に、真理を突ける才能があることは重要である。だが、受ける側とて、ただ単に受け身であったわけではなかろう。受ける側の受け方も、大きな要因であったはずだ。「今日的意義」とは、それが個人の場合、実に個人差のあるものだという気がする。そして、社会的規模になった場合は、今度は流行というものに影響されないでは済まない。ソクラテスもイエスも、この二千年の間に、モテたりモテなかったりした時代があったのだから。

私の、「今日的意義」なしとされた作品は、「今日的意義」ありとされた作品に比べて、売れ行きでは良い勝負というところである。それは、読者が、「今日的意義」なるものを意外と主体的に判断してのことなのか、それとも、「閑文学」もまた良し、と考えてのことなのか、私にはまったくわからない。まあ、わからなくてもいっこうにかまわないことではあるのだが。

ゲーテだかピランデルロだか忘れたが、こんなことを書いていた。

――ローカルなことでも、見事に書かれていさえすればナショナルになり、インターナショナルにもなる――と。

＊この項が雑誌に掲載されてのち、編集部に「経済気象台」の「秦嶺」氏より電話があった。野村総合研究所会長の木上兵衛氏であった。

外国ボケの弁明

私が最初にヨーロッパに発《た》ってから、ちょうど二十年が過ぎた。一年の予定で発ったのが、なんということもなく居ついてしまって二十年になったのだが、それも、普通の二十年ではない。二十代半ばからの二十年というのは、それ以前の二十年とは比べようもない歳月になる。

しかも、イタリアに埋まってしまっての二十年だったら、それなりに問題もなかったのだろうが、五年が過ぎた頃《ころ》から、日本人に向けてものを書く作家になって現在に至っている。ものの見方も、それを文章によって人に伝えるということに、密接につながらないではいられない職業を持ってしまったことになる。

私だって、二年か三年に一度帰国していたはじめの頃から、次第に帰国が一年に一度になり、この頃では年に三度は帰国するようになったし、日本のテレビは見られないし新聞も読むわけにはいかないにしても、送られてくる雑誌は読んでいる。それも、イタリアにいれば日本に帰った時よりも格段に暇なので、隅《すみ》から隅まで、読者の

「声」まで熟読するほうだ。日本の事情から、まったく離れているわけでは決してない。

しかし、二十代からの二十年は、よほど大きいのかもしれない。私の書くものは、それがとくに歴史に「隠れ」ていない場合の発言は、良く評されるとオリジナル、悪く言われると、幸いにしてあまり多くないのだが、日本の実情にうとい外国ボケのタワ言と受けとられることもあるのである。

ただ、弁明させてもらえば、私の思うには、外国ボケと言っても、単なる外国ボケと、カッコつきの外国ボケに分かれるような気がする。単なる外国ボケはどういうのかと言うと、まず第一に、日本ボケと対称をなすようでいて、ほんとうは同じ類《たぐい》の外国ボケのことである。つまり、日本にいてボケたのと、外国に長く住んだためにボケたのとの、ちがいにすぎない。日本ボケというのもありますよ、と言ったのは、天谷直弘氏だったが。

この種の外国ボケぶりの特徴は、日本ボケと同様に、あまりにその国の「実情」にどっぷり首までつかってしまっていて、他の国々の実情には無関心であることだ。外国のモロモロを手本にして、日本のモロモロを叱《しか》る類の論調は、一昔前の日本のマスコミを風靡《ふうび》していたものであった。今でも、その当時このやり方でモテた中で何人か、まだ残映を引きずっている人がいる。

しかし、この傾向は、幸いにその後、ノーキョーをはじめとする日本人の海外旅行熱の爆発のおかげで、流行《はや》らなくなってしまった。日本人の海外渡航がなかなか簡単にはいかない時代では、海外に行けたり住めたりすることは特権に恵まれることで、その人たちはその特権をフルに活用して、持てない人々をお叱りあそばしたというわけだろう。滞欧何年とか渡米何年とかが、まるで立派な肩書のようにはばを利《き》かせたのも、ノーキョーやジャルパック活躍以前の現象であった。

私には、これは大変にけっこうな転換であったと思える。十年いようが二十年に及ぼうが、わかる能力のない人にはわからない。反対に、わかる人なら、一日しかいなくても、ポイントならばつかむことはできるのだ。塩野七生、滞伊二十年、なんて書かれたら、私だったらバカあつかいされたと思うだろう。

単純なる外国ボケの二番目は、第一の種類のボケと、正反対の表われ方をする。当初は自ら望んで外国に住みついたはずなのに、いつのまにかその国とその国の人々が嫌《きら》いになり、なんでもかでも祖国のほうが良いと思っている人たちだ。ではさっさと帰国すればよいのに、種々の事情でそれができない人々でもある。外国に住みついている日本人には、意外とこの種のボケが多い。

この人たちもなぜ外国ボケかと言うと、日本や日本人に対する評価が、過大でありすぎるところにある。第二の単純なる外国ボケが過小評価であったのに反し、こちらは過大評価なのが特色だ。いずれも、正当な評価を与えることができなくなった点では共通している。

ただ、この種の外国ボケは、日本人の海外渡航が一般化した現在も、減少していないのが、第一のボケとちがうところである。いや、それどころか、増大の傾向さえ見せている。一昔前のように、海外へ行こうがハクをつけるのにあまり御利益《ごりやく》がなくなり、日本へ帰ってもあまりウマミが期待できず、ズルズルと外国住まいを続ける日本人が多くなったためかもしれない。または、実際上日本が、外国よりもあらゆる点で面白味の多い国になったことによるのかもしれない。だが、いずれにしても、滞在国も祖国である日本も、正確に理解できなくなった点では変りはないのである。

それで、いよいよカッコつきの外国ボケに移るが、この種の外国ボケの特色は、まず第一に、不幸な人々であるということだろう。なぜなら、この種の人々は、日本ボケから受け容《い》れられないのは当然にしても、先に述べた二種の外国ボケからも、同類と見なされないからである。

ボケるという現象は、ある意味で、いやもしかしたら本質的な意味で、大変に幸福なことではないだろうか。誤った思いこみにしても、なにか完全に寄りかかっていられるものを持つということは、まずなによりも、気分の上でひどく楽な状態でいられることを指す。日本ボケが、外国の事情などはかまわずに自分の信じることを押し通す「幸福」は、絶対にカッコつきの「外国ボケ」の、味わえる境地ではない。

「外国ボケ」には、祖国である日本の事情も滞在国である外国の事情も、両方とも見えてしまうのである。見えてしまう人には、見えないでいる人のように、楽観的な歯切れの良さは持つことができない。

日本の事情はわかりました。しかし、外国の事情はこうこうですから、日本が思うようには、必らずしも他国は受けとってくれない場合もあるのです。

これが、カッコつきの「外国ボケ」の常套句《じょうとうく》になってしまう。こういう思考方法をとる人は、良く評されれば〝国際人〟となるのだが、日本国内でも国際派が主導権をにぎった例はまれなように、しばしば「外国ボケ」は、カッコつきでない外国ボケと同一視される悲運に泣かねばならない。なにしろ、日本のお役所の規準では、「派遣」と「招聘《しょうへい》」しか存在しないのだそうである。派遣は、日本人を外国へ派すことであり、招聘は、外国人を日本に招くことである。ここには、外国に在住する日本人も、日本に住む外国人も、入る余地はまったくない。個人の上ではアイデンティティーは持っていても、立場としては、アイデンティティーのない存在と見なされるからであろう。「外国ボケ」の不幸は、日本ボケや単純な外国ボケからの孤立や、お役所規準での無存在だけにとどまらない。いや、これらだけならば、無視すれば問題はなくなる。そういう連中は関係ありません、と言って済ますこともできるし、お役所と関係のある仕事はしなくてもよいとすれば、ことは解決するからである。

それよりも、カッコつきの「外国ボケ」にとって問題なのは、それをつづけるために必要とする強靱《きょうじん》な精神力を、常に持ちあわせていなければならないということである。これを持てなかった人は、根《こん》つき果てた末、自分自身が最も嫌っていたはずの、カッコつきでない外国ボケになって終るのが常例だ。国際人と時にはおだてられることがあっても、眼《め》のとどくかぎりの周囲に人っ子一人見えない荒野を独り行くのは、いっそのこと降参して、人並みな日本回帰でもするかという気分になってくるものである。

ただ、彼らには、唯一《ゆいいつ》の救いがある。祖国である日本には、日本ボケばかりいないということである。日本の諸事一般に完全に通じていない人の日本に対する発言でも、聴き容れてくれる人のいることなのだ。発想のしかたや思考方法が必らずしも日本的でなくても、それを、日本的な発想や思考方法と対比させる能力に恵まれたこれらの人々は、カッコつきであろうと、外国ボケとは言ったりしない。山ほど入ってくる情報の一部として、なんの偏見も交じえずに参考にしてくれる。

しかし、この種の開かれた精神の持主は、それらの人々の住む国家が決定的に衰退期に入る頃から、減少することが歴史的に証明されている。かつてのイギリスは、政府の役人でもないのに植民地に関心を持ち、英語を教えるにしても小説を書くにしても、またただの旅行好きにしても、その地方に浸透したイギリス人の獲得した視点を、種々の方法で役立てるすべに長じていた。そして、役立てられることで、彼らの視点もますます広がり深められたのである。ところが、第二次大戦後しばらくしてから、この大英帝国の伝統が薄れはじめたというのだ。今では外国に住むイギリス人の多くは、祖国と以前のような幸福な関係を持っていない。この種のイギリス人である私の友人の一人によれば、イギリスの外交が、職業外交官の机上の仕事のほうがはばを利かせるように変ったからだという。そして、平凡な才能にしか恵まれない人は、官僚であろうとビジネスマンであろうと、その人の担当している仕事の上で、自分よりも事情に通じている他人の存在に好意的でない、とつけ加えた。

最後に、「外国ボケ」がどのような思考方法をとるかを、具体的ないくつかの例で示してみたいと思う。

例一、日本ボケと「外国ボケ」の会話。レバノンのベイルートに、アメリカ、フランス、イタリアが「平和監視」軍隊なるものを駐屯《ちゅうとん》させていた当時の話である。

「アメリカ政府が日本政府に対して、ベイルート駐屯のアメリカ兵にかかる費用を、肩代わりしないかと持ちかけてきたらしい。ほんとうにそうかという確証はないですがね。ボクは、肩代わりしたらよいと思う。日本憲法は、自衛隊の海外派兵を認めていないのだから、その代わりとして、アメリカをこういう形で助けるわけだ」

「とんでもありません。日本はそんなことをしては、絶対にいけません。我が身を犠牲にする代わりに経済援助をしたって、中世のユダヤ人と同じに見られるだけです」

例二、つい先日の私的な会合で。日本ボケでない日本人と「外国ボケ」との対話。

「アメリカとソ連の対立の間で、日本はなにをしたら、国際社会で役立てるだろう。日本の役割は、なんでしょうかね」

「結論を先に言えば、現状では、日本はなにもできないのです。第二義的以下のことは別として、本質的なことは、なにもできない。日本の役割なんて、しれたものです。なぜ、アメリカとソ連の対立が、こうも長くつづいているかを、まず考えてください。長くつづいているシステムは、必らず、当事者同士が得をしているからつづいているのです。レーガンもチェルネンコも、米ソ対立で得しているのです。現状の形での米ソ対立が、彼ら二人、と言って悪ければ、現在のアメリカとソ連の指導者の両方に必要なのでしょう。

必要なものは、必要とされる限りつづきます。そして、残念ながら、彼ら以外の世界の民は、誰一人として、この〝システム〟を変える力はありません。当事者ではないのですから。この現状で、日本の役割なんて、たいしたことをしたいと思っても、まったくありませんね」

もう一人の、日本ボケでない日本人が口をはさむ。

「そうなんだ。要するに、戦争さえしなければいいんですよ」

「完全に同感。戦争さえ、それもなるべく局地戦争でさえ起さないで済むことだけを目標として、すべてを考え行動したらいいんです。米ソ対立がこのままでずっとつづいたとしても、戦争にさえならなければ、最大の目標は達成されるわけだから」

日本ボケでない日本人がマジョリティになることを、私としては祈るばかりである。

ラヴ・ストーリー

インギラーミ侯爵《こうしゃく》とは、ほんとうに偶然の出会いだった。ある年の秋もたけなわの季節、中伊トスカーナ地方の古い街ヴォルテッラを、なぜか急に訪れてみたくなった私は、この地方特有の丘陵をぬいながら、丘の上の街にたどり着いたのである。フィレンツェからは、二、三時間の距離であったろうか。時刻は、イタリア人の昼食時間である午後の一時を少し過ぎていた。

街の中央広場に面したレストランは、平日というのに満員だ。待たされるのはいやだなと思いながら入口に立っていたら、主人らしい男が来て、相席《あいせき》でもよいかと言う。かまわないと答えるその前に、もうあの男を私は認めていたのだ。店の一番奥のテーブルに、こちらを向いて坐《すわ》っていた人を、鄙《ひな》にはまれな品位ある容貌《ようぼう》だと思いながら。ヴォルテッラは、周辺の農業でもっている。だが、活気にあふれた街、ではない。

この店の主人らしき男は、私を、これだけは確実に活気に満ちあふれた食卓の間を通って、席に導いた。そして、そこに坐る、私がすでに認めていたあの男に向って言った。

「侯爵様、異国からのお客の接待にお助けを願えませんですかね」

直訳すると、こう言ったのである。

「けっこうだね。喜んで手を貸そう」

お互いに自己紹介して知った名が、インギラーミだった。トスカーナ地方の歴史には、なじみの姓である。侯爵《マルケーゼ》とは、ドイツの神聖ローマ帝国皇帝が辺境を守る家臣に与えた称号だから、ダンテの時代から、この辺りの領主であったのかもしれない。少なくとも、ルネサンス時代にはもう名家で、ラファエッロ描く肖像画を残した祖先がいる。二十世紀のインギラーミ侯爵は、年の頃《ころ》は七十前後とみたが、まったく自然に優雅な物腰で、私を坐らせるために席を立った。

昼食のほうは、終っていたらしい。退屈をもてあましていたのか、それとも、旧領主殿としては外来の客人をもてなす権利を思い出したのか、私の昼食が終るまで付き合ってくれた。それも、この季節はどんな料理が良いなどと助言まで与えながら。こういう場合は驚くほど素直になる私が、彼の助言をすべて受け容《い》れたのは言うまでもない。パスタ料理は、パパルデッラ・デレ・レプレ。肉料理は、きじのローストにきのこのすみ焼。パパルデッラ・デレ・レプレとは、不規則に太目に切った手打うどんの感じのパスタを、野うさぎの肉のソースであえた料理である。この一皿を前にすると、トスカーナ地方にも秋が来たことを感じる。

私がヴォルテッラを訪れるのはこれがはじめてだと知った侯爵は、美術館の午後の開館にはまだ間があるから、すぐこの近くにある自分の家に来て、食後の酒をともにしませんか、と言った。

ほんとうに家は、すぐその近くだった。広場の一画から通じる小路の、つき当りにある古い屋敷がそれだった。石壁に切られた門をくぐると、小さいけれどトスカーナ地方ではなじみの、敷石を敷きつめた中庭に出る。円柱が並んだ、柱廊がそれを取りまいている。だが、午後の陽光のふりそそぐ中庭の陽《ひ》から隠れた一画には、苔《こけ》がうっすらとおおっていた。乾いた大気の中部イタリアで、苔を見るなど珍らしい。配水管の手入れを、よほど長い間怠っているとしか思えない。

かつては豪華であったにちがいない屋敷に入った時も、よどんだ空気の匂《にお》いを感じないではすまなかった。二階にある、図書室と彼が呼んだ部屋に入ってはじめて、人の住むところにいるという、実感を持てたのである。その部屋だって、現代的なものはなにひとつなかったことでは同じなのだが、本棚《ほんだな》にぎっしり並んだ本の置き具合や、テーブルの上の灰皿の位置、長椅子《ながいす》の上のクッションの人間的な無頓着《むとんちゃく》さなどで、ようやく、ある時代の住まいをそのまま保存した博物館のたぐいとは、ちがっていたのである。書物の革表紙からそこに記された金字の表題、重々しいカーテンからトスカーナ風の葉巻を詰めた銀製の箱まで、なにもかもが古びていた。部屋の壁布にいくつか穴が開いてあるのが不思議で、これはなにかと聞いたら、暖房の取り口だという答えが返ってきた。地下室のボイラーで暖められた空気を、こんなふうにして屋敷の中の主要な部屋に送っていたのだろう。もちろん、今では使われていない。と言って、現代式のセントラル・ヒーティングに代えるのは、インギラーミ家にとってはわずらわしすぎる変革だったのだろうか。暖は、天井までのびた本棚の反対側に切られた暖炉でとるのだということだった。

壁にそって下がっていたふさを引いてからしばらくして、執事かと思われる老人が、グラスが二つのっている盆を持ってあらわれた。ひとことも口をきかない。黙ってグラスを置き、黙って戸棚からびんを出して、部屋を出ていった。しかし、言われもしないのにはじめからグラスを二つ持って来たから、屋敷に入った頃から、どこからか私たちを見ていたのであろう。繊細な金のすかし模様のグラスは眼《め》を見張るほどに美しかったが、注意して洗われたものとはみえなかった。

老侯爵とはその部屋で、一時間ばかりを過ごした。話題はとりとめのないことで、その中に、ヴィスコンティが映画をこの家で撮影したという話もあった。日本での題名は『熊座《くまざ》の淡き星影』とかいうのではなかったかと思う。これを話した時のインギラーミ侯爵は、中世イタリア史に残る名家の子孫というよりも、テレビに出たことを自慢気に話す、善良な田舎者の感じがあらわれてほほえましかった。あの映画は、姉弟相姦《そうかん》の話かなにかで、ひどく暗い作品だったが、苔のはえた敷石やすり切れた壁布のこの屋敷は、格好の舞台であったかもしれない。

美術館の開く時刻になっていとま乞《ご》いをする私に、老侯爵は、美術館も案内したいと言った。私に、断わる理由はない。そこからまたもほど近い美術館で、私たち二人は、さらに一時間余りをともにすることになったのである。

ヴォルテッラは、古代ローマの前に中部イタリアに栄えた、エトルリア人の建設した街である。丘の上に住む傾向の強かったエトルリア人に比べて、ローマ人は、平野に都市を作った。ヴォルテッラには、だから、エトルリア文明の粋を集めた美術館がある。エトルリア文明も、定型的なところがかえって観《み》る者の心を安らかにしてくれて、私も嫌《きら》いではないのだが、美術館に陳列されている彫像や墓棺の相当な数が、「インギラーミ侯爵寄贈」と記されてあるのには、さすがに私も驚いてしまった。老侯爵は、恥ずかしそうに微笑しながら、私の疑問に答えたのだ。

「子供もいない。一度も結婚しなかったのです。遠縁の者なら何人か残っていますが」

彼の愛情物語を聴いたのは、それから一カ月ほどして、侯爵がフィレンツェを訪れ、私が借りたいと願っていた数冊の蔵書を、私の家までとどけてくれた時である。そして、セピア色に色の変った昔の写真のようなこのラヴ・ストーリーは、フィレンツェに住む私の友人の一人によって、真実であることも立証された。一時期、フィレンツェの上流社会では、知らぬ者もないほど有名な話だったという。

女は、今で言えば未婚の母だった。若い、ヴェネツィアの大学を終えたばかりの侯爵が出会った頃には、もう五歳になる息子がいた。恋愛の相手は、フィレンツェの地位ある男であったらしい。すでに妻子もある人で、女は、愛人の名を誰にも打ちあけなかったようである。息子ですら、成人した後も知らされなかった。立派な方で、素敵な男性であった、とだけで。

女のほうは、上流の出ではない。それだけに自立できる能力を持ち、若い頃から、フィレンツェの上流夫人たちを得意先に持つ、有能でセンスのあるデザイナーとして独立していた。終生秘めつづけなければならなかった愛人と出会った時は、すでに、当時では珍らしかった職業婦人として安定していたという。第一次と第二次の世界大戦にはさまれたその時代、堕胎など、考えることさえもできなかったのであろう。主義主張になど関係なく、未婚の母になってしまったのだ。息子の誕生後も、彼女は仕事をつづけた。いや、つづけるしかなかったにちがいない。

このスキャンダルは、だがなぜか、彼女の仕事には影響しなかった。それどころか反対に、金払いの良い客は増える一方だった。女というものは、若く美しく才能も豊かな同性に対しては、うらやましさが先に立ってしまって、好意をいだくのがむずかしい。だが、とてもかなわないと思っていた女が、自分たちにはできても彼女には絶対に不可能なことをひとつでも持っているとわかったとたん、優越心が刺激されるためかひどく寛容になる。上流の夫人にかぎらず新興の金持の奥さんたちも、彼女に服を作ってもらうだけでは満足しなくて、彼女の心中まで共有する仲になろうとしたという。それを適当に捌《さば》くのはなかなかやっかいなのだが、彼女は、これもまた巧みに切り抜けていたらしい。インギラーミ侯爵が知り合ったのは、この時期だった。

若い侯爵は、最初の出会いから、彼女が忘れられなくなった。女のほうが、四歳年上であったという。だが、フィレンツェの上流社会の、まるでボッティチェッリ描く『春』の女神たちのように美しい令嬢たちには、もう眼がいかなくなってしまったのだ。侯爵家はその当時、広大な農地の所有者だったたし、その家の御曹司《おんぞうし》なのだから、フィレンツェの娘たちにとっては良縁だ。また、七十歳になっても崩れない長身と物腰の自然な優雅さから、二十代の頃の魅力を想像するのはやさしかった。しかし、この若者の心は、一人の女だけに占められてしまったのである。

一年と四カ月待った、と侯爵は語る。結婚の申し込みを何度しても、そのたびに女は、微笑を浮べて首を横にふるだけだった。その頃はまだ、秘めたる愛人との間がつづいてもいたのだ。それが、一年と四カ月目に、彼女は、侯爵の愛を受け容れたのである。同時に、秘められた愛人は、過去の男になった。

なぜ一年四カ月して変ったのか、侯爵は今でもわからないと言う。だが、それがわからないのは、彼が男だからだ。女は、どれほどしっかりしているようにみえても、どれほど知的で才能にあふれていても、いやそれだからなおのこと、一瞬にして崩れる時があるものなのだ。とくに、はしたない生き方を自分に許さず、そんなことはしてはならないとしつけられた女の場合、相手が当惑するほどの激しさで崩れ、弱さをモロにあらわにする。きっと、一九三〇年代の成功した職業婦人にも、愛を捧《ささ》げられて一年四カ月目に、その瞬間が訪れたにちがいない。

それ以後、女は、若者のものになった。ただ、結婚だけは、絶対に聴き容れようとはしなかった。しかし、幸福を全身に感じていた若者は、それを人の眼から隠すことはしなかった。ヴォルテッラに連れていくために、車の運転を習い、当時では最新式のアルファ・ロメオのオープン・カーに乗せた時、どれほど彼女がうれしそうであったか、七十歳の今でも、昨日のことのようにあざやかに思い出すそうだ。息子にも、父親の代わりをして馬場に連れ出したり、狩にも連れていった。男の子もなついて、小父《おじ》さんと呼んで親しんだという。だが、母親のほうは、仕事をやめようとはしなかった。二十人ものお針子を使う仕事は、愛を受け容れた後も変りはなかった。

二人の恋愛は、当時では完全にスキャンダル視された。しかし、この愛情は三十年つづく。その間に、女の息子も成長し、独立してローマへいった。そして、十年前に、女が死んだ。葬列のずっと後から、一人だけ離れて歩む老侯爵の姿を見覚えている人は、フィレンツェでは少なくない。その時から彼は、ヴォルテッラの屋敷に引きこもってしまい、人も侯爵について口にすることがなくなった。

「宿縁なのでしょうね」

インギラーミ侯爵は、最後に言った。五年前、侯爵が死んだことを、私はフィレンツェの地方新聞で知った。

ラディカル・シック

日本ではまだ、進歩派ぶるのはシックということになっているのであろうか。それとも、その後の数多《あまた》の新思想の登場に抗しきれず、色あせた旧風俗の一つに堕《お》ちてしまったのかしらん。

イタリアでラディカル・シックという表現が使われはじめたのは、大学紛争華やかなりし、一九六八年からである。カリフォルニアのバークレーから発したのかパリの五月革命（これを革命と称するのは、フランスと日本だけだが）にはじまったのか知らないが、まあ実際はどうでもいいことではあるが、イタリアでもミラノを中心に爆発したのであった。日本やアメリカやフランスの学生は何を目指して立ちあがったのか、無知な私にはいまだに判然としない。もしかしたら、なにかのひょうしで立ちあがった後で、いろいろな目的がわれもわれもと、加わったのかもしれない。運動というものは意外と、これくらいの柔軟性をそなえていないと、大きくならないものである。イタリアの学生にかぎれば、大義名分は、大学の解放ということだった。そして、これだけにかぎれば、彼らの目的としたところは、見事に達成されたのである。あまりに見事に達成されたために現在問題が起っているのだが、それは後に書く。

あの当時、大学紛争のリーダーたちは、まさにヒーローだった。大学紛争に参加していた女子学生たちの間でヒーローだっただけならばちっとも不思議ではないが、それに加えて、イタリアの上流階級の寵児《ちようじ》にまでなったのだから豪華版だ。ミラノの大金持のサロンでは、「中核」の○○君や「革マル」の××君が顔を出すらしいというニュースが流れると、そんじょそこらの王侯やギリシアの船主が来るよりも、着飾った令夫人の出席が増えたという。着飾った令夫人たちの出席と、なぜか、世にいう知識人階級の出席数とは比例する。

警察に追われている者でも、堂々と来ていたというから面白い。なにしろ、闘士たちは完全に保護されていた。当時の伝説的リーダーであったマリオ・カパンナ君は、当時の「甘い生活」の女王として名の高かったある伯爵《はくしやく》夫人の寝室にかくまわれて、警察の追及を逃れたという。「闘士」たちをあらゆる意味で保護し助けるのは、テニスやゴルフの教師を愛人に持つよりも、よほどシックとされていたのである。

令夫人がこうもシックづいてくると、彼女たちに弱い知識人階級も、もともと持っていた進歩性に出番がまわってきた想《おも》いで勢いづく。そして、金持なのだから現実的視野には欠けていない亭主階級さえも、まあ実害はなかろうというわけで（当時はまだテロの心配はなかった）、ラディカル・シック傾向に参加してくる。イタリアの警察の上部は、金と権力に密着しているから、こうまでなると追及の手もにぶるのは当然だ。おかげで、イタリアの大学紛争は、続いている間中、一人の死者も出さず心配すべき負傷者も出さず、当初の目的を達成したのであった。すべて、ラディカルをシックにしてしまったおかげである。

　こんな情況下では、日本の場合のような、教授たちと学生たちのネクラな争いなど起りようがない。教師のほうもそろって、シックになってしまったのだから。

　もちろん、陰惨な内ゲバの起る可能性なども、ゼロということになる。陰惨とシックは、まったく相容《あいい》れない。というわけで仲間同志の殺し合いは起らなかったが、イタリアの大学紛争は、発展解消するにしても、テロのほうに行ってしまったのが少々変っている。有名な「赤い旅団」は、一九六八年当時の残兵が核になってできた組織だった。

　こちらも陰惨ではないかと言われそうだが、私からすると、惨ではあるかもしれないが陰ではない。とくに、テロもはじめの頃《ころ》は、政財界と司法界の大物を狙《ねら》っていたので、これらのシックぶっていた大物たちが、テロリストの手中に落ちるや、シックぶるどころかはなはだ正直な人間に一変するので、当の大物にとっては惨かもしれないが、傍目《はため》には愉《たの》しく映ったのであった。日本の内ゲバにはまったく同情しない私も、イタリアのテロはわからないでもない。大学紛争の申し子たちとそれに続いた世代は、結果を考えもせずに大学を解放してしまい、おかげで大学解放イコール若年失業者の増大にしてしまった当事者たちの、無思慮の犠牲者であったのだから。最近になってようやく、医学部と工学部にかぎり、定員制にもどそうという風潮が支配的になっている。

しかし、大学紛争が下火になるのに代わって台頭してきたテロは、イタリアの上流階級を目覚めさせるのには役立った。目覚めたとは言っても、愛人が闘士からテニスの教師に再びもどっただけなのだが。やはり、人間という存在は、自らに害が及びはじめるやたちまち穏健化するという、健康な本能には恵まれているのであろう。ただ、若き冷たき血のテロリストたちの少なくない部分が、かつてはシックぶっていた人たちと縁つづきの若者たちなのである。シックぶっていた大人に反撥《はんぱつ》して、というのかもしれない。

それでは、ラディカル・シックはイタリアでは完全に流行遅れとなったかというとそうではない。たしかに、十六年昔のような、愉快な風俗ではもうなくなった。だが、経済上にしろなににしろ、確固とした実績を示せるだけの能力を持った保守派が不在のイタリアでは、進歩派の失策も、言い抜ける道にこと欠かないのである。おかげで、これだけは常に変らず、進歩派信仰が生きつづけている。しかも、抜群の才能を持った一人物が、これを商売にすることに成功したのだから面白い。ラディカル・シック、健在である。そして、このたびのラディカル・シック再生の仕掛人も、あいも変らず上流階級であった。彼らのしたたかさも、マキアヴェリズムそこのけの巧みさと言わねばなるまい。

全国紙というものを持たず、地方紙が支配的なイタリアにあって、ミラノの地方紙でありながら全国紙的な権威と評価を長い間維持してきたのは、『コリエレ・デッラ・セーラ』紙だった。発行部数も、共産党の機関紙を別にすれば、最も多かったにちがいない。それが近年、『ラ・レプブリカ』という、新興の新聞に追い抜かれたのだ。ラ・レプブリカとは、共和国という意味だが、新聞や雑誌の名前に深い意味がないこと、イタリアも日本と同じである。この『ラ・レプブリカ』紙の成功の原因こそ、ラディカルを商売とつなげたところにあったのだ。つまり、ラディカルだけならば永久にマイノリティであるしかないことを直視して、それをマジョリティにする近道はシックにすることだとわかり、実行したからこそ、一番手に躍り出ることができたのであった。

『ラ・レプブリカ』の表面上のスポンサーは、カラーチョロ伯爵。なぜかいつも数珠《じゅず》(日本の仏教の)を、手でもてあそぶ癖がある。背広よりもルネサンス時代の衣裳《いしょう》のほうが似合いそうな、中年の美男。伯爵の令姉は、フィアットの総帥《そうすい》、ジャンニ・アニエリ会長の令夫人。このジャンニ・アニエリこそ、イタリアの実際上の「君主」である。他に「君主」は数人いるかもしれないが、いたとしてもナンバー・ワンであることには変りはない。マキアヴェッリが現代に生きていて『君主論』を書いたとしたら、「世襲の君主国の維持について」という項の中で、絶対に取りあげられること確か、という人物である。背高く堂々とした美男子で、歳《とし》は中年の上というところだけど、この人の前に出るとたいていの男は気おくれするらしく、対談の相手の社会党出身の労働大臣が、いともみっともなく下僕になりさがったのを、私も一度テレビで観《み》たことがある。イタリアの外へ出ても「相手にされる」、数少ないイタリアのＶＩＰではなかろうか。

彼自身は政界の表面に出てはいないが、弟のウンベルトは、キリスト教民主党籍の上院議員。妹のスザンナは、共和党から下院に出ている。余談だが、自動車会社の持主だけに無理もないが、一時期のアニエリ一家は、口を開けば日本経済の悪口を言っていた。ところがこの頃風向きが変り、ウンベルトは、最近つくられた民間ベースの日本との友好をかかげた会の、会長をしている。同時に、日本経済非難も聴かれなくなり、イタリアでも実績の優れた財団の一つであるフィアット財団は、日本文化を理解する講座まで開設した。日本の悪口を言うメリットとデメリットを冷静に計算した、結果であるにちがいない。

私は、アニエリ一族を批判しているのではない。見事だと感心しているのである。ただ、日本側が、フィアットがのり出してくれたなどと、感謝感激することはないと言いたいだけなのだ。われわれのほうも冷静に受ければよいのである。マキアヴェッリも、かつての敵のほうが、味方よりも良き味方になる場合がある、と言っている。話をもとにもどすが、この人々のお金を使い、しかもちゃんとコマーシャルベースにのせた人物が、『ラ・レプブリカ』の編集長で、エウジェニオ・スカルファリという名の男である。歳は、フィアットの会長と同じくらいかと思うが、同じ白髪混《しらが》じりの美男でも、フィアットの会長は太陽のような感じなのに、こちらはスゴ味がある。スゴ味があるということは、私の用語ではセクシーということになるのだが、ローマのプレス・クラブの婦人記者たちのアンケートを取ったことがないから、他の人はどう思うか知らない。ただ、男の記者たちは、カメレオンのような男と言っている。もちろん、陰でだが。ファシズムの時代から戦後の左翼全盛期を通して今日まで、波乗りに失敗したことがないのだそうである。

『ラ・レプブリカ』の成功の原因は、もちろん経済的基盤の強固さにあるだろう。しかし、編集長の眼《め》のつけどころの的確さも、大きな要因であったにちがいない。

イタリアの現状は、「陽惨」という言葉をつくりたくなる感じで、近い将来改善の見通しは持つことができない。保守派は完全に無策であり、進歩派は失策の連続だ。これではラディカルになるしかないのだが、左右のテロがあまりにもその成果を見せつけてくれて、どうもこれも具合が悪そうである。穏健なる進歩派共産党も、生気を失ってから久しい。国民の不満は、どこにもはけ口を見つけることができなくなってしまっている。

ここに、ラディカル・シックの存在理由が出てくるのだ。シックにラディカル気分を発散させる道さえ与えてやれば、社会は、まずはひとまず安定するではないか。これに眼をつけたのが大資本家であるのを、私は当然と思う。なぜかしばしば、「進歩派」よりは「保守」のほうが、大胆で柔軟性に富んでいるものである。こうして、十六年前の上流階級のオモチャは、知的中産階級の必需品に昇格したのであった。

私個人の趣味からすれば、『ラ・レプブリカ』の論調は、無責任に思えてしかたがない。だが、責任ある論調なんて、ちっともシックでないことも事実なのである。それに、この新聞は、真実を読者に伝えることよりも、真実であろうが嘘《うそ》であろうが、それらをどのように読者に伝えるかに重点を置いているような気がする。だが、これもしかし、弁護は充分に可能だ。なぜならば、人は、しばしば、生《なま》の真実を強《し》いて知ろうとは思わないものだからである。それよりも、適当に「整理」したものを与えてくれるほうが良いと思ったりする。ラディカル・シックは、こういう傾向を満足させるに、一応は平和である現在のイタリアでは、最も適した「路線」であることは確かだろう。

この新聞の出来も、決して悪くはない。とくに、文化欄が充実している。ラディカル・シックは、まず文化人であらねばならないのだから当然ではあるけれど。

私が日本の在外公館の一員ならば、彼らのような人物と仲良くするよう努めるであろう。親日家かどうかなどに関係ない。影響力があるか否《いな》かだけが、問題なのである。くり返すが、無能な味方よりも有能な敵のほうが、役に立つことが多いものなのである。

権力について

「権力」とは、国語辞典によれば、
他人を強制し服従させる力、治者が被治者に服従を強要する力
などと出ていた。これは簡単な国語辞典だからかもしれないが、同じく簡単な「コンサイス」版の英和辞典でも、もう少し意味は豊富になっている。パワーを引くと、
①力、能力、体力、精力
②勢力、権力、威力、権威、権能、政権
とあって、まだ他にもつづくが、それらはここで言う意味とは関係ないのではぶくことにするが、同じ言葉を伊和辞典は、次のように説明している。
①力、能力、力量
②権限、権能、職権
③影響力、権威、効力
④支配力、優勢、権力

ポテーレという言葉を引いただけで、これだ。ラテン語だとポテンティアとなるが、意味するところは同じである。オックスフォード・ディクショナリーを引いてみても、まあ同じようなもので、日本語の場合のような、おぞましい感じを与えるものはない。そのためか、政治学者たちは、おぞましくない意味で権力と言いたい時に、日本語の権力ではなく、パワーと英語で使いたがるのだろう。

なぜか日本語で権力と言うと、油ぎった、とか、醜い、とかの形容詞が思い浮んでしまうらしいが、ある時、実に愉快な視点を述べたものにぶつかったので紹介したい。著者は、不思議にも正真正銘の日本人で、今は亡《な》き、花田清輝である。ただしこの文は、さわりだけ紹介するのは不可能なものなので、終りまで読まれたし。「女の愛」と題してあって、一九五八年に発表されている。

悪女という言葉があって、悪男という言葉がないのは、女流作家という言葉があっても、男性作家という言葉がないように悪人の圧倒的多数が、女性ではなく、男性であるためであろうか。それとも、その反対に、女性の圧倒的多数が、悪人であって、男性の大部分は、かの女たちにくらべると、まずもって善男と称してもさしつかえないような存在であるためであろうか。あるいはまた、善女に食傷した善男が、心ならずも魅力を感じた女性を、すべて悪女と名づけるのであろうか。しかし、本当にほれこんでしまえば、悪女はもはや悪女ではなくなるのではなかろうか。そして、これは、いささか希望的観測にすぎないかもしれないが、本当にほれこまれてしまえば、悪女はもはや悪女ではなくなるのではあるまいか。はたしてホセにとってカルメンは悪女であったであろうか。

セックスを手がかりにして、善悪の彼岸にたっすることが容易であるように、政治を手がかりにして、同様の境地にたっすることは、いっそう、容易である。ここでは、性的魅力のかわりに、政治的権力が問題になる。したがって、政治の悪について感傷的なご託をならべているような連中は、政治的権力に、相当、イカれているくせに、おもいきって政治の渦中《かちゅう》にとびこむことをためらっている善人たちだけである、といってもいいすぎではあるまい。かれらは、チャップリンの『ニューヨークの王様』に登場する少年のように、いっさいの悪を、政治的権力からみちびきだすが、少年の眼に、性的魅力と同様、政治的権力が、心をかきみだす悪としてうつるのは、もっともなことだ。かれらは、まだおもいきって政治的権力にほれこみ、その結果、かれらの眼前にはじめて展開する、善悪をこえた世界を知らないだけのはなしである。

わたしもまた、親鸞《しんらん》にまさるとも劣らぬほど、善男善女に興味はない。善人なおもて往生をとぐ、いわんや悪人をや、というかれの言葉は、善悪の彼岸に立ったことのある人物でなければ、とうてい、いえない言葉ではないかとわたしはおもう。性的魅力や政治的権力から、子供らしく身をまもろうとするケチな根性をすてよ。

過日、『サレムの魔女』という映画のなかでミレーヌ・ドモンジョの性的魅力もサレムの政治的権力をも拒否して、支配階級の手によって、むなしくしばり首にされてしまう臆病《おくびょう》なイヴ・モンタンが、英雄のように描かれているのをみて、わたしは憤《いきどお》りを禁じえなかった。いや、単にそればかりではない。そもそもドモンジョのような性的魅力をもった女性が、モンタンのような無力な男性に、あれほどほれこむようなことがあろうなどとは、わたしには、どうしてもおもえなかった。性的魅力をもった女性の愛するのは、政治的権力をもった男性だけである。いかがであろうか。私などは、はじめから終りまで賛成のしっぱなしであった。

それからもうひとつ、花田清輝のこの二十六年前に発表された小文を書きうつしていて、仮名文字の多用されているのにもおどろいたのであった。この頃《ごろ》のワープロ作文の台頭には、漢字がやたらと使われているのだけでも、私は憤りを禁じえないでいる。ワープロを使って書いたものは、ひとめでわかるくらいだ。よって、マイノリティを自認する私としては、今日より仮名文字を多用するようつとめることにしたい。いまあこんなことはどうでもよいが、花田清輝の文の最後の二行は書きかえたい。いや、政治的権力とあるところを、ただの権力に書きかえるだけなのだが。なぜなら、政治的、とすると、権力の意味するところが、かぎられてしまうようにおもえるからである。私ならば、権力の意味に、政治の世界にかぎらない力量も影響力も加えてみたい。

先に「凡なる二将」の章で紹介したが「権力は、それをもたない者を消耗させる」という言葉は含蓄のある言葉だ。これをいった人物はイタリアの元首相アンドレオッティで、ほんとうにあなたがいわれたのですか、と私がきいたら、そうだ、という答えが返ってきたからまちがいはないだろう。こうも正直な発言をして政治家がつとまるのだから、イタリアも面白い国である。

ふつうならば権力は、それをもつ者を消耗させる、とでもされるのではないだろうか。

しかし、話を政治的な権力にかぎれば、現実は明らかに、アンドレオッティの見解が正しいことを実証している。

共産諸国の政治権力者たちを思いだせば、あきらかであろう。ただし、彼らの場合、権力をもたなくなると消耗するだけでなく、肉体的に消されてしまう心配があるだろうから、彼らが権力にしがみつくのもわからないでもない。また、共産国とはいえなくても、後進諸国の政治リーダーたちも、この点では似ているような気がする。権力から離れたときの危険度では、彼らとてけっして安心できないからだろう。

かといって、肉体的に消されてしまう心配だけはないいわゆる自由諸国の政治リーダーたちだって、権力に執着することにかけては、たいしたちがいはないように思う。比較的執着していないようにみえるドイツやイギリスのリーダーだって、彼の国では政権交代が可能な議会制民主主義が機能しているため、選挙で敗れれば野党になるしかないし、その代わりに、次の選挙で勝てば、政権に復帰できる可能性を期待できるわけで、彼らの執着の度合いが低いというわけではない。一方、フランスやアメリカ合衆国の大統領は、理論的には捲土重来《けんど》は可能でも実際は前例がないので、前者に比べれば執着するようにみえるのだろう。わが国の首相も、この部類に入りそうだ。変っているのはイタリアで、政変が多いためか、首相など何度でもやれる。アンドレオッティも、首相を二度もやったうえに、あらゆる省の大臣を歴任している。

こうなると理想的なようにみえるが、実際はそううまくいかない。政変は何度起ろうと、権力をもつ人間の顔はいっこうに変らないという欠点が生れる。イタリアの政治権力者は、そこのところの事情を察して、安心して政変をくり返しているのにちがいない。

要するに、政治的権力者が権力に執着するのは、権力から離れると、あらゆる面で自分が消耗するのをわかっているからだろう。権力というものは、いったん手中にすれば、加速度的に増大していく性質をもっているものだが、離すやいなや、これまた加速度的に減少していくものだからである。

同じ時期に、同じようにゼロから出発した二人の人間がいるとする。十にたっするまでの苦労は、ABともに大変なものであろう。しかし、Aは十に到達した。そのAが十を百にするのは、ゼロを十にするのよりはよほど楽であるはずだ。一方、Bのほうは五まではいったが、十にはいかなかった。このBが百に到達するのは、ほとんど不可能事にちがいない。Bは、権力とは一生無縁なままで死ぬだろう。

問題は、Aが十から百に達するまでの経過なので、この時点でついやされる「苦労」は、ストイックなものなどではなくて、官能的といってもよいほどの快感なのではないだろうか。よほど楽、と書いたのもそれによる。

これに、性的魅力をもった女は、魅《ひ》かれるのである。いや、私自身は性的魅力をもった女ではないから、想像で書くのだけど、なにかそのような気がする。

なぜならば、権力とはある程度もちさえすれば、あとは加速度的に増大していくものであるから、停止、ということはありえない。性的魅力をもった女は、加速度的に増大していく過程を生きる、男にほれるのである。なぜかというと、この過程での男は、自らの権力が日々増大していく官能的なまでの快感を全身で感じている状態にいて、もう一つの官能的なこと、つまり女は、二義的な存在になっているからだ。自分が二義的な存在でしかないということほど、性的魅力をもった女を刺激するものはない。せめて一刻なりとも、自分を一義的存在にしてみせるという想《おも》いをこの種の女は感じるからであろう。

また、性的魅力をもった女は、善悪の彼岸に生きることのすばらしさをわかった女である。この種の女が、善悪の彼岸に生きつつある男を見わけるのに巧みなのは当然だ。自他ともに権力者と認ずる男が、かならずしも、この種の女に愛されるとはかぎらない。権力者の中には、善悪の彼岸を生きるどころか、悪の中で泥《どろ》まみれになって喜んでいる者が多い。なぜなら、普通の人たちはこれを権力者と思うから、普通人である彼らもまた、そう信じて満足しているからである。

醜い外貌《がいぼう》をもった権力は、ほんとうの意味の権力ではない。その程度の影響力しかもたない権力者は、ほんとうの権力者ではないから、油ぎって下品でおぞましい存在なのである。反対に、ほんとうの意味での権力をもった人間は、美しい外貌をもっているはずだ。イイ顔、と言いかえてもよい。単なる善でもなく単なる悪でもなく、善悪の彼岸を生きるのだから「イイ顔」にならないはずがないではないか。

権力とは、なにかをやれる力なり能力なり可能性なり自由なりを、もつことではないかと思う。ただし、自分がやりたいことを自分でやるのは、権力とは呼ばないから、自分と他者の両方がやりたいと思うことをやれる、力なり能力なり可能性なり自由なりをもつことを権力といい、それらをもつ人を権力者と呼ぶのではなかろうか。他人を強制し服従させる力や、治者が被治者に服従を強要する力は、権力の一面にすぎなく、それをする人は、権力者の一部にすぎない。少なくとも、これだけで権力を律しては、あまりに権力がかわいそうな気がする。また、これだけだと、

「権力は、それをもつ者を消耗させる」

とでもいわなくてはならなくなってくる。だが、現実は、もたない者と、実際はたいしてもっていないのにもっていると過信している者のみが消耗するのだ。

日本人もそろそろ、ほんとうのところは誰も相手にしない偽善主義はすてて、権力の種々相なりを、冷静に分析してみてはどうであろう。でなければいつまでたっても、女の愛さえ獲得できなくなる。

全体主義について

この言葉を辞書は、次のように解説している。

――全体主義とは、一つの政治上のドクトリンであると同時に、国家に、あらゆることが吸収され従属されることを第一義の目的とした、体制を示す言葉でもある。全体主義政府は、国民に、自由な政治上の活動を許さないだけでなく、経済から文化にいたるあらゆる活動が、独裁的な組織のもとに統合されることを、なによりも目指す。全体主義は、自由主義とは反対の極に立ち、しばしば、国家主義的であり、外国の強い勢力からの保護者として、自ら認じ、示す傾向をもつ。――

われらが国日本が、現在、全体主義の危険にさらされているとは、私も思わない。それどころか、今のところはそんな心配はしなくてもよいのではないか、という意見のほうに賛同する。だが、危険にさらされていると感じはじめたときはもう手遅れなのが、全体主義の真の危険なところではないのかとも思うので、ここでまったく非専門的な〝考察〟を試みるのも、一興ではないかと考えた。ただし、ここでの〝考察〟は、体制としての全体主義にかぎらないで、「空気」というか「動向」というか、そういう漠《ばく》としたものに重点をおいて話してみたい。そして、この〝考察〟に参考とするのは、すべて過去の例である。歴史上どうであったからこう、というふうに話をすすめる。なぜなら、私は、われわれこそが歴史をつくる、という人ほど、楽観的な人間ではないからだ。

それで、全体主義的動向が台頭してくるのは、悪意からであろうか。答えはノー。常に善意の所産である。右翼からであろうか。ノー。常に左翼と認ずる方向からである。では、旧世代の絶望から生れるのだろうか。またも、答えはノー。常に新世代の希望を発端にして生れる。

有産階級がイニシアティーブをとる？　ノー。無産階級とまではいかなくても、失うものをあまりもたない階級が、常に温床になってきた。冷徹なる計算より生れるものか。ノー。常に情緒てんめんたる心情が、その特色である。

軍事的強制力がなければ、実現しないのか。これは、半分ノー。全体主義政体の無視できないいくつかの例が、完全に人々のコンセンサスによって実現したことを忘れてはならない。そして、政体でなくて「動向」にかぎれば、ほぼすべてが人々のコンセンサスを獲得している。多数決をすれば、必らずや多数を占めるほどに。

精神の腐敗より生れるものか。答えはノー。ほとんど唯一《ゆいいつ》の例外もなく、清潔好み、クリーン好き、潔白なる人々が、主導力になってすすめてきた。

私が全体主義ないし全体主義的動向を嫌《きら》うのは、なにも思想的な確固とした信念があってのことではない。では、なぜいやか、というと、

まず第一に、人間性の自然に反すると思うからである。全部をあるなにか一色で塗りつぶすということ自体が、どうしたって、種々様々なのが特色の人間性に対して、不自然な「労力」と思うからである。ムリをしていると思うのだ。ムリをしているから、遅かれ早かれ、ギクシャクしてくる。そのギクシャクを直そうとして、またムリをするから、制度としては、非効率的な制度と思うのである。動向としては、息がつまりそうな環境と化す。

第二は、馬鹿《ばか》げていてこっけいで、やりきれない気分にされるからである。

私はこの人と政治上の意見を同じくしないが、イタリアの小説家モラヴィアがこう

書いていたときには、心から同感だった。

彼がデビューしたての頃《ころ》は、イタリアはファシズム政体下で、小説といえども、公的機関による検閲を受けねばならなかった。文部省内のその方面の委員会は、幾人かの外部から選抜された、いわゆる忠誠なるファシストで構成されている。モラヴィアの作品は、彼らのまないたにのるたびに、あらゆる「欠陥」を指摘されたあげく、つつかえされるのが常であった。

モラヴィアはいう。自分の作品が、芸術的に下手である、といわれるのならわかる。それも、検閲する人々に、そういう方面をわかる感覚の持主がいて、その人たちによって自分の作品が反対されるのならば、まだ我慢ができる。ところがそうではない。委員たちのほとんどは、文学的才能もないくせに文学をこころざしたことのある人であり、しかも、その世界では成功できなくて、現在は中学の教師でもしている人々なのだ。彼らが、自分の作品にケチをつけてくる。彼らの月並な頭で判断して、ケチをつけてくる。これにはなんとしても我慢がならなかったのだそうだ。

まあ、全体主義とは、右のファシズムにかぎらず左でも、このようなものである。諸事全般にわたって、このようなものである。私も、悪人であっても能力のある者に支配されるのならば我慢もするが、善人であっても、アホに支配されるのは、考えるだけでも肌《はだ》にあわが立つ。

第三で最後の理由だが、一色に塗りつぶされる、というのがいやなのである。誰もかれも、同じ服装をしたり同じものを食べたり、同じ感じの家に住んだり、そういうのが嫌いなのである。こうなにもかもが同じであると、同じ考えに達するのもしごく簡単にいきそうで、それがアブナイと思うからである。こういうのは、せいぜい、学生時代で終りにしてもらいたい気持だ。学生の間は、あれはまだ一人前の人間でないのだから、制服、給食、寮生活もかまわないのである。それに、一生つづけるわけでもない。

ああ、もう一つあるのを忘れたのでつけ加えておこう。

それは、全体主義的な空気を、頭脳の形成期間に吸ってしまった人は、一生、自らの頭で自由に判断する能力を、持てなくなってしまうことである。

マキアヴェッリも、自由なき政体下で生きてきた人は、たとえ自由を与えられても、それを活用するすべを知らない、といっている。

現代イタリアに、モラヴィアほどは世界的でなくとも彼に次ぐぐらい各国語に翻訳された作品を持つ、レオナルド・シャッシャという作家がいる。実に巧みなストーリー・テラーで、シチリア出身だけにマフィアをあつかった小説が多く、そのほとんどは映画化されて、しかも成功している流行作家である。

この男が、ヴォルテールの『カンディド』をまねて、自分の『カンディド』を書いた。題名も同じだ。それを読んだ時に、私は、全体主義の怖《おそろ》しさを、はじめて痛切に感じたのである。全体主義から離れる人間のことを書いているのだが、「離れる」離れ方が、私にいわせればナッテナイ。ために、小説としても成功していない。この作家は、マフィアやシチリアの地方色豊かなストーリーを書いているかぎり、見事に「読ませる」作家なのだが、政治や人間哲学に筆をすすめるや、まったく幼稚なのである。それは、ほぼ確実に、この男が頭脳形成期に受けた教育なり吸った空気に、関係あると私はみたのである。

レオナルド・シャッシャは、現在六十歳前後のはずだ。ということは、彼の頭脳形成期に吸った空気は、ファシズムであったということになる。その彼が青年前期に入った頃、イタリアでは、ファシズム体制は崩壊した。その時、シャッシャは、共産党に入党する。ところが、しばらくして共産党から離れる。多分、例のソ連の戦車がハンガリーに侵入して、多くの西欧の良心的な共産党員ないし共産主義のシンパを、失望させ離れさせた時期であったと思う。

私は、失望することのほうが、オカシイと感じた。人間的な共産（社会）主義なんて、ありえようはずがないのである。スターリンのほうが、よほど首尾一貫している。バカなのは、そういう社会が実現可能だと信じていた良心的なインテリたちである。私が真の共産主義者ならば、彼らのような人間は社会に害毒をおよぼす人種と断じ、粛清でもなんでもして、消してしまったであろう。政治的センスのない良心的な人々が、政治に口をだすことほど害なものはない。とくに、それらの人が、社会的名声など持っていたりすると……、とソ連の支配者が思ったとしても、あの国の政体からすれば、当然ではないかと思う。

というわけで、シャッシャも共産党から遠のいたわけだが、その後は、急進党に近づき、ヨーロッパ議会やイタリア国会に席を占めたりした。イタリアの選挙制度は比例代表制なので、選挙地盤工作などしなくても、名が序列の上のほうにあれば当選するのである。もちろん、急進党は、流行作家シャッシャを、序列の先頭に押したてたところがまたも、これもいやになったらしい。今では、ほとんど政治にタッチしない生活をおくっている。

この人の作品『カンディド』を読んだ時、この人は、一生自分の足で立つことのできない人だと思った。そして、自分の足で立つ訓練を受けてこなかった弊害を、心から痛感したのである。

全体主義が、右でも左でも、いちように教育に熱心であるのは、彼らからすれば、立派な理由がある。頭脳形成期こそ、勝負なのである。その期間にある種の空気を充分に吸わせておくと、あとは心配ない。これこそ真の、洗脳である。

モラヴィアが救われたのは、彼が、善人シャッシャよりも、ワルであったからだと思う。共産党から国会に打ってでながら、ローマの社交界では某貴族夫人とモラヴィアがパーティに不可欠、という状況も楽しむのだから、始終悩んでいるシャッシャがかわいそうなほど、イタリアのこの老文豪はワルである。全体主義下で判断の自由を維持できるには、なによりもワルであることが、条件なのではないだろうか。

ここ最近の某国の論壇の動向を、私は、「論壇の私小説化」とみるけれど、まちがっているであろうか。

まずもって、論理を駆使するはずなのに、私的、とか、私の、とかを頭につけた表題が多すぎる。逆説を遊ぶならばわかるが、内容はとみると、すべてがまじめで真正面から書いてあるから、そのためでないのは明らかである。

それで、私の、とつけるのは、共通の土俵上で闘うことを（もちろん論理で）、はじめから拒絶している証拠ではないかと思ってしまう。これは、文壇ならいざしらず、論壇人間のとるべき態度とは思われない。

第二に、相対的な考え方を排して、絶対的ななにものかを求める動きである。気持は、わからないでもない。相対的な考え方をまっとうするには、実に強靱《きょうじん》な精神力を必要とするからである。多くの人にそれを求めることほど、非現実的なことはない。それ一つですべてを律し切れるオールマイティな考えを持つほうが、よほどラクだし、マジョリティがどういうことを好むかを考えれば、よほど〝自然〟である。

しかし、この動向が、善意から生れ、進歩派からいいだされ、若者が旗を持ち、比較的にしても少産階級が温床となり、クリーンで潔白で完全主義の人々が群れの先頭に立ち、しかも情緒的に表現しはじめると、私は怖しいことになる危険を、感じずにはいられない。

なぜなら、これらの性質を強くあらわせばあらわすほど、大衆の好意を獲得するに容易だからである。そして、サイレント・マジョリティと結びついた後は、全体主義は、動向から完結への道を邁進《まいしん》するだけである。

コンセンサスを、ヒットラーもムッソリーニも、昨今の民主主義体制よりはよほど享受《きょうじゅ》していた時期があったことを、忘れてはならないと思う。そして、全体主義下ではなぜ文化が花開かないかは、文化史上の問題だけではないということも。

解説

中野翠

せっかくの面白い話も、聞き手が無能だと無残なことになる。

テレビのインタビュー番組を見ていて、私の気にさわるのは、うなずきの激しい聞き手である。一流の俳優、学者、作家、スポーツ選手、職人などの話に、いちいち「わかります、わかります」といったふうに、さかしげな顔で激しくうなずいてみせる。そういうのに限って、最後に「ようするに、男と女のいい関係――ってことでしょうね」とか「ようするに、現代人のアイデンティティーの喪失――ってことでしょうか」などと、いきなり手垢《てあか》のついた言葉でくだらないマトメに走って、せっかくの面白い話をぶちこわしにしてくれるのだ。テレビを見つめていた私の頭の中で呪《のろ》いの言葉が爆発する。「バカは勝手にようするなっつーの!!」

私はこういう、無能な「うなずきの人」になりたくない。塩野七生さんの『サイレント・マイノリティ』はたいへん味わい深く面白い本である。〝解説〟などつけるのは、しかもこの私が〝解説〟などつけるのは、せっかくの面白い話を「ようするに」の一言でひきずり落とし、小さくまとめるようなもので、とんでもない「野暮」「僭《せん》越《えつ》」というものだ。遠慮したい。

だから、これから書くのは〝解説〟ではなくて、私という一読者の〝感想〟に過ぎない。ただもう、私はこの本をこんなふうに面白く読んだ、という話である。

私が一番面白くまた不思議に思ったのは、作者と私とでは世代も生活環境も教養娯楽の好みの質も全然違うように思われるのに、なぜか結論が一致してしまうところだ。

私は、ヨーロッパ文化よりも浅薄で能天気な感じがするアメリカ文化のほうが好きである。音楽でも絵画でもファッションでも、クラシックよりモダンのほうが身にしみて好きである。これは我ながら徹底していて、演劇より映画、芸術絵画より若干商業的なイラストレーション、バレエよりタップダンス……といったぐあい。映画でもとくにアメリカのコメディとアクション映画が好きで、考えてみたらコメディもアクション映画も基本的にフラット・キャラクターを使うことで成り立つジャンルのもので、つまり人間描写の彫りをあえて浅くしたもので、その彫りの浅さにかえって好感を持っているらしい（アメリカ映画が真面目《まじめ》に人生だの社会だの世界苦だの考えるとろくなことはない。とたんに魅力を失なってしまう）。

まずい。話がくどくなりそうだ。とにかく、作者と私とでは教養娯楽の好みの質がまったく違う。にもかかわらず！　冒頭の「マイノリティ〝宣言〟」からいきなり、私は激しく「うなずきの人」になってしまうのだ。

何と言うか……まぁ、非常にずうずうしいたとえではあるが、一つの山を作者はAルートから登り、私はBルートから登っていたのが、ある地点でバッタリ出合い、フト見たら同じ服を着ていてビックリ——といったような感じである。うーん……やっぱり、ずうずうしかったか。

この、「同じ服」の内容を少し詰めて考えると、もともと自分は少数派に属するという認識を抱いていた人間が（言語矛盾のようだが、自分を少数派と思う人間自体は案外多いんじゃないだろうか）、世間にはびこる少数派のビンボたらしく、しみったれた感じに辟易《へきえき》し、何とかしてそれと別のところにわがマイノリティを賭《か》けてみたい——ともくろんだところだと思う。

塩野七生さんはこの〝宣言〟の中で、「行動的ペシミスト」という言葉を使っているが、私は（たぶん）同じ思いをこめて、私の初めての批評的エッセー集『迷走熱』のあとがきで「明るい不満分子」という言葉を使った。

この本の中で一番笑ったのは、「全体主義について」の中の「私も、悪人であっても能力のある者に支配されるのならば我慢もするが、善人であっても、アホに支配されるのは、考えるだけでも肌《はだ》にあわが立つ」というくだりだが、私も数年前、偶然にもやっぱり「新潮45」に「女の馬鹿《ばか》さ加減」という悪態文を書いていて、その最後に「馬鹿はいても構わないが、ああ、馬鹿に説教だけはされたくないもんだ」という言葉でしめくくったことがあったっけ（その一節だけ、わざわざゴシック太字にしたところが、我ながらどぎつい）。

そう言えば、「凡なる二将」の中の「権力も権力欲も、非難すべきはそれらを、有効に使う能力も使わせる度量もない人物が所有している場合だけ、なされるべきものと考える」という一節にも、若干の心当たりがある。数年前「Ｈａｎａｋｏ」という雑誌に、金はあってもセンスのない成金おやじの悪口を書いて、その最後に「人は金持ちに嫉妬《しっと》するのではない。正しくは、『金持ちの似合わない金持ち』に怒りを燃やすのだ」と書いたことがあった。塩野さんの権力者論と私の金持ち論は、似たような感性（権力者＝悪、金持ち＝悪という固定観念に縛られ、非難しながら実は羨望《せんぼう》している「多数派」への違和感）にもとづいているように思えるけれど、コジツケか。

もってまわった自慢話はいい加減にしよう。イタリアに格別の関心のなかった私だが、本書を読んでの一番の喜こびは、ジュセッペ・ピニャータ（「ある脱獄記」）と、レオ・ロンガネージ(「自由な精神」)というイタリア男二人を知ったことである。二人ともまさに「夢もなく、怖《おそ》れもなく」生きる行動的ペシミストであり、私の下世話な言葉で言いかえるなら「ほんとうの大人の男」である。

とくに、ロンガネージの遺《のこ》した日記体の文章には、「うーん……イタリアの福田恆《つね》存《あり》じゃないか?!」「イタリアのジョージ・オーウェルじゃないか?!」と唸《うな》ってしまった。

「一人の馬鹿は、一人の馬鹿である。二人の馬鹿は、二人の馬鹿である。一万人の馬鹿は、〝歴史的な力〟である」という一節がとくに凄《すご》い。大衆の正義だの理想だのは信じるに足らないが、その力だけは信じざるを得ない。これが、歴史の教訓なのだ。

「アメリカ製の缶詰《かんづめ》の肉は、喜んでいただく。しかし、それについてくる彼らのイデオロギーは、皿に残すことにした」

「新生イタリアの文人たちは、いっせいに左翼を宣告する。なにやら左は、右よりもよほど、ファンタジーが豊かでもあるかのようだ」

というのにも、ニヤニヤさせられる。素敵な芸を持った「同志」である。

『サイレント・マイノリティ』のライターとしての意地がはっきりと出ているのは、「ベスト・セラーにならなくてもよいが(なるにこしたことはないが)誰にも読まれないものを書いて満足しているほど私は傲慢《ごうまん》ではない」というところである。私はこういう言い方（とくに後半）をするライターを信用する。私も何年かこの業界に生きて、実感していることなのだが、こういう姿勢で書いている人は、やっぱり少数派である。Ⓐ臆面《おくめん》もないメジャー志向かⒷしみったれたマイナー志向――この両極（と見えて、実は同根異花のもの）に大半は吸収されているように見える。

うなずいてばかりというのも情ない。あえて一つだけ不満を言ってみる。冒頭の「マイノリティ〝宣言〟」には、著者の立脚点が簡潔かつ濃密に語られていて、非常に説得力があるのだが、世代論でまとめられているところが、ちょっと気にくわない。ただでも少数派なのだもの、世代を持ち出してわざわざ間口をせばめることはないいんじゃないか――と、その後の〝全共闘世代〟の私は思う。

（一九九三年五月、コラムニスト）

この作品は一九八五年三月新潮社より刊行された。

塩野七生著
愛の年代記

欲望、権謀のうず巻くイタリアの中世末期からルネサンスにかけて、激しく美しく恋に身をこがした女たちの華麗なる愛の物語9編。

塩野七生著
チェーザレ・ボルジア
あるいは優雅なる冷酷
毎日出版文化賞受賞

ルネサンス期、初めてイタリア統一の野望をいだいた一人の若者――〈毒を盛る男〉としてその名を歴史に残した男の栄光と悲劇。

塩野七生著
コンスタンティノープルの陥落

一千年余りもの間独自の文化を誇った古都も、トルコ軍の攻撃の前についに最期の時を迎えた――。甘美でスリリングな歴史絵巻。

塩野七生著
ロードス島攻防記

一五二二年、トルコ帝国は遂に「喉元のトゲ」ロードス島の攻略を開始した。島を守る騎士団との壮烈な攻防戦を描く歴史絵巻第二弾。

塩野七生著
レパントの海戦

一五七一年、無敵トルコは西欧連合艦隊の前に、ついに破れた。文明の交代期に生きた男たちを壮大に描いた三部作、ここに完結！

塩野七生著
マキアヴェッリ語録

浅薄な倫理や道徳を排し、現実の社会のみを直視した中世イタリアの思想家・マキアヴェッリ。その真髄を一冊にまとめた箴言集。

塩野七生著
イタリア遺聞
生身の人間が作り出した地中海世界の歴史。そこにまつわるエピソードを、著者一流のエスプリを交えて読み解いた好エッセイ。

塩野七生著
イタリアからの手紙
ここ、イタリアの風光は飽くまで美しく、その歴史はとりわけ奥深く、人間は複雑微妙だ。――人生の豊かな味わいに誘う24のエセー。

塩野七生著
十字軍物語（1〜4）
中世ヨーロッパ史最大の事件「十字軍」。それは侵略だったのか、進出だったのか。信仰の「大義」を正面から問う傑作歴史長編。

塩野七生著
サロメの乳母の話
オデュッセウス、サロメ、キリスト、ネロ、カリグラ、ダンテの裏の顔は？「ローマ人の物語」の作者が想像力豊かに描く傑作短編集。

塩野七生著
ルネサンスとは何であったのか
イタリア・ルネサンスは、美術のみならず、人間に関わる全ての変革を目指した。その本質を知り尽くした著者による最高の入門書。

塩野七生著
ローマ人の物語 1・2
ローマは一日にして成らず（上・下）
なぜかくも壮大な帝国をローマ人だけが築くことができたのか。一千年にわたる古代ローマ興亡の物語、ついに文庫刊行開始！

塩野七生著

ローマ人の物語 3・4・5

ハンニバル戦記（上・中・下）

ローマとカルタゴが地中海の覇権を賭けて争ったポエニ戦役を、ハンニバルとスキピオという稀代の名将二人の対決を中心に描く。

塩野七生著

ローマ人の物語 6・7

勝者の混迷（上・下）

ローマは地中海の覇者となるも、「内なる敵」を抱え混迷していた。秩序を再建すべく、全力を賭して改革断行に挑んだ男たちの苦闘。

塩野七生著

ローマ人の物語 8・9・10

ユリウス・カエサル ルビコン以前（上・中・下）

「ローマが生んだ唯一の創造的天才」は、大改革を断行し壮大なる世界帝国の礎を築く。その生い立ちから、〝ルビコンを渡る〟まで。

塩野七生著

ローマ人の物語 11・12・13

ユリウス・カエサル ルビコン以後（上・中・下）

ルビコンを渡ったカエサルは、わずか五年であらゆる改革を断行。帝国の礎を築き、強大な権力を手にした直後、暗殺の刃に倒れた。

塩野七生著

ローマ人の物語 14・15・16

パクス・ロマーナ（上・中・下）

「共和政」を廃止せずに帝政を築き上げる――それは初代皇帝アウグストゥスの「戦い」であった。いよいよローマは帝政期に。

塩野七生著

ローマ人の物語 17・18・19・20

悪名高き皇帝たち（一・二・三・四）

アウグストゥスの後に続いた四皇帝は、同時代の人々から「悪帝」と断罪される。その一人はネロ。後に暴君の代名詞となったが……。

城山三郎著 総会屋錦城
直木賞受賞

直木賞受賞の表題作は、総会屋の老練なボス錦城の姿を描いて株主総会のからくりを明かす異色作。他に本格的な社会小説6編を収録。

城山三郎著 雄気堂々（上・下）

一農夫の出身でありながら、近代日本最大の経済人となった渋沢栄一のダイナミックな人間形成のドラマを、維新の激動の中に描く。

城山三郎著 官僚たちの夏

国家の経済政策を決定する高級官僚たち――通産省を舞台に、政策や人事をめぐる政府・財界そして官僚内部のドラマを捉えた意欲作。

城山三郎著 男子の本懐

〈金解禁〉を遂行した浜口雄幸と井上準之助。性格も境遇も正反対の二人の男が、いかにして一つの政策に生命を賭したかを描く長編。

城山三郎著 硫黄島に死す

〈硫黄島玉砕〉の四日後、ロサンゼルス・オリンピック馬術優勝の西中佐はなお戦い続けていた。文藝春秋読者賞受賞の表題作など7編。

城山三郎著 指揮官たちの特攻
―幸福は花びらのごとく―

神風特攻隊の第一号に選ばれた関行男大尉、玉音放送後に沖縄へ出撃した中津留達雄大尉。二人の同期生を軸に描いた戦争の哀切。

司馬遼太郎著

人斬り以蔵

幕末の混乱の中で、劣等感から命ぜられるままに人を斬る男の激情と苦悩を描く表題作ほか変革期に生きた人間像に焦点をあてた7編。

司馬遼太郎著

花神（上・中・下）

周防の村医から一転して官軍総司令官となり、維新の渦中で非業の死をとげた、日本近代兵制の創始者大村益次郎の波瀾の生涯を描く。

司馬遼太郎著

歴史と視点

歴史小説に新時代を画した司馬文学の発想の源泉と積年のテーマ、〝権力とは〟〝日本人とは〟に迫る、独自な発想と自在な思索の軌跡。

司馬遼太郎著

アメリカ素描

初めてこの地を旅した著者が、「文明」と「文化」を見分ける独自の透徹した視点から、人類史上稀有な人工国家の全体像に肉迫する。

司馬遼太郎著

草原の記

一人のモンゴル女性がたどった苛烈な体験をとおし、20世紀の激動と、その中で変わらぬ営みを続ける遊牧の民の歴史を語り尽くす。

司馬遼太郎著

峠（上・中・下）

幕末の激動期に、封建制の崩壊を見通しながら、武士道に生きるため、越後長岡藩をひきいて官軍と戦った河井継之助の壮烈な生涯。

藤沢周平著

用心棒日月抄

故あって人を斬り脱藩、刺客に追われながらの用心棒稼業。が、巷間を騒がす赤穂浪人の動きが又八郎の請負う仕事にも深い影を……。

藤沢周平著

消えた女
―彫師伊之助捕物覚え―

親分の娘おようの行方をさぐる元岡っ引の前で次々と起る怪事件。その裏には材木商と役人の黒いつながりが……。シリーズ第一作。

藤沢周平著

密謀（上・下）

天下分け目の関ケ原決戦に、三成と密約がありながら上杉勢が参戦しなかったのはなぜか？　歴史の謎を解明する話題の戦国ドラマ。

藤沢周平著

龍を見た男

天に駆けのぼる龍の火柱のおかげで、あやうく遭難を免れた漁師の因縁……。無名の男女の仕合せを描く傑作時代小説9編。

藤沢周平著

本所しぐれ町物語

川や掘割からふと水が匂う江戸庶民の町……。表通りの商人や裏通りの職人など市井の人々の微妙な心の揺れを味わい深く描く連作長編。

藤沢周平著

天保悪党伝

天保年間の江戸の町に、悪だくみに長けるが、憎めない連中がいた。世話講談「天保六花撰」に材を得た、痛快無比の異色連作長編！

白洲正子著

日本のたくみ

歴史と伝統に培われ、真に美しいものを目指して打ち込む人々。扇、染織、陶器から現代彫刻まで、様々な日本のたくみを紹介する。

白洲正子著

西　行

ねがはくは花の下にて春死なん……平安末期の動乱の世を生きた歌聖・西行。ゆかりの地を訪ねつつ、その謎に満ちた生涯の真実に迫る。

白洲正子著

ほんもの

―白洲次郎のことなど―

おしゃれ、お能、骨董への思い。そして、白洲次郎、小林秀雄、吉田健一ら猛者と過ごした日々。白洲正子史上もっとも危険な随筆集！

牧山桂子著

次郎と正子

―娘が語る素顔の白洲家―

幼い頃は、ものを書く母親より、おにぎりを作ってくれるお母さんが欲しいと思っていた――。風変わりな両親との懐かしい日々。

白洲正子著

白洲正子自伝

この人はいわば、魂の薩摩隼人。美を体現した名人たちとの真剣勝負に生き、ものの裸形だけを見すえた人。韋駄天お正、かく語りき。

白洲正子著

私の百人一首

「目利き」のガイドで味わう百人一首の歌の心。その味わいと歴史を知って、愛蔵の元禄時代のかるたを愛でつつ、風雅を楽しむ。

サイレント・マイノリティ

新潮文庫　し－12－7

平成　五　年　六　月二十五日　発　行
平成二十一年　三　月二十五日　二十六刷改版
令和　二　年　五　月　十五日　二十九刷

著　者　塩《しお》野《の》七《なな》生《み》

発行者　佐藤隆信

発行所　株式会社　新潮社

郵便番号　一六二－八七一一
東京都新宿区矢来町七一
電話　編集部(〇三)三二六六－五四四〇
　　　読者係(〇三)三二六六－五一一一
http://www.shinchosha.co.jp

価格はカバーに表示してあります。

乱丁・落丁本は、ご面倒ですが小社読者係宛ご送付ください。送料小社負担にてお取替えいたします。

印刷・株式会社光邦　製本・株式会社大進堂

ISBN978-4-10-118107-3 C0195